洛阳师范学院文学院河南省一级重点学科"中国语言文学"资助成果

一个幻想主义者的日记

梁竞男 著

天津出版传媒集团

百花文艺出版社

图书在版编目（CIP）数据

一个幻想主义者的日记 / 梁竞男著. -- 天津：百花文艺出版社，2023.6（2024.1 重印）
ISBN 978-7-5306-8557-0

Ⅰ．①一… Ⅱ．①梁… Ⅲ．①长篇小说－中国－当代 Ⅳ．① I247.5

中国国家版本馆 CIP 数据核字（2023）第 091912 号

一个幻想主义者的日记
YIGE HUANXIANG ZHUYIZHE DE RIJI

梁竞男　著

出 版 人：薛印胜
责任编辑：赵世鑫
内文插图：聂楚
装帧设计：鸿儒文轩
出版发行：百花文艺出版社
地址：天津市和平区西康路 35 号　　**邮编**：300051
电话传真：+86-22-23332651（发行部）
　　　　　　+86-22-23332656（总编室）
　　　　　　+86-22-23332478（邮购部）

网址：http://www.baihuawenyi.com
印刷：三河市华东印刷有限公司
开本：880 毫米×1230 毫米　1/32
字数：256 千字
印张：13.125
版次：2023 年 6 月第 1 版
印次：2024 年 1 月第 2 次印刷
定价：68.00 元

如有印装质量问题，请与三河市华东印刷有限公司联系调换
地址：三河市燕郊冶金路口南马起乏村西
电话：19931677990　邮编：065201

目 录

第一章　夜读

1

夜气微凉的秋晚，天空灰蓝，星海浩瀚。

星星是一盏盏泛着光晕的灯？是一座座温暖的小屋？是森林？是海面上的光？

一颗星宿，就代表一个人？满天星宿，映照着世上的每个人？

可会有扇动着洁白翅膀的天使飞过？抑或有夜航的天鹅飞过？

星星上可有人？抑或有怪物？

林青婷依偎在窗前，看那满天如梦如幻的星星，她那清澈明亮的眼睛也如梦如幻。

良久，林青婷才从对星空的幻想中回过神来。晚风吹拂那蓝底紫花的窗帘，飘飞款款如夜的裙裾。

林青婷正值二十五岁的芳华妙龄，刚从省城一所大学中文系研究生毕业，来到 X 市的一所师范学院任教。她身材娉婷，略显得有点细瘦。脸庞圆圆的，眼睛清澈、温柔。肤色接近杏黄。乌黑的秀发垂下来，前面是齐齐的微卷的刘海。如果脸颊再擦上两痕腮红，她就很像几米绘本中的人物了：那伶仃的、可爱的、调皮的、略带忧郁的、典雅的、有小小心事和秘密的青春少女。

她已经二十五岁了，该是一个成熟的女孩子了。可她的阅历、心智和浪漫、清新的气质，使她看上去只有二十岁。

她半个月前就来到了这所师范学院，按规定报到。

这是一所远在郊区的学校，依青山而建，此山叫猫耳山。学校附近有山丘、农田和村落，风景清幽秀丽。

她初来应聘，正是油菜花灿灿的四月。那无际的金黄和清芬，实在令人心旷神怡和沉醉。青山巍巍，校舍簇新。倘能在此地工作，也是一大幸事。可巧的是，极简单地，学校就聘任了她。她愿意称之为"收留"。因为此前，她已应聘过多处，被挑剔地筛选和剔除过。她受了很深的内伤，几乎认为，自己确实是推销不出去的劣等货，并为之自责和伤神。现在，她怀着感激的心情来这里。

猫耳山呀猫耳山，您的慧眼识珠，青婷必涌泉相报！她几乎在心里这样称颂和感恩。

学校为期十天的岗前培训已经结束，林青婷也已经租好了住房。住房位于距学校三公里左右的一处居民区。从那里，可搭公交车去学校，也可沿田间小路前往。她租的是一套一室一厅的房子，装修看起来很新，一床一桌一衣柜一橱柜，买了日用品就可住下了。正合青婷之意。

她将窗帘换成了她喜欢的颜色和图案——海蓝色做底，下摆是大朵的紫色花，上际则撒下柔黄色的小花。

她还自学校附近的书画店买了一幅书法作品、一幅绘画作品做装饰。那书法是禅宗偈语：

春有百花秋有月，夏有凉风冬有雪；
若无闲事挂心头，便是人间好时节。

她将这风雅洒脱、空灵自在的墨宝挂在了客厅。那绘画作品是凡·高的《向日葵》。那是怒放得如同燃烧的向日葵。曲弯的身姿流淌着金黄的耀目的诗意，是流淌着生命的恣肆和激情吧。林青婷把它挂在了卧室。

她又买了两盆菊花，放在了阳台。

当她把居处打扫干净，这整洁的房间也显出些温馨和雅致来。住了多年集体宿舍的她，能独自居住在这宽敞自在之所，真如久憋于火车车厢而无座位的人，在腿酸脚麻、心疲力乏之际，忽然下了车，拥抱撒满野花的绿色大森林。

当林青婷从对星空的凝望中回过神来，便想到了她神圣的事——备课。她上午刚从学校领了教材回来。她将教大学语文课。

翻开崭新的书本，第一篇是《诗经·卫风》中的《氓》。她对照注释，细细看起：

氓之蚩蚩，抱布贸丝。匪来贸丝，来即我谋。送子涉淇，
至于顿丘。匪我愆期，子无良媒。将子无怒，秋以为期。
乘彼垝垣，以望复关。不见复关，泣涕涟涟。既见复关，
载笑载言。尔卜尔筮，体无咎言。以尔车来，以我贿迁。
桑之未落，其叶沃若。于嗟鸠兮，无食桑葚！于嗟女兮，
无与士耽！士之耽兮，犹可说也。女之耽兮，不可说也。
桑之落矣，其黄而陨。自我徂尔，三岁食贫。淇水汤汤，
渐车帷裳。女也不爽，士贰其行。士也罔极，二三其德。
三岁为妇，靡室劳矣；夙兴夜寐，靡有朝矣。言既遂矣，
至于暴矣。兄弟不知，咥其笑矣。静言思之，躬自悼矣。
及尔偕老，老使我怨。淇则有岸，隰则有泮。总角之宴，
言笑晏晏。信誓旦旦，不思其反。反是不思，亦已焉哉！

这首诗，林青婷是熟悉的，是一位古代女子的悲情倾诉。这位女子，伤心地讲述了她与青梅竹马从恋爱，到订婚，到婚后的变故——她辛勤操劳，那男子粗暴无礼、三心二意。她经历的是从甜蜜的相恋、相思，到那男子对山盟海誓的背叛。悲愤之下，她最终决定离开那个男子。她坐在马车上涉水而行，水花溅起，打湿了车的帷裳。她悲愤难抑的心绪，也正如那迸溅连绵的水

浪吧。

林青婷多次读过这首诗，只是每次读来，滋味不同，从不知恋爱为何物时的远望，到涉身恋爱时的甜蜜和复杂，又到今日如弃妇般的忧愁和多思。今夜，林青婷再读这首诗，觉得它是如此切近她的心境，觉得自己就如那诗中的弃妇！

这是中国弃妇诗的源头吧。她想。

从甜蜜的相恋、相思，到对山盟海誓的背叛，古今如出一辙。她又想。

她的眼前仿佛出现了那位裙裳飘飘、乌发如云的女子。她仿佛看到她悲哀的细纹，忧戚的面容，又似看到风吹长发，与裙裳齐飞。她看到她的悲哀如云如练。

中文系出身的林青婷，立马又想起了李金发的《弃妇》：

> 长发披遍我两眼之前，
> 遂隔断了一切羞恶之疾视，
> 与鲜血之急流，枯骨之沉睡。
> 黑夜与蚊虫联步徐来，
> 越此短墙之角，
> 狂呼在我清白之耳后，
> 如荒野狂风怒号：
> 战栗了无数游牧。

靠一根草儿，与上帝之灵往返在空谷里。
我的哀戚唯游蜂之脑能深印着；
或与山泉长泻在悬崖，
然后随红叶而俱去。

弃妇之隐忧堆积在动作上，
夕阳之火不能把时间之烦闷
化成灰烬，从烟突里飞去，
长染在游鸦之羽，
将同栖止于海啸之石上，
静听舟子之歌。

衰老的裙裾发出哀吟，
徜徉在丘墓之侧，
永无热泪，
点滴在草地
为世界之装饰。

"唉！"她不由得长叹一声。

正在这时，她忽听见对面楼上传来争吵声，一男一女，在这寂静的夜里，突兀分明。

她对着书本怔了一下，听那争吵仍在继续，不由得来到窗前，探头张望。同时她发现，远近几扇窗，都有人探头张望。那月亮也在张望。

是激烈的争吵，但听不清在说什么。女人的声音尖利，男人的声音粗鲁。巨大的身影在窗幕上晃动，也能看到那伸手指责对方的手指。

林青婷观望了一会儿。那争吵声似乎小了一些，更是听不清楚了。

金黄的弯月，斜挂在半空。夜风吹得梧桐树叶哗哗直响，在月光里翻飞浮现。

林青婷又回到了书桌前。

2

林青婷继续读《氓》。读着读着，她的眼睛竟潮湿了，因为她又联想到了自己。自己虽然年纪轻轻，并未经历过婚姻，但怎么感觉自己就像这诗中的女子？是弃妇的感觉！范嘉骏就是诗中那个背信弃义的男子！六年的恋爱呀，竟如此而终！想到这里，她的泪水滴落到了书上。

"不想也罢，不想也罢。"她强忍住了泪水，要斩断这思绪。她不愿再去触碰那些伤心往事。

蟋蟀的低鸣幽微地响在她的耳际。

"唧唧，喊喊……"

真的很动听呢。难怪人家称赞蟋蟀是小提琴家。有一只竟跳
到了她的书桌上，黑黑的眼睛望着她，一动不动，只偶尔将触须
轻轻摇一下。

她不由得笑了。

正在这时，她听见对面楼上传来"砰哐"的响声，是东西被
摔碎的声音，接着又是激烈的争吵。她不由得一怔，又跑到窗边
观望。黑的夜，因路灯的光而成薄明的样子。那对面的窗幕上，
又投射出两个挥动着手臂争吵的巨大身影。

林青婷仔细辨析，听得两句：

女人的声音："你的那些事情，别以为我不知道！"

男人的声音："是你自己瞎想！什么也没有！"

接着又是激烈的争吵，夹杂着摔东西的声音。

林青婷呆呆地倚在窗前，思绪漫无目的地飘在夜空中。再看
天上的星星，似乎也显出迷惑的神色。蓝黑蓝黑的天空，久望之，
令人眩晕。

林青婷又回到了她的书桌前。

她想："讲课务必准确，不可有一丝一毫的马虎和纰漏。"

于是，她去书柜，翻找她那本古诗文鉴赏辞典。

"或许书中正有这一篇，详加对照，可有更精准的理解。"她

又想。

那是一本很厚的书，林青婷确实已很久没翻看过了。找了好一会儿，她才翻找出来。打开时，一张照片从书中滑落，从另一夹页处，又跌落下一张折叠的字纸。林青婷疑惑地捡起了照片和字纸。

定睛一看，那照片竟是她和范嘉骏的合影。这样的照片，林青婷早已清理干净，付之一炬，不想，这里还有"幸存者"。细看那照片，是他们上大学时照的。桂花树下，她和他并肩站着，那么年轻稚嫩，充满朝气，眼睛是明亮欢欣的，还有点害羞；头顶是桂花的枝叶。那甜香的气息，林青婷仿佛能闻得到。她想起来了，这照片是那个雨后初晴的下午，上完体育课后，活泼调皮的室友丽娜为他们拍摄的。是的，她和他同在中文系，在同一个班，同时上课，同时作息，就连体育课也一起上。

他的眉目是俊朗的，如中秋之月。他的头发是乌黑整洁的，那么美。他的衣服也总是那么整洁，经常是海蓝色。他伏在课桌上读书写字的姿态最迷人，那么安静，那么专注。当他转过身来，她的心怦怦乱跳。他身上仿佛氤氲着令人沉醉的气息，摄人心魄。他那么有才华，有思想。可他又那么年轻，完全是个孩子。他抬起头笑时，眼睛里的光彩，多令人心动，像黄昏时分天上的星星。他真像是月光里，山冈上，一棵诗意优雅的橡树，枝叶蓬勃，迎风招展。望着照片中的范嘉骏，林青婷不禁坠入到对往昔的怀想。

那时，他们在一起是多么美好。他们一起讨论课堂上老师讲的课，讨论他们阅读的作品，那么热情，那么投合，那么欢喜，那么激动。

晚自习后，桂花道上。

"你喜欢冰心的这首诗吗？"林青婷问道。

对着星光，她朗诵道：

　　繁星闪烁着——
　　深蓝的太空
　　何曾听得见他们对语，
　　沉默中，微光里
　　他们深深的互相颂赞了。

"喜欢。"范嘉骏答道，"别人都不理解他们，可他们自己相互理解、支持、颂赞。他们是欢喜的。"

范嘉骏又说道："冰心的诗表现爱和美的哲学，纯净柔和，灵秀清隽。她的那些格言小诗，清澄庄重，寓意深远，很能启迪读者认识世界和人生。"

范嘉骏总是这样很有思想。

"我还喜欢初期白话诗中沈尹默的《月夜》。"林青婷说道。

她轻轻地朗诵道：

霜风呼呼地吹着，

月光朗朗地照着。

我和一株顶高的树并排立着，

却没有靠着。

范嘉骏呵呵一笑，说道："你看，这首诗采用的是白描手法，画面优美、简洁，很有意境；韵律也和谐自然；表现的是一种独立不倚的精神。"

"是的，我也这样想。"林青婷快乐地说道。

星光下，桂花香里，他们开心地笑了。

冬夜，操场上的天空高穹广阔，有点点星光，有微微寒风。

是周末。

她和范嘉骏都决定报考研究生。她考本校的中国现代文学。他考本市另一所大学的外国文学，因为他倾慕那里的一位学者。梦想是多么美好。心地是多么纯净。

忽然，天空飘起雨丝。若有若无的雨，落在脸颊。

忽然，学校的广播里播放那首乐曲：久石让的《永远同在》。

是八音盒乐曲，在这夜空里，像风铃一样，优美、伤感、清澈、深情，像一个悲伤又温暖的梦。

她和范嘉骏都不由得仰面看天空，仿佛那晶莹如水珠的音乐，是自天空洒落。

优美、伤感、动情的乐音落在心底，像天空挂满粉黄色的风铃。丝丝细雨落在脸上，像一点一点的蜜糖。

他们相对无言，却是那样真纯、温暖。

"多像是一个梦啊，纯净、美好、温暖的梦……"沉浸在对往事回想中的林青婷，眼含笑意，不由得轻轻地说道。

可她立马又从这梦境中醒来！

"镜花水月，镜花水月！曾经是那样，可后来，他是多么可恶，多么可恶！"林青婷愤愤地说道。

她不由得要去撕那照片，却发现照片后面有几行小字。仔细一看，是李清照的词《点绛唇》：

蹴罢秋千，起来慵整纤纤手。露浓花瘦，薄汗轻衣透。

见有人来，袜划金钗溜。和羞走，倚门回首，却把青梅嗅。

是范嘉骏的手笔。是的，是他刚开始练书法时所写，不如后来的成熟、自然、洒脱、风雅。这首词，她也是那样熟悉，因为二人初相识时，范嘉骏常对她念，有时是打趣，有时是称赞和爱慕。

是在初入大学的孤冷如处荒原中，在如居住在玻璃屋的与外界隔绝中，一封书信不约而至，是他写的。她是自闭而忧郁的，如同孤岛。那玻璃屋是多么清寂，能听见一根针掉落的声音，能听见自己的心跳声。是的，外面生活是热闹的，春花与美景，她自己体验到的是荒无人烟的灵魂的凄冷与迷茫。她用尽努力，却无法融入那外面的生活。他的文辞是那样恰切、动人，心意是那样诚恳。她接受了。他们成了朋友；后来，成了恋人。是谁说，"人生得一知己足矣！"她把他当成知己，当成灯，当成光。他照暖她的心。世界上相契合的两片叶子！世界上，自己的另一半！

"曾经是多么喜悦，多么感动！"想到这里，林青婷不由又沉浸在梦境中，两腮微热，目光轻柔。

"可后来呢，都成了梦中的梦、灰中的灰！那摧残和伤害与曾给予的感动和喜悦同等！"想到这里，林青婷气恼地把那照片掷到了书桌上。

3

林青婷这才想起去看那从辞书中掉落的字纸。展开一看，又是范嘉骏的字体！她不禁有些懊恼，却又忍不住要去看。只看了两行，她就明白了，那是一年前，她和范嘉骏发生争吵后，范嘉骏写给她的一封短信。

亲爱的青婷：

近些日来，你对我误会太深。我对你是真心的，你还用怀疑吗？

想想我们过去在一起的点点滴滴，你觉得我是在欺骗你的感情吗？

"曾经沧海难为水，除却巫山不是云。"这句诗的意思，你当明白。

你发现，我在和其他女生来往。但我告诉你，那都只是正常的交往。你发现我有女网友，但也都是正常的交往。

难道今生今世，一个男人的眼里只可以有一个女人？人生不应该丰富些吗？

你是习文学的，你当知道，男女的感情是激发灵感的良药！例子就太多了，你自己是知道的。远的不说，你学现代文学，应知道其中的一些作家的，倘只一个女人在他们心间开放过，他们的艺术灵感恐怕早就枯萎了。你也是知道萨特和波伏娃的，他们一生彼此深爱，却永不结婚，还允许对方有情人。他们是有才华的，接受了良好的教育，又有伟大的抱负，他们创造了伟大的文学和哲学作品。

青婷，你当明白我的意思吧？你不至于有误会吧？你知道我在文学上是很有理想的，老师也很称赞我。我很想在文学和哲学上都有所发展。我不愿做呆板的学究，我渴望丰富多彩的生活，我想探索广阔的世界，我向往洒脱、自在、浪漫的人生。青婷，你不至于出于狭隘的爱情观而禁锢我的人生吧？我想，你是有广阔的胸襟的。一个有激情的人，他将冲破世俗的一切罗网，一切将在他的面前溃败！

青婷，你当理解我。你不应误会我。你的误会，让我也很难过。

不管在外面，我接触过多少人，你永远是我心灵深处最重要的人。也不管我在外面走得有多远，最终都会回到你这里。你是我温暖的港湾。

请你不要再生气了，开心些好吗？

你的笑容是最美丽最明媚的，如三春暖阳。

爱你的嘉骏

当时，他们已经是研究生三年级。林青婷发现范嘉骏颇有一些关系亲密的女同学和女网友，甚是生气。收到这封解释信后，她不知自己该喜该忧。是自己误会了范嘉骏吗？他不会变得狡猾欺瞒、玩世不恭、庸俗不堪吧？他受了某些书、某些人的影响吗？他接触了社会，沾染了灰尘吗？但一开始，绝不是这样的。自己和他都各自长大，是价值观、爱情观出现了分歧？他应该还是原来的他吧？不管怎么说，林青婷当初收到这封信，还是有些感动的。

但今晚，林青婷又看到这封信，却是忍不住感到恶心。她想说，这真是文人为自己滥情找的巧妙措辞！而自己那时竟相信了！想到这里，她真是气恼、愤恨得很。

当初，林青婷收到范嘉骏这封情真意切的信，是原谅了他的。两人和好如初。可是，不久，林青婷就发现，事情绝非如那封书信所写的那般简单。她看到了范嘉骏和一个女同学的短信，其言其情胜似女友。两人又争吵。范嘉骏又辩解，称只是逢场作戏。两人又和好。后来，林青婷无意中又看到了他和一个女网友的聊天记录，那言谈举止仿佛是夫妻。两人的关系就到了崩溃的边缘。此后，又几经和好，几经争吵，终于分手了。

林青婷想不到，自己几年来身心所托，竟如此而终。她受伤之深，如坠深渊，如溺深海。她面色惨白，心如死灰，连对整个人生都失去了兴味。她看不到生命还会有什么颜色和生机。她对爱情的信仰，遭受的是比毁灭更可怕的摧残。她的世界暗无天日，黑云压顶，心如冰境。她几乎半个月都没有开口说话。

现在细想，她竟也搞不清范嘉骏对她究竟是真情还是假意，究竟是她误会了他，还是不能理解他。无论是何种情形，她都要结束这段感情。哪怕他现在已经考上了博士，正在北京某所名校风光无限地四面交接。是和一个风流多情的才子相恋吗？她不能忍受这种折磨。她没有那种宽广的胸襟。她不能再增加自己的痛苦。一旦分手，永不相见，永世相隔，当初她忍着泪这样说。

今晚，她看到这封信，又勾起她的心痛往事。她拿来剪刀，动作迟缓如一个老妇，将那照片和书信剪成碎片，又纷纷扬扬倒入垃圾桶。此时，一个旋律在她耳畔萦绕，一个女声悲婉的低吟高唱在她心间响起，是《领悟》(辛晓琪)。

"是云隐播放给我听的吗？"自从和范嘉骏分手，林青婷的脑海里就出现了"云隐"这个意象。它有时是一只鸽子，有时是一只鹦鹉，有时是长着洁白翅膀的天使。云隐知她，懂她，将她陪伴。

我以为我会哭　但是我没有

我只是怔怔望着你的脚步

给你我最后的祝福

这何尝不是一种领悟

让我把自己看清楚

虽然那无爱的痛苦

将日日夜夜在我灵魂最深处

我以为我会报复　但是我没有

当我看到我深爱过的男人

竟然像孩子一样无助

这何尝不是一种领悟

让你把自己看清楚

被爱是奢侈的幸福

可惜你从来不在乎

啊　一段感情就此结束

啊　一颗心眼看要荒芜

我们的爱若是错误

愿你我没有白白受苦

若曾真心真意付出

就应该满足

啊　多么痛的领悟

你曾是我的全部

只是我回首来时路的　每一步

都走的好孤独

啊　多么痛的领悟

你曾是我的全部

只愿你挣脱情的枷锁

爱的束缚　任意追逐

别再为爱受苦

…………

在这如泣如诉、伤心欲绝的歌声与旋律中，她失去了自我，如痴如醉。这歌声，一遍又一遍响起……

4

正在这时，她又猛然听见对面楼上传来尖利激烈的争吵。她听见"砰"的一声巨响，似是关门声，又听见伤心的哭泣，然后是脚步杂沓的下楼声。林青婷的心又是一紧。

当她又来到窗前，看见一个女人从对面楼梯间跑了出来，以手掩面，呜呜咽咽地哭。渐渐地，那女人放慢了脚步，在楼下的长椅上坐了下来。那哭声似乎小了些，仍然是嘤嘤啜泣，仿佛有无限伤心。

林青婷又回到了书桌前，翻开那本古诗文鉴赏辞典，耳朵却总是听到那抽抽噎噎的哭声。

氓之蚩蚩，抱布贸丝。匪来贸丝，来即我谋。送子涉淇，
至于顿丘。匪我愆期，子无良媒。将子无怒，秋以为期。
乘彼垝垣，以望复关。不见复关，泣涕涟涟。既见复关，
载笑载言。尔卜尔筮，体无咎言。以尔车来，以我贿迁。
桑之未落，其叶沃若。于嗟鸠兮，无食桑葚！于嗟女兮，
无与士耽！士之耽兮，犹可说也。女之耽兮，不可说也。
…………

她无心备课了。

秋虫的鸣叫又悄悄地回到她的耳畔。又有一只蟋蟀跳到了书桌上，仍然是一动不动地望着她，偶尔摆动一下触须。这蟋蟀也是从《诗经》中来的吗？它已经听惯了人的长叹和悲哀吧。

心怀好奇和怜惜，林青婷又来到了窗前。那长椅上的身影仍在。她蜷缩在椅子上，头伏在膝盖上，轻轻地抽噎。这秋凉的夜呀，也许只有这长椅能给她些许休憩和安慰吧。

再抬头望天，星星仍然如灯，如花朵，却又令人眩晕。月亮已移步西天，却猛地有"扑棱棱"的声音敲击林青婷的耳膜。她受了一惊。是什么大鸟自窗前这棵梧桐树上振翅飞走吗？是猫头鹰？还是夜的影子？

第二章　猫耳山

1

两天后的一个清晨，林青婷是在"花落知多少"的心境中醒来的——夜半，那淅淅沥沥的雨声潜入了她的梦。她却是梦见风狂雨暴，雨打花残，风吹花落。她还梦见，她撑一把伞，欲为众花遮雨，可天下怎有那般大的伞？她又梦见自己欲搭一个帐篷，为众花挡风，可天下又怎有那般结实的帐篷？怅然醒来，推窗一看，雨已经停了，才知道那是一场梦。她见楼下梧桐树黄绿的叶子沐雨而清新，又见远处水雾笼翠如幻境，更有婉转鸟鸣传来，不由得开心想道："可去猫耳山一游！"

那猫耳山，半个月来，她耳闻太多，心中早已倾慕不已。听说猫耳山上，有上百亩荷塘，荷叶接天，荷花芳艳。又听说半山腰有唐代大诗人王维的故居，山顶有圆觉寺和慧宁塔。那落日辉映佛塔的情景，她已见过几番，不知已生发过几多感慨。在那自学校回来的田间小路上，山野暮色四起，西天霞光中，她见一轮红润的落日嵌在那静穆的塔上，她似听见清幽的钟声传来，庄严自在，涤尽世间繁杂。

2

到达景区附近，已如进入绿色的大森林。道路两旁，绿林葱翠，如瀑如屏，深紫、粉红的牵牛花，点缀在林间的青草地上。远山烟色有无中，近山已在眼前！林青婷不由得欢喜如鸟雀。

那景区大门两侧有许多商店，古色古香，雕梁画栋。她正要去售票口买门票，却听得一家音像店播放的歌曲，婉转哀凄，荡人心肠。她不由得停下了脚步。细听，原来是那首《孟姜女哭长城》（丹丹）。

正月里来是新春，家家户户挂红灯；
老爷高堂饮美酒，孟姜女堂前放悲声。
二月里来暖洋洋，双双燕子绕画梁；
燕子飞来又飞去，孟姜女过关泪汪汪。
三月里来是清明，桃红柳绿处处春；
家家坟头飘白纸，处处埋的筑城人。
四月里来养蚕忙，桑园想起范杞良；
桑篮挂在桑树上，勒把眼泪勒把桑。
五月里来是黄梅，梅雨漫天泪满腮；

又怕雨湿郎身体，又怕泪洒郎心怀。

六月里来热难当，蚊虫嘴尖似杆枪；

愿叮奴身千口血，莫咬我夫范杞良。

七月里来七月七，牛郎织女会佳期；

银河不见我郎面，泪流河水减三尺。

八月里来秋风凉，孟姜女窗前缝衣裳；

针儿扎在手指上，线儿绣的范杞良。

九月里来九重阳，高高山上遇虎狼；

命儿悬在虎口里，心儿想着范杞良。

十月里来北风高，霜似剑来风似刀；

风刀霜剑留留情，范郎无衣冷难熬。

十一月里大雪飞，我郎一去未回归；

万里寻夫把寒衣送，不见范郎誓不回。

十二月里雪茫茫，孟姜女城下哭断肠；

望求老爷抬贵手，放我过关见范郎。

这带着黄梅戏腔调的歌曲，真是萦损柔肠，催人落泪！

"这倒是另一位古代女子的另一种遭际和情怀。"想起自己这两日所读《诗经》中的《氓》，林青婷感慨道。

"其爱夫寻夫之心，也实在感人！"她不由又这般感叹。

林青婷的身旁站着一位三十多岁的女子，也在侧耳倾听这首歌曲，好像也是来买门票。林青婷不由得多看了她几眼：却见她穿淡紫色绸衫、玄青色纱裙，肤色白皙，眉目秀丽，梳一条蓬松的发辫，额头是乌黑的斜刘海，面容却是含着忧愁的，人也清瘦。奇怪得很，林青婷觉得好像在哪里见过她，面熟得很，却又回忆不起——回忆像笨重的风筝，刚盘旋飞起，又戛然落地。

林青婷正在疑惑。一位路过的阿姨，走上前来，和这女子亲热地交谈。林青婷听得几句。

那阿姨说道："听说，你还在和他怄气？唉，想开点儿，现在这个社会，这样的男人多的是了。"

那女子蹙了蹙眉，说道："我怎能想得开？天天眼见心烦，真是气恼得要命！"

那阿姨安慰她道："那你就多劝劝他。家庭美满才是生活幸福的保障。在外面游戏，有什么意思！"

那女子重重地叹了口气，说道："劝过多少次，数也数不清，哪里管用！"

那阿姨也是叹气："唉，现在这些男人，也真是让人没法子。"

那阿姨又问道："你这是要上山吗？"

那女子道："我看今天日子不错，想去寺里进香。"

那阿姨喜悦道："这也是个法子。听说还是灵的。求菩萨让他回心转意！"

两个人又用更低的声音，悄悄说话。林青婷模糊听得，似与禳灾祈福有关。

林青婷也不由为这紫色绸衫的女子忧虑了。人间多少事，人无能为力，才去求神问天。也真是无奈到了极点！

　　进入景区，映入眼帘的是一棵大银杏树。它俯察人世沧桑，已有几百年的树龄。它枝干高擎如云，枝丫蓬勃上展，扇贝似的叶片，黄绿悦目。林青婷不由得围着它走了几圈，不知那密叶中可有鸟窠，又是否被昨夜的雨打湿掉。再往前走，有枫树林、樱花林。虽非观赏之季，在林中漫步同样怡然。枫叶碧翠中略染绯红，樱花树令人想象其花期之粉色烟景。捡几片树叶，又观瞻了几张蜘蛛网上的小水珠，林青婷继续前行。

　　又赏过菊花，她便沿着盘山公路开始登山。

　　山路蜿蜒而上，两侧古木森郁，藤蔓挂缠，虬枝龙须。漫山初秋之叶，黄绿交错，红赭深浅。这样走了六七里路。举目望翠微，雾湿沾衣；俯观林中白雾，树木森立。林青婷心中怡然。她见小松鼠在树枝上跳跃，又听雾中鸟语，那超脱自在之感，如脱离尘世。她似乎见那眉目清逸的道人，荷柴而下，朗声唱那隐世之歌。

　　·她又往前走，却听到吵闹声，转过山弯一看，五六个人围在那里。奇怪得很，两个男人搂腰抱背在一起，甚是亲密。走近一看，才明白，是打架。听那围观的人讲，是各自带的宠物狗，先打了架。那两个男人的老婆，一个涂脂抹粉，一个素颜无敌，也咆哮在了一起。

"这也算是猫耳山一景吗？"林青婷忍不住想笑，自问道。

那两只宠物狗，倒好像是已经和好了。

3

又走了两三里路，一个木制的牌匾，将她引向公路旁的一个岔道。那牌匾上写着"芳泽荷塘"。她心中不胜欢喜。沿着青石路走上半里，如梦境一般，她看到了那上百亩荷塘。

荷塘上笼着水雾，浓绿的荷叶蓬蓬涌向水色的天边，几朵粉红色的荷花高擎出叶面。她走近细看，才知道，已是秋之荷塘，荷花稀少，多的是残荷败梗，莲蓬亭亭立于水面。

"看这湖山色的残荷败梗也别有韵味，如古人画卷。"她沿荷塘而行，这般想着。

荷塘中有蛙叫呱呱、虫鸣喊喊。走过一段，又听见有人语。原来是一群游客、几对情侣，在拍照。

林青婷又向前走去。

一个扎着蓝色蝴蝶结、穿白衣白裙的女孩子，在荷塘边背书。读了又背，背了又读。她仔细一听，是《西洲曲》：

忆梅下西洲，折梅寄江北。单衫杏子红，双鬓鸦雏色。
西洲在何处？两桨桥头渡。日暮伯劳飞，风吹乌白树。
树下即门前，门中露翠钿。开门郎不至，出门采红莲。

采莲南塘秋，莲花过人头。低头弄莲子，莲子清如水。
置莲怀袖中，莲心彻底红。忆郎郎不至，仰首望飞鸿。
鸿飞满西洲，望郎上青楼。楼高望不见，尽日栏杆头。
栏杆十二曲，垂手明如玉。卷帘天自高，海水摇空绿。
海水梦悠悠，君愁我亦愁。南风知我意，吹梦到西洲。

忽然，电光石火般地，林青婷想起范嘉骏曾抄写过这首诗给她，那是在她二十二岁生日时。那素白的纸上，还用铅笔绘有莲花、柳树、楼阁和归鸟。

她则抄写了辛笛的《蝴蝶、蜜蜂和常青树》回给他，也用铅笔画了常青树，还画了几只大蝴蝶、几只大蜜蜂。其中的用意，不言自明。

林青婷抄写这首诗给范嘉骏，是希望他们彼此珍重这份爱情，希望他们的爱情能历经风雨、岁月的考验，永远美好、长青。现在想起这一幕，她不由得感到心痛。

"蝴蝶已不是蝴蝶，蜜蜂也不是蜜蜂，哪里来的常青树！"她神色黯然，如霞光隐落，暮色升起。

"不知我所中爱情的毒汁，什么时候能消退？如有狂风，请将它带走。如有尘沙，请将它掩埋。"她心中萧森如深秋之林。

4

林青婷又向前走了四五里路，来到了王维故居，是掩映在松竹丛中的几处馆舍。前方有一片稻田、几亩菜地。远处有一条溪水、一座小桥。

她见那门口处对王维有这样的介绍：生于河东蒲州，即今山西运城；长期在长安为官；曾在蓝田辋川建别墅，过半官半隐的生活；曾游览、隐居于猫耳山，当地政府建此故居以纪念。

林青婷怀着恭敬之心，参观了王维的书画作品——当然是仿制品，又参观了当地书画家以王维诗歌为题、为意境的作品。每一首诗、每一幅画，她都喜欢。最喜欢的，莫过于这两首诗：

《莲花坞》：日日采莲去，洲长多暮归；弄篙莫溅水，畏湿红莲衣。

《辛夷坞》：木末芙蓉花，山中发红萼。涧户寂无人，纷纷开且落。

参观已毕，林青婷坐在展厅的回廊处休息，心想："回去后，可以买本《王维年谱》看一下。"她又想起大门处对王维的几句介绍：仕途坎坷，后期因社会打击彻底禅化；参禅悟理，学庄信道；精通诗、书、画、音乐。

太阳出来了，薄薄的阳光洒在院中的青草地上。几只鸟雀在嬉戏。几棵桂树正飘香。

这时，自身后的雕花窗格，她听见展厅里传来谈论声。

一个男生以很恭敬的声音问道："梅老师，这学期的中国美术史课，会讲到王维吗？"

另一个男生附和道："很盼望呀！上学期听您的课，已经是获益多多。"

温和的朗朗的笑声传来——应该是那位梅老师了，他说道："会讲到的，而且会详讲。"

林青婷猜想：这当是师范学院美术系的老师和学生了。

他们又谈起王维的绘画，很是专业。林青婷也不太听得明白。

她又听见前面那位男生问道："梅老师，您怎么看待王维的《雪中芭蕉》？据说是画了大雪里一株翠绿的芭蕉。关于这幅画，争论很多。大雪是寒冷的北方才有的，芭蕉是南方热带的植物，一棵芭蕉怎能在大雪里不死呢？"

第二位男生插话道："我见有评论家写文章这样辩解：伟大的心灵往往能突破樊笼，使大雪消融，芭蕉破土而出，使得造化的循环也能有所改变；这正是抒情和寄意，是艺术创作最可贵的地方……梅老师，您觉得这种说法有道理吗？"

那位梅老师似乎沉思了片刻，说道："这幅《雪中芭蕉》，本名其实是《袁安卧雪图》，是一帧历史人物故事画，为的是赞颂东汉人袁安的德行，而非景物画。"

那梅老师又说道："袁安卧雪的故事发生在洛阳。洛阳有雪中芭蕉之景吗？你们有从北方来的吗？"

那两位男生先后答道："我们都来自南方。"

那位梅老师停顿了一下，说道："芭蕉是否可以在北方种植，我倒是专门查了资料。据说，需保暖得当，不然，地上部分到冬天会被冻死。"

那第二位男生说道："按那篇文章的说法，艺术家是可以突破自然的藩篱，去画心中之景来传情达意的。"

那梅老师呵呵一笑，答道："我不这样认为。艺术虽分现实主义、浪漫主义等诸多流派，但无论是摹写现实，还是抒写心灵，虽可以变形，但不可以违背'真'的法则。不然就是撒谎的艺术，失去了它存在的依据。"

林青婷听到这些谈论，倒是萌生了好奇心，很想看看这三位"学业有专攻"的人物的面貌。

不想，这三位正迈出门槛，沿台阶而下。林青婷看到那两位学生，个头儿都不太高，一个穿白色运动衣，一个穿蓝色衬衫。当她看向那位梅老师时，却是不由得惊呆了！虽然只是看到了一个侧影，却是和范嘉骏那般像！一样的身高和体态，一样的俊朗，一样的洒脱，步态和举止中氤氲着一种自信！她的心怦怦跳着，一直看他走出了这个院落的门。她自己却是失魂落魄地站在回廊里。

"难道是我看花了眼？难道是心中之景的映现？"林青婷疑

惑地想。

她走出了这院落，脚步缓慢，心有所思。不觉间，她来到了馆舍外的莲花池边。她上了凉亭，扶着栏杆坐下，仍是心神恍惚，思绪徘徊。

这时，她又看到他们三人说笑着，从稍远的地方经过，渐行渐远，转过竹林，不见了。

她仍是如木鸡般呆坐在那里。野鸭在水面划出波痕。一池红莲如火焰。

5

休息片刻后，林青婷又沿盘山公路而行。太阳从灰云中射下光芒，将那云层染得薄透乌金，将那树影淡淡地投射在路上。刚走上一里，林青婷就发现，前面缓缓地走着一位女子，正是在景区门口遇到的那位穿紫色绸衫的。她不紧不慢，似在沉思，山风吹拂得她那玄青色的长裙扑扑摆摆。林青婷又不由想起，她在景区门口与那阿姨的一番话，心中犹是感叹。她觉得确实曾在哪里见过她，记忆又确实漶漫。就这样，她在林青婷的前方缓步前行，林青婷不能不注意到她，又刻意保持着距离。

走了四五里路，曼妙悦耳、清净庄严的佛乐渺渺传来。越往前走，那乐声越清晰肃穆。

朱门粉墙，松竹环簇，圆觉寺已近在眼前。那女子和林青婷是在《大悲咒》的念诵声中，先后迈进了圆觉寺的大门。

林青婷注意到，那大门两旁，黑底金字书写着这样一副对联：

里面清清净净，安安闲闲，无非妙谛

到头圆圆团团，活活泼泼，便是如来

林青婷很喜欢这副对联，不禁在心中默诵了几遍。

据说，该圆觉寺初建于盛唐，几经兴废。怀着敬畏之心，她参观了金刚殿、观音殿、大雄宝殿。那大雄宝殿较其他殿宇要高敞开阔，供奉的是释迦牟尼佛，为坐佛。殿内两侧则森立着十八罗汉。庄严的气氛里，她在敬畏之外，又生出几分紧张，连忙退了出来。

她在那檐廊下休息。院中的黄铜香炉，青烟缭绕。佛乐清妙，她安静在不思不想中。这时，她看到那位紫色绸衫的女子，手持大束香柱，向那香炉走去。她虔诚地跪拜又跪拜，将香柱点燃，恭敬地插入香炉中。那些香柱立即燃烧起来，青烟浓密，蓬勃飞升。隔着烟幕，她看到那女子突然低下了头，以手抚眼，好像是在拭泪，很久，才离开。

林青婷又参观了钟亭。原来那悠远的钟声自此青铜大钟而来。旁侧石碑上刻写着《鸣钟偈》：

闻钟声，烦恼轻，智慧长，菩提增，离地狱，出火坑，愿成佛，度众生。

怀着惊喜，她走近了平日只能远观的慧宁佛塔。她仰望那佛塔良久：青碧的天色，巍峨雄健的佛塔，塔角的铜铃在风中叮当作响。她似乎在怀想什么。古老的玉兰树，莹白的花朵隐现在枝叶间。

林青婷离开寺庙时，已近中午。那寺庙旁侧，倒有一处专供游人歇脚的所在，木桌木椅，还有茶水供应。林青婷走过去时，已有一些游客在那里。她找了个空位坐下，往旁边的桌椅一看，正是那位梅老师和他的两个学生。林青婷的心不禁又怦怦乱跳起来。他们倒是谈笑自若，仿佛很开心。林青婷又用眼睛的余光去看那位梅老师，发现他和范嘉骏并不像。她的心跳才算稍平稳了些，长长地吁了一口气。比起范嘉骏那流光溢彩的神情，他似乎更沉稳一些；比起范嘉骏的阳刚和健朗，他似乎多了点秀气和柔美。但也确有相似之处，都是那样的自信和怡然，似有阳光从他们心中进射，氤氲着一种吸引人的气息。

他们离林青婷那么近，连他们的谈笑声，林青婷都听得清楚。

青白的雾轻抚远山，如一首空灵的歌曲。绿荫苍苍，松风阵阵，话语朗朗。

那穿白色运动衣的男生，指着远处的山峰，说道："梅老师，您看，那就是猫耳山。还真是像呢，圆圆的脸，两只竖起的耳朵。"

那穿蓝衬衫的男生说道："你们知道关于猫耳山的传说吗？我听说过不少。"

那梅老师呵呵一笑，又故作神秘，说道："我这里倒有一个，你们愿不愿听？"

那两个男生都欢喜地表示要听。

那位梅老师就不慌不忙地讲了起来。

女娲造人后三万年，玉皇大帝和王母娘娘生了一对双胞胎女儿：一个是光明女神，一个是黑暗女神。这两位女神虽一母同胞，却生性迥异，处处对立。那光明女神最仁慈，心中最有爱。她见凡人多愚痴，多妄想，多贪婪，就炼制真善美的种子，撒向人间。那种子生根、发芽，长成大树，结出真善美的果子。人吃了这果子，就成圣贤，成智者，心中清净寡欲。人间从此多太平，多和乐。那黑暗女神，内心最漆黑、恶毒。她觉得人是卑贱的动物，本应愚弱，不配见到向上的光。于是，她向人间撒播欲望、恶念的种子。

光明女神和黑暗女神终有一战。

那大战持续了七天七夜。那时，天上出现各种奇观：彩虹满天，又立刻消匿；狂风呼啸，忽又停息；雷电忽停忽作，大雨忽下忽止；云朵被攒成球状，滚来滚去；太阳被吞没，又吐出；月亮被吞没，又吐出，云层如排山倒海……天上的飞鸟都吓得贴伏于地面——肚子贴地，腿爪做划水状定型。人也吓得躲在房子里，哪敢外出！那不小心出去的，被高高地吸附到天空中，有的被轻轻地放了下来，有的则被摔了下来。人们从窗户里还看见，一只大猫和一只黑鹰在天空中打架，那分别是光明女神和黑暗女神的宠物……

　　玉皇大帝知道了这件事情，命她们休战。那天帝也不明辨是非，只将光明女神的神猫打下天庭，当替罪羊。那神猫就被打落在这里，化作了这座猫耳山。那山上有一种树，常年开晶莹如水色的花朵，是光明女神为她的神猫流下的眼泪。那神猫耳朵上，也常年停歇许多鸟，是来安慰和陪伴它的。每到端午节，人们提着篮子，装上鱼、粽子、雄黄酒，来纪念它……

梅老师那故事还没讲完，那两个男生已是哈哈大笑。

林青婷也忍不住想笑。

那梅老师自己也笑了起来。

穿白色运动衣的那个男生，凑近梅老师，调皮地问道："梅老师，这座圆觉寺也该是为纪念这只神猫而建造的吧？"

三个人又是哈哈大笑。

猫耳山仍在雾中。太阳在它的耳尖上空，露出迷蒙的金红色的脸。风儿如唱着咏叹调。

梅老师和那两个学生先下了山。

林青婷又闲坐了一会儿，看鸟雀飞还，也下了山。

6

回到居处，林青婷想起猫耳山之游，如做梦一般。可在夜晚的梦里，她偏偏又前往。这次，不是走盘山公路，全是走青石台阶；不去芳泽荷塘和王维故居，却是径直去圆觉寺。那寺庙门口的对联也并非白日所见，却是这样一副：

六根未净，六欲未除，听此间暮鼓晨钟，说方便法
也不是真，也不是假，愿天下痴男怨女，作如是观

她来到了大雄宝殿，见许多人盘腿坐在蒲团上，正在听老和尚说佛法。那些人中，竟有那位梅老师！他好像注意到了林青婷的到来，点头示意。林青婷想向他还礼，但又觉得那梅老师目光所向或许并非是她。她有点犹豫，不知所措。这时，她又看见，那穿淡紫色绸衫的女子也坐在那里，低着头，好像在拭泪。

林青婷在后面坐了下来。

她听那老和尚讲道："他经过多年艰苦的探索，终于在菩提树下大彻大悟。他将自己的智慧所得，传播给众人，以使他们脱离苦海，得解脱之道……"

在座的众人都听得极认真，四周静悄悄的，鸦雀无声。

那老和尚又讲道："人生是苦……这诸多苦是由我们过去、现在所造的种种业和过去、现在的种种烦恼习气引发的。那诸多烦恼中，贪嗔痴最为厉害，被称为三毒。而这三毒中，最严重的又是贪爱。"

林青婷听得入神，心中又忧惧。

这时，在座众人中，一年轻人急急地说道："师父，您刚才所讲，句句击中我心。事业、爱情、人生，我正陷在苦恼中，如被火烧。您快给我们讲讲解脱之道吧。"

立刻便有许多人附和。

那老和尚不紧不慢地说道："修习佛法真义，可得解脱之道。"

他便讲起佛法真义……

众人却听得迷惑，面面相觑，不知所云。

已有人焦急地问道："师父，您能不能详细地讲给我们听？"

那老和尚却是笑了笑，说道："不急，不急，这里有书相送。种种困惑，你们看了，自然明了。依法修行，烦恼困惑自消，清净安宁常在。"

那老和尚又叮嘱大家："诸位施主，现在切勿将书打开。需带回家中，焚上三炷香，心神清净后，方可打开。"

林青婷也得了一份，竟是几册沉甸甸的大书。她怀抱着它们下山，如怀抱着稀世珍宝。那脚步也是轻快的，因为迫不及待地要回到家中打开，仿佛她人生的密码全在其中，人生的困惑全待破解。

　　到了家中，她焚香、揖拜，恭恭敬敬地打开那书册，只见是毛笔所写繁体小字，密密麻麻。她戴上眼镜，仔细辨认，正要念起，不知从哪里飞来一只大猫，奔蹿到她的书桌上。那猫撞翻了她的墨水瓶，黑墨水全倾翻在了那宝书上。她着急得不行，要挽救，却已来不及，那书早已成漆黑一片。那只大猫，则已从窗户处飞跑得无影无踪。

　　林青婷又懊恼又着急，又着急又懊恼，忽然就醒了。她向窗户处一看，哪里有猫？却是无月的暗黑的夜色。

第三章　课堂

1

林青婷的第一节课，脚步轻轻地来临，如另一只猫。

从此要开始"三尺讲台育桃李"的生涯了，即所谓"传道授业解惑也"，林青婷自觉责任重大。这育人，夸大些来说，也类似于治病救人，是塑造、引领人的灵魂的事业，而灵魂又是一个人的主宰。这样一想，林青婷倒有些畏惧了，她不知自己有没有这样的能力。

周二，上午十点钟，林青婷背着她那可爱的带有小猫图案的书包，一口气爬到了教学楼六楼，心怦怦直跳。她又疑疑惑惑地去找605教室。一来到那教室门口，她的心就又怦怦直跳。正是课间时分，教室里喧哗如水沸。她刚走进教室几步，恰有一个男生，嬉笑着从教室蹿出，收脚不及，正撞上她的肩膀，把她的眼镜都震歪了。那高个子男生以为她也是来这上课的学生，忙不迭地作揖道歉。与他一起玩笑的学生，却都哄笑起来。林青婷忙说

"没事，没事"，脸却被人家笑红了。当她走上讲台，做上课准备，学生们愕然了，这才知道她是这堂课的老师。林青婷倒是轻松了些，心里觉得好笑。

2

上课铃声响起，她又紧张起来。自我介绍之后，她讲解了《诗经》的概况和《氓》的概况，然后留十分钟时间，请学生对照注释，预习这首诗。她自己则沿着课桌间的过道散步，一则了解一下学生的学习情况，再则舒缓一下紧张的心情。走过几圈后，她在一张空桌处，坐了下来。闲来无事，她不由得去看课桌上那几处文字。

在几列数学公式的下面，她看到了这样一段：

主观能动性亦称"自觉能动性"。指人的主观意识和实践活动对于客观世界的反作用或能动作用。主观能动性有两方面的含义：一是人们能动地认识客观世界；二是在认识的指导下能动地改造客观世界。在实践的基础上使二者统一起来，即表现出人的主观能动性。发挥主观能动性，要依靠人民群众。人民群众是物质财富的创造者、精神财富的创造者和社会变革的决定力量。只有依靠人民群众，才能充分发挥主观能动性，正确地认识世界和改造世界。

这当属马克思主义哲学的内容了。把数学公式和"它们"抄写在课桌上是何用意？有多年求学生涯的林青婷，心领神会——备考试之需也。

她又看见这样几行，字迹有点陈旧，看来是有些年月了：

小弟今年一十八，长得好像一朵花；身在教室心在外，一心只想谈恋爱；四年毕业收获大，领个媳妇、抱个孩子，一家三口笑哈哈。

林青婷看到这里，不由得想笑。她又看到那文字下面有不同笔色的批注，分别是"流氓""二流子"，又不由得想笑。

那课桌的右下角，还有这样几行字：

当初甜如蜜，蜜中有糖；如今心如灰，灰已死灭。

当初知有今日，何必当初；今日又忆当初，痛恨无比。

这文字下面，一个歪歪扭扭的箭头，引向一句话：

我有治失恋的秘方，电话：135×××××××（仅限女生）

这句话下面，又有一个箭头，引向一个批注："无耻！"

林青婷看到这些，无声地笑了一阵子，心想："这学校，学风如此？"她又沿着过道散步，见学生都挺认真的，倒不像和书桌上那些文字是属同一个世界。

接下来，林青婷就开始疏通《氓》的字词文意了。对于上课，她心中倒是有一个理想的境界，或曰哲学上的完美"理念"，其风范和效果当如飞瀑流霞，如温煦的春天，如冰山上的雪莲，又如波澜壮阔的大海。读研究生时，她有过几次代课的经历，发现实际效果与那理想境界判若云泥。这次，她是做了充分准备的，如果把标准放低、放低、再放低的话，也还算差强人意。就这样，第一节课上完了。

课间休息，她稍稍舒了口气，望向那窗外：粉蓝的云朵在天空游弋，如张张笑脸。

当她把目光收回时，发现两位老者已在这教室里，正向她走来。她很是疑惑，连忙从讲台上下来。那两位老先生，一位头发花白，戴副眼镜；一位顶发脱落，不戴眼镜。其中的一位自我介绍道："我们是退休教师教学督导组的成员，来听你的课。"林青婷慌忙表示欢迎，并恳请指教。他们在后面的空位坐下了，林青婷的心又开始慌乱起来。

3

上课铃声又响起，教室又由喧哗归于安静。林青婷接着讲解文意，并了解学生知识的掌握情况。她虽已为这节课做了充分的准备，把那教案读背了十几遍，但一望见那两位听课的老教师，嘴巴就有些结巴，话也乱了，失去了条理性和逻辑性——如失去了稳定性的陀螺，摇摆，松垮，想要跌倒下去。她闭上眼睛，深呼吸了几次，才略微恢复了常态。

很快就进入了对这首诗内容主题的讨论。

林青婷重申了这首诗的主题：①女主人公与那个男子青梅竹马，相恋成婚；婚后，女子辛勤操劳，无可挑剔，男子却粗暴无礼，用情不专；女主人公伤心欲绝，最终与他决裂。②诗歌谴责了男子的薄情寡意，无行无德，倾吐了对于爱情婚姻的失望。

然后，如钓鱼人抛出鱼饵般，林青婷抛出了她的第一个问题：女主人公为何会有这般遭遇？

学生的发言很积极。有的说，因为遇人不淑，那个男子德行差。有的说，因为女子年长色衰，诗中有云"桑之落矣，其黄而陨"。

一个胖胖的男生，举手发言，说道："也可能是因为女主人公不能生孩子。古时候的中国，'不孝有三，无后为大'。结婚三年，诗中没有提到生孩子的事。"

林青婷对于这些回答，都给予了热情的肯定。

那个在门口撞到她的高个子男生，高高地举起了手，却是一站起来就笑，笑得弯下了腰，停也停不住。林青婷看得出，他想尽量刹住那笑，可是，没有用。旁边的同学，看他这情形，也有跟着笑的。

林青婷看了他半天，也不知该怎么办。那笑，竟然也传染给了她。最后，她倒想出一句话来，说道："别怕！……"

话音未落，有更多的学生笑了起来。

那个高个子男生，把自己的嘴巴捂了一会儿，然后，笑着说道："我觉得女主人公的诉说，也不一定可靠，因为是单方面的诉说，也没有旁证。我们也没有听到那个男子的诉说和心声。另有隐情，也说不定。"

林青婷有些吃惊。学生们在吃惊之余，又有笑声。

林青婷对这回答也给予了肯定和鼓励："逻辑上是行得通的，算创意思维吧。"

她又提醒这学生："不可因追求新论而误入旁门左道。"

学生中又有笑声。

又进入到对这首诗艺术手法的讨论了。

她又抛出了第二个鱼饵：这首诗的修辞手法主要有哪些？

学生们回答得也不错。

接着，林青婷就要发表她那篇"宏论"了——她精心准备的《致女生辞》：

　　女生们，我有话要告诉你们：

　　你们要自强不息！要学会保护自己！要有勇气承受挫折和战胜困难！

　　生而为人，在这路途上，命运之神为我们准备了什么？有花丛和甘霖，也有荆棘和风雪。生而为女人，命运之神又为我们准备了什么？社会不会因为我们是女人而宽待我们。当踏入恋爱、婚姻、家庭的樊笼，我们受伤害的可能性更大，生活会向我们展示它复杂残酷的一面。不要被牢笼囚禁，不要被浊流淹没，不要被打败。从做学生起，我们就要培养自强不息的精神，要独立，要自爱，要坚强。我们要培养高贵的精神和灵魂，要长出强大的充满梦想的翅膀。不管是恋爱的挫折，还是生活的其他磨难，我们都要勇敢地去面对，去战胜！

林青婷的"宏论"尚在发表中，男生已经在抗议。有几个，已经举起手来，要求发言。

女生呢？林青婷巡视全班，发现只有三个女生！——这是机械制造专业二年级的一个班级，另有几个重修的学生。那三个女生，一个在认真听讲，一个仰面望着老师笑，一个害羞地低头看那过道。

"这番言论，发表在此处，确实不太合适。"林青婷暗自想道。

一个男生，跃跃欲试了很久，手怕是都要举酸掉了，站起来，说道："老师，时代不同了，男女都一样。受伤的男人也很多。"

整个课堂，已是笑作一团。有的学生，笑得东倒西歪，像风吹过的麦子。

又有一个男生，勇气十足地站起来，说道："老师，坏女人也很多。像那《水浒传》中的潘金莲、阎婆惜、潘巧云……"

那些学生，一个个笑得像炸得很开的爆米花。

林青婷看这情形，也觉得好笑，不知如何办才好，想了想，说道："这样吧，我声明，把刚才讲给女生的话，也送给全班男生。你们把其中的'女生''女人'，换成'男生''男人'就可以了。"

男生中的大部分是表示满意了。

林青婷想了想，又说道："也欢迎这样：你们推举个代表，写个《致男生辞》，下次上课时，来念一念。"

全班学生又笑起来。那些闹意见的男生，这下安静了下来。

教学进入下一个环节，林青婷要将席慕蓉的《无怨的青春》，介绍给学生。美好的诗句呈现在幻灯片投幕上，优美的音乐和朗诵声同时响起：

在年轻的时候，如果你爱上了一个人，
请你，请你一定要温柔地对待他。

不管你们相爱的时间有多长或多短，
若你们能始终温柔地相待，那么，
所有的时刻都将是一种无瑕的美丽。

若不得不分离，也要好好地说声再见，
也要在心里存着感谢，
感谢他给了你一份记忆。

长大了以后，你才会知道，
在蓦然回首的刹那，
没有怨恨的青春才会了无遗憾，
如山冈上那轮静静的满月。

学生们沉浸在这美好的情感和动人的意境中，林青婷亦然。

有几个学生却在窃窃地议论，如受到传染一般，有更多的学生在窃窃地议论。

林青婷忍不住走下讲台，问他们在议论什么。

一个学生站起来，说道："去年，我们学校有一个女生，因为失恋，跳湖自杀了。"

林青婷心里一惊，忙问道："有没有救过来？"

那些学生答道："哪里救得过来！"

又有几个学生，说到一些令人心痛的细节。

这些话，在林青婷的心中如海啸一般！

"难道这就是所谓'问世间情为何物，直教生死相许'吗？"她想。

"难道这就是所谓'情不知所起，一往而深，生者可以死，死可以生'吗？"她又愤懑地想。

"这究竟是谁的过错呢？"

"他们的父母，又怎能承受！"

她仿佛看到那伤心欲绝、肝肠寸断的父母。

下课时间快要到了，她该做个总结了。可是，该说些什么呢？她总是想到那两个学生。

她站在了讲台上，想了片刻，缓缓地说道："要爱惜生命，因为生命只有一次，因为生命是父母所赐。不管遇到什么困难，我们内心都当有一种活下去的力量，因为前面的路、前面的风景，可能是你意想不到的好。或者，坚持下去，对抗困难，这本身就是最美丽和值得赞颂的风景。"

她不知道自己的话有没有力量；她因为悲伤而话音低沉。

"说起来，倒是容易。"她在心里，又这样想。

下课铃响了。学生们在收拾书本了。她也在整理教案。教室一下子就变得空空荡荡了。

听课的老教师，从后排缓缓走过来。她连忙笑脸相迎。

其中一位说道："总体来说，这节课上得还是不错的。不过，课堂讨论，不宜发挥过远。"

另一位说道："教学是需花一辈子工夫去钻研的艺术。多听听有经验的老师的课，你会进步得更快一些。"

林青婷喏喏称是。

教室里只剩下她一个人了。她还在想那两个学生的事。

阳光在课桌上跳跃。她的心里有无限悲伤。

第四章　初见

1

备课和教学中，林青婷翻过了一页页日历，时光的舟筏，仿佛只轻轻一划，就到了黄叶飘飞的十月。

星期六，早上，林青婷刚睁开惺忪的睡眼，刚把手机打开，电话铃就响了——那曲王俊雄的《自有幽香梦里通》。

"好巧！好奇怪！"她心里想道。

她疑惑地接通了那个陌生号码，传来的是急促而焦急的声音："小林，我是咱们学院的马伟业。今天上午，我有一场监考，你能不能替我去？我女儿昨天晚上发高烧，她妈妈出差了，她外婆年纪大，没法带她去医院。你今天上午没事吧？可不可以替我去？我已经打过好几个老师的电话了，不是关机，就是有事。我正急得没法子！"马老师一口气说了这许多话，着急地等待林青婷的答复。

林青婷当然是爽快地答应了，记下了开考务会的教室、考场号、监考教室。马老师又说了许多感谢的话，急匆匆地挂断了电话。

林青婷加快速度洗漱、吃早饭，加快速度奔向公交车，奔向开考务会的 101 教室。

她来到 101 教室门口时，里面已经坐满了来监考的老师，主考官已在讲台上讲监考事宜。这是一间能容纳一百多人的大教室。林青婷望着这庞大的阵容、陌生的面孔，有点心虚。她在门口探了几下头，终于鼓足勇气走了进去。她又尴尬地呆立在那里了——放眼望了许久，没看到她要找的第 42 考场的招牌。她犹豫了片刻，心想，随便找个位置坐下吧。她刚坐下，又瞄见了那写着第 42 考场的招牌——在右列第七排的角落。她又低着头，猫着腰，从教室后面绕向那里，很不好意思。

她终于找到了自己的位置，舒了口气，坐了下去。转眼一看，旁边坐的竟是那位梅老师！——在猫耳山遇到的！林青婷吃惊不小，心像秋千似的荡了一下。这梅老师正用好奇的目光望着林青婷，还微微地笑着。他压低声音，说道："你就是马伟业老师吧？我们一起监考。"林青婷更是吃惊和慌乱，脸也有点发烫，低声说："我不是。"梅老师一脸疑惑地望着她。在听主考官讲话的肃静氛围里，林青婷忍住了要做的解释。两个人都望向了讲台。林青婷茫然地听着。她垂下眼帘，瞥了一下梅老师手中的监考单，知道了他的名字叫梅素白。

等到主考老师交代叮嘱完毕，开始分发试卷袋，教室里就语声错杂起来。林青婷向梅素白交代了自己的来历——替马伟业老师监考，也报上了自己的姓名。那梅老师又笑了起来，笑容十分温和动人，说道："想不到我们这样有缘分。在猫耳山，我见过你。"林青婷心里一惊：原来那时他也注意到了我。这般一想，她心里又生出一层惊喜。

他们取了试卷袋，一路相伴着，去306教室。梅素白介绍自己，去年研究生毕业后，来这里任教，在美术系。——在美术系，这是林青婷早已知道了的。林青婷也向他介绍了自己。相伴而行的路却是那样的短，楼梯也是那样地容易爬，很快，他们就到了306教室。

考试科目是教师资格证综合素质，考生大多是本校大四的学生。林青婷第一次监考，好奇而又毫无经验，只好模仿胸有成竹的梅老师，往座位上粘贴准考证，往黑板上书写《考生须知》、考试科目、考试时间。林青婷望向梅素白写的粉笔字，心里很是钦佩，那婉转有韵的起承，疏密有致的布局，真像是一幅山水画。他们俩在教室门口检查学生的准考证、身份证，学生陆续坐到了座位上。梅老师叮嘱学生：把复习资料和书包，放在前排的空桌上；手机关机，不可以带在身上。林青婷也这样附和。他们开始分拆试卷，配合得很默契，似有一缕缕情意在传递。

2

开考的铃声响了。试卷发了下去。教室里好安静，只有考生偶尔翻阅试卷的声响，只有笔尖在卷面上划动的沙沙声。教室里好安静。梅素白站在讲台上，林青婷站在教室后面的空地上。

监考老师不可以相互交谈——这是主考老师反复强调了的。偶尔，梅素白会沿着桌椅间的过道走上一圈。偶尔，林青婷也沿着椅桌间的过道也走上一圈。偶尔，梅素白低头看一下学生的准考证、身份证。偶尔，林青婷也低头看一下学生的身份证、准考证。有时，他们相遇了，目光触碰，轻轻地微笑，默默地远离。多么甜蜜又尴尬！有时，林青婷觉得，隔着迷蒙的距离，梅素白在望着她。她小心地看过去，却没有，有时，又好像是如此——他连忙把目光移开了。多么尴尬又甜蜜！这是什么奇妙的时光？不像在教室里，倒像在一个温暖、舒适的房间里；不像走在地板上，倒像散步在云间。她的心里像有轻柔的风吹过，像有细细的雨洒落。

再后来，那格局便是，林青婷在教室的后面散步，梅素白在教室的前面散步。林青婷不愿像木桩一样坐在空闲的课桌处——书报、手机，也是不允许看的。她只有散步又散步。时光是如此的闲散，时光是如此的漫长。空而静，她能听见笔在纸面上划动的沙沙声，偶尔的咳嗽声。时光是如此的漫长，如此的闲散。钟表的指针竟不能加快步伐。走来走去，走来走去，她觉得那监考的时间不像是两个小时，倒像比两天还要长。走来走去，走来走去，她也不知是走在白天还是黑夜。她好像走过广阔的草原，涉过湍急的河流，攀上远山的背脊，看那远处的海，看那日落，看黑暗慢慢降临——学了几年文学的林青婷，论文不擅长写，文学作品不会写，在专业上有无其他获益尚不知晓，却因常浸泡在文学作品中，养成了爱幻想的习惯，不知是幸还是不幸。

她的心里又吟起这样的诗句——她自己创作的不入流的句子：

> 我的心里住着一个爱人；
> 当看到他的笑，
> 我心里的欢喜，
> 如大海无垠的波浪，
> 在阳光下闪耀；
> 当听到他的声音，
> 我心里的幸福，
> 胜过草原上无边的青草，
> 在春风里轻摇。
>
> 心里是如此沉醉和甜蜜，
> 如下了一场蜜蜂酿的雨，
> 如清芬的香气铺地；
> 因为，我看到了他的笑，

——那住在心里的爱人的笑。

她甚是惊异：我的心里怎会有这样的句子涌出？她暗自思索：是写给那陪伴自己的云隐的吗？那意象此时变幻成了一位男子？还是因为看到了那位梅老师的笑？那位梅老师，在讲台上，坐一会儿，站一会儿，走一会儿，停一会儿。有时，他便走到那过道上来。他们的目光便不由得又有触碰。那情形，如橙子和草莓的轻轻触碰，如柔黄色和粉红色的触碰，又如绒线团的轻轻触碰，然后，又轻轻地移开，相互报以微笑。这是什么奇妙的世界！

林青婷打开了教室后面的门。金黄、明亮的阳光，一下子扑过来，倾泻在地板上。她仿佛听到"唰"的一声，仿佛看到金色的流泉。

那教学楼是四面高低环簇的格局，她所在的考场在北面一排。她来到教室外的走廊，在栏杆处，看天井里的风景。

茸茸的草地上，几片金黄的光，是那样浓，仿佛可以流淌。光照不到的地方，是大片的墨绿色。一棵小樟树，完全笼罩在一束从楼阁空隙射过来的太阳光里，每片绿叶都闪着金光，是光之树了。

这样看了片刻，林青婷又回到了教室里。

她在那临后窗的课桌处坐了下来。她把那黑板上的字又望了一遍，把那墙壁上的几幅名人名言肖像画又看了一遍。她感到有些无聊。她又去看窗外的风景。教学楼后面是宏大的图书馆，图书馆前的喷泉如雾如纱，两个小孩子在那里玩耍。

迷蒙的凝望中，淡淡的幻梦中，她又觉得自己是在一个典雅的房间里，正在窗前坐着，看风景，而房间的另一端，好像有一个她觉得很亲切的人，在做他的事情。她又觉得，自己是坐在火车上，临窗看那沿途的风景，而隔着过道，隔着几个人，坐着梅素白。

她又起身，开始了她的散步。她的心里，却是响起一首歌来，那歌的名字叫《两个人》（小娟）。

想要　穿过温柔的阳光

你说　我是世上最好的

那么　再也没有别的　哎——

一切变得好遥远

哎——

想要　穿过温柔的阳光

我说　你是世上最好的

那么　再也没有别的　哎——

一切变得好遥远

哎——

…………

她又在散步了。她看到门框里，光里，她和她的影子，心里又吟起这样的诗句——她自己的诗：

　　　　那束光里，
　　　　我和我的影子；
　　　　我们好像在旅行，
　　　　去往遥远的地方；
　　　　我们好像在旅行，
　　　　沿着光的方向。

　　　　雪那样的大，
　　　　路那样的远，
　　　　风吹裂了你的脸。

　　　　雪那样的大，
　　　　路那样的远，
　　　　心中响着那不老的歌谣：
　　　　"想要　穿过温柔的阳光
　　　　你说　我是世上最好的
　　　　那么　再也没有别的……"

今天怎会是这样的心境？心里怎会响起这样的歌声！这教室怎会是这样令人感动的氛围和颜色？教室为什么又这样小！为什么我的目光总会和他的目光碰到一起？像两只想靠近又急忙远离的兔子，像飞错了航线的鸽子，像悄悄地试探，悄悄地隐藏！她这样惆怅地想。

一个男生奇怪的举动，打断了林青婷的幻梦。他俯首做题，头却几乎压到了卷面上。手里拿着一卷透明胶，似是要去粘写错的字，却打开一段又一段，上面仿佛都有字迹。他又将透明胶捂得那样紧。林青婷有些疑惑，走到了那学生面前。她把透明胶拿过来一看，一整卷，上面粘的原来是字条！

梅素白也已经走过来。林青婷把透明胶递给了他。他已经明白，这是作弊。

那男生早已窘得满脸通红，坐也坐不稳了。

梅素白对他严厉地说道："你这样做，后果非常严重。先把试卷交了吧。"

那男生头也不敢抬，收拾文具，垂着肩，走出了考场。

对于如何处置作弊，林青婷尚无经验，问梅素白道："要不要写到考场报告单上？"

梅素白摇了摇头，笑着说道："你看，他后面几道大题都没做，已经不能及格了。"

处理完这起作弊事件，林青婷看了一下时间，离考试结束，竟然还有五十分钟！她又开始了她的散步，思绪渐渐缥缈。

她想起她初来猫耳山的那个月夜，春天的夜晚。她来师范学院面试，走出公交车终点站时，暮色初临，去师范学院却还有一段路程。她正惆怅，山色苍郁，灯火星点，一位年轻人走上前来，说，恰是同行，可为她带路。原来，他是本校大四的学生。一路上，他热情地为林青婷介绍学校的情况、周边的风光。她看不清他的面容，却在朦胧中充满好感。那是一段如诗如散文的山间旅行，月亮挂在天上，树枝在地上作画，路灯洒下一段一段黄沙般的光。他的举止谈吐是儒雅有礼又大方得体的。他的眼睛是明亮又友善的。林青婷甚至感叹：猫耳山竟能培养出这样的学生！进了校门，他们不得不说再见，相互不知姓名，不问姓名。如果能追悔，她多想认识他。

她又在编织着绘本故事了。孤单、纤弱、忧郁而静美的她，阳光、俊朗、自信而健谈的他，假日里，公园里的树林和花园，秋叶飘飘落满地。她的帽子被风吹走了，她去追赶，帽子却盘旋起落，越飞越高，越飞越远，像一只鸟儿飞到了树上。他爬上了树，费了很大劲，帮她捉住了。她礼貌而矜持地向他道谢。他明朗地笑答"不客气"。他们互道再见。

那，后来呢？她和他的相遇，是美好的缘分吗？就要如此错过吗？她想。

故事继续在色彩浅淡、线条疏朗的绘本里呈现。后来，她经常想起他，甚至在梦里，于是，她又去那个小树林，每周都去，希望能再遇到他。他也总在梦里望见她，于是，每周，他都怀揣梦想，去那个小树林散步。依她的作息，她总在周日的下午去那个树林。依他的作息，他总在周六的上午去那个树林。所以，树叶飘落尽了，又长出新芽，蝉在浓荫里叫了，大雪又铺满大地，他们再也没有相遇过。一年，一年，他们都去那个小树林散步，都像要去寻找什么，却再没遇见……

那后来呢？她又想。

她又把那绘本往后编写。当她40岁的时候，当他42岁的时候，他们竟然相遇了！是在商场那阶梯式的电梯处。他们都有了自己普通而平凡的家庭，他们身边是自己的爱人和孩子。

故事还要怎样讲呢？她又想道。

当她在那教室又散步几个回转后，她的心中有了这样的话：有些爱，注定是遗憾。她有些惆怅。

当她又散步几回，却又补充上了这样一句：但是，或许也未必是坏事。因为，她想起了那句诗："人生若只如初见，何事秋风悲画扇。"她也因想起了忧伤的往事而眉宇间笼着轻愁了。

"初见，惊艳。蓦然回首，沧海桑田，早已是换了人间。"是啊，"初见"是多么美好，又有多少"初见"，最终变成了"怨"。倘若如此，何不只停留在"初见"？但又怎忍只是"初见"！是什么改变了这"初见"？

小孩子的笑声，引林青婷去看窗外。那两个在图书馆喷泉处玩耍的小孩，不知何时，来到了窗下的草地上。原来，他们在采蒲公英。粉色衣裳的小女孩，手里擎着一个毛茸茸的蒲公英团；绿色衣裳的小男孩，鼓起脸颊，用力一吹，白色绒毛全随风起飞了。两个小孩子又"咯咯"地笑了起来。他们又采黄色的蒲公英花。他们举着那花，快乐地唱起歌来：

小鸭　小鸡

碰到一起

小鸭　嘎嘎嘎

小鸡　叽叽叽

嘎嘎嘎　叽叽叽

嘎嘎嘎　叽叽叽

一同唱歌

一同游戏

…………

听着这可爱、稚嫩的歌声，林青婷忍俊不禁。

他们又轻手轻脚地向远处跑去——发现了停落在喷泉边的鸽群。草地上，他们渐远渐小的身姿，像粉色、绿色的绒球。他们在温暖、明亮的阳光里。

"离考试结束只有十五分钟了。"梅素白的声音响起。

林青婷如释重负，由衷感到欢喜。

陆续有学生交卷，考场秩序也有点岌岌可危了。梅素白整理试卷，林青婷维持考场秩序。很快，就到了考试结束的铃声响起的那一刻。

他们又相伴着去101教室交试卷，轻松地说笑起关于监考的事情。

他们交了试卷，挥挥手说再见。

他说："再见。"

她说："再见。"

这是日常生活馈赠的一闪而过的愉快的奇迹吗？他们没有互留联系方式。

3

两天后的一个傍晚，林青婷自学校归来，见对面楼下攒聚着几个人，正有争吵声传出。

她走近一看，吃了一惊，那正气咻咻地讲话的，不正是她在猫耳山遇见的穿淡紫色绸衫的女子吗？那被众人拉扯住的男子，似是喝醉了酒，说起话来粗声粗气，有调无腔，那举止也是粗鲁的。听这声气，林青婷立即想起那晚她备课《氓》时对面楼上的争吵。原来是一档子事！她也立刻明白，为何她在猫耳山，总觉得那紫衣女子熟识了。或许，她在这小区早已见过她几次。

"他们，到底是发生了什么事情？"

林青婷正在猜想，众人劝的劝、说的说，将他们送回家去。

几片大梧桐叶飞落下来，旋扑到她的脸上。她连忙用手挡开了。

黄昏时分，夕阳的金光只能照到树梢和楼顶，下面是深浅的灰暗、远近的苍茫。她又抬头望了望天。夜色将徐徐降临，如灰幕一般。

第五章 梦想

1

秋意越来越浓。正如那《西厢记》中所唱："碧云天，黄花地，西风紧。北雁南飞。"又如塞尚画中的诗意世界：涂抹着蓝、白色块的静穆的天空，铺展在眼前的色彩丰富、线条韵律的秋之树林，黄、绿色块斑驳错综的土地，柔和、透明的光……

在这般秋色中，中文系迎来了首场中学语文教学观摩活动。所邀嘉宾是市重点高中的优秀教师韩雨烟。

林青婷所在的中文系，以培养中小学语文教师为主要目标。在上周的例会上，写诗兼研究文艺理论的系领导赵主任，语重心长地讲道："目前，中文系的教学与语文教师的培养，存在一定程度的脱节，到了做调整的时候了。专业知识的传授、教学技巧的引导、与中小学语文教学的衔接，当三管齐下，下狠功夫，方不失师范生的风范和本色。"在座的老师个个洗耳恭听。林青婷将这重要讲话认真地记到了笔记本上——三个系在一起、扶风飞翔的气球，线梢处悬吊着一个扁长的竹筐，竹筐里仰躺着一只其乐融融的猫；那三个气球上分别写着"专业知识的传授""教学技巧的引导""与中小学语文教学的衔接"，那猫身上则写着"受教猫"。

风吹棕榈树，扑扫玻璃窗，沙沙作响。赵主任又讲道："为此，中文系将邀请全市优秀语文教师，来我系做教学示范。这一活动将延续下去，成为我系的传统。"林青婷又疾手疾笔地做了记录：一队老虎，喜气洋洋地走来，头上是各种头衔，圆肚子上则写着：明星虎。不过，在童话故事《老虎与猫》中，猫倒是老虎的先生。猫把各种本领都教给了老虎，学有所成的老虎却扑向猫。猫嗖地爬到了树上——它独留了爬树这一绝招未传授给老虎，从而保全了性命。这是中国人用自己的诙谐和智慧创造的一个童话。

关于即将来做教学示范的韩雨烟老师，林青婷在公告栏中看到了对于她的介绍。那些句子几乎都是闪着光的，又镶嵌着珠玑——多次被评为省市级模范教师、模范班主任、师德标兵、巾帼标兵……林青婷仰望到放慢了呼吸，眼睛眯成了一条线。

"这该是怎样一个不可思议的人物！"她想道。

2

教学示范活动是在校图书馆一楼报告厅举行。全体大四学生和没有课的老师务必参加。

林青婷来到报告厅，找座位坐下时，那位韩老师已在讲台上。林青婷不禁抬头望去，却是吃了一惊：这分明是她在猫耳山所逢的穿紫色绸衫的女子！也是与丈夫发生争吵的对面楼上的邻居！没有错，竟然是她！她依然是乌黑蓬松的发辫，俏丽的斜刘海，她的面容依然苍白而秀丽，只是眼睛，一扫淡淡的忧郁，充满动人的光彩，如花枝和梦境般摇曳。她的着装，也是清雅得体的，如淡淡的花茶，如清远的菊香。在此之外，又有一种自信的气度，冉冉升起；一种欢喜，氤氲笼罩。她是如此的赏心悦目，当是中学语文教师的理想形象吧。

示范课即将开始了。赵主任向前来听课的师生热情洋溢地介绍了韩雨烟老师。全场师生以热烈的掌声表示欢迎。韩雨烟又客气地介绍了她自己和她的教学理念。她的嗓音是温柔悦耳的，又有一种清泉般的甘甜，话语中则充满善意和友好、真诚和识见。她的教学理念是以学生为本的，既是服务者，也是引领者。

示范课开始了，韩雨烟要讲的是王家新的诗歌《在山的那边》。

伴随着班得瑞的音乐《追梦人》，幻灯布幕上切换着这样的画面：

蒲公英种子的远行，孩童的蹒跚学步，蜗牛爬向高树，新苗钻出泥土，雨滴自云中下落，豌豆秧向上伸展卷曲的触须，鹰在海天间飞翔，花朵迎着阳光绽放，奔跃中将手臂伸举向天空的人的背影……

当这组动人的画面再度呈现时，韩雨烟缓缓地说道："梦想是绮丽的、诱人的，也是充满幻想性的。什么是梦想呢？梦想可能实现吗？实现梦想的途径是什么呢？如果不能实现呢？梦想可以分为物质性的和精神性的吗？可以分为大的和小的吗？你有梦想吗？你的梦想是什么？你听说过那些为梦想奋斗的故事吗？"

这些意味深长的话语，将林青婷也带入到了沉思中。

音乐停了下来，幻灯幕布上以青青的草地为背景，呈现出这样一个问题：你的梦想是什么？

然后，便进入到互动环节。那些学生，发言甚是踊跃，梦想也五花八门。连一个老师也加入到了其中。那位姓张的三十多岁的男教师，笑呵呵地说道："我的梦想是，把课上好，把学生工作做好，把该完成的科研任务完成好。开开心心生活，开开心心工作。"这平淡无奇的话语，倒也引来了一片掌声。或许它于朴实中蕴真知呢。

韩雨烟和发言的师生，做了轻松、有趣、简短的交流。气氛是真诚的，心思是纯正的，梦想的小小火焰似乎在处处点燃。

然后，幻灯幕布上便呈现了这堂课的主角：王家新的诗歌《在山的那边》。

一

小时候，我常伏在窗口痴想
——山那边是什么呢？
妈妈给我说过：海
哦，山那边是海吗？

于是，怀着一种隐秘的想望
有一天我终于爬上了那个山顶
可是，我却几乎是哭着回来了
——在山的那边，依然是山
山那边的山啊，铁青着脸
给我的幻想打了一个零分！

妈妈，那个海呢？

二

在山的那边，是海！
是用信念凝成的海

今天啊，我竟没想到

一颗从小飘来的种子

却在我的心中扎下了深根

是的，我曾一次又一次地失望过

当我爬上那一座座诱惑着我的山顶

但我又一次鼓起信心向前走去

因为我听到海依然在远方为我喧腾

——那雪白的海潮啊，夜夜奔来

一次次漫湿了我枯干的心灵……

在山的那边，是海吗？

是的！人们啊，请相信——

在不停地翻过无数座山后

在一次次地战胜失望之后

你终会攀上这样一座山顶

而在这座山的那边，就是海呀

是一个全新的世界

在一瞬间照亮你的眼睛……

　　韩雨烟先请学生默读这首诗两遍。然后是配乐朗诵，播放两遍。再然后是，请两位学生，各朗诵这首诗两遍。同时，她纠正发音问题，并讲解诗歌朗诵的一些技巧。在她看来，鉴赏诗歌，朗诵是极重要的，且朗诵本身是很美好的事。

再然后，便进入到对这首诗的作者、写作背景、具体诗节的讲解了。那朗诵之声却依然充盈在林青婷的耳畔。那弥漫于诗中的对于梦想的渴望与激情、信念与毅力，激荡着她的心，将她带入到一种激烈的心灵自语的境地。

林青婷还是第一次读到这首诗，她确实被吸引和震动了。这首诗所讲，其实是我们耳熟能详的一个道理：我们只有心怀信念，不怕困难，不怕失败，方可实现梦想。但这首诗对于这一道理的表达——那象征的讲故事般的手法，简单至极却充满爆发力的手法，给她带来震撼。这是一首充满激情和力度的诗，充满了对于人生的真切体验。它如此凌厉而强烈地表达了对于失败的感受和对于实现梦想的狂热渴盼、执着追求。它激荡着最激动人心的、最强烈的音符！是这种不同凡响的强烈的精神和情感，震撼人心的深度和力度，引起了她深深的共鸣，激起了她内心的巨大波澜。

看，那些诗句是多么动人！

"山那边的山啊，铁青着脸 / 给我的幻想打了一个零分！"这对于碰壁、失败的象征和隐喻，多么具有切肤之痛！

"那雪白的海潮啊，夜夜奔来 / 一次次漫湿了我枯干的心灵⋯⋯"这对于理想的召唤的形容，多么震撼人心！

"是一个全新的世界 / 在一瞬间照亮你的眼睛⋯⋯"这对于梦想的实现的形容，多么感人肺腑！越过连着的山，是敞开的世界，敞开的心灵，敞开的真理，一片宽广的河谷与平原就在眼前，芳菲盛开，烟草绿茫……

这样的道理，其实我们已听过多少遍！从小到大，父母、老师、先哲，他们都以不同的方式为我们讲述。它如日常饮食、空气般平淡无奇了，失去了原本的珍贵意味。

现在，能响在林青婷耳畔的，还有这样的话语：

荀子：锲而舍之，朽木不折；锲而不舍，金石可镂。

鲁迅：要在文化上有成绩，则非韧不可。

爱迪生：伟大人物的最明显的标志，就是他坚强的意志，不管环境变换到什么地步，他的初衷与希望仍不会有丝毫的改变，而终于克服困难，以达到预期的目的。

果戈理：艺术家的一切自由和轻快的东西，都是用极大的压迫而得到的，也就是伟大的努力的结果。

是朴素而至关重要的真理！可我们却因听得太多而忽略它。也或许，是我们在纵容自己的意志薄弱和偷懒耍滑，纵容自己遇到困难时放弃，而非议起这蕴含艰难的真理。

现在，林青婷如被唤醒，她也想到了自己的梦想……

不知已滑过多少时间，林青婷的神思又回到课堂上时，韩雨烟在将第一节诗和第二节诗做比较研究。第一节写"我"渴望山那边的海，第二节写"我"追寻心中的海；第一节写"我"的向往和困惑，第二节写"我"的感知、与读者的对话；第一节写

"我"的童年时期，第二节写"我"长大以后；第一节写"我"和妈妈的对话，第二节写"我"和读者的对话；第一节写现实中的山和海，第二节写象征意义上的山和海……

韩雨烟又介绍了两篇解读这首诗歌的文章。

然后，幻灯幕布上呈现的是再谈梦想。

第一个话题是梦想的重要性。

在与学生的交流中，韩雨烟为大家呈现的是中英文对照的兰斯顿·休斯的诗歌《梦想》。富有感情的配乐朗读，动人心扉。

Hold fast to dreams,　　　　紧紧地抓住梦想，

For if dreams die,　　　　　因为一旦梦想幻灭，

Life is a broken-winged bird,　人生将是断翅的鸟儿，

That cannot fly.　　　　　　再也不能飞翔。

Hold fast to dreams,　　　　紧紧地抓住梦想，

For when dreams go,　　　　因为一旦梦想消失，

Life is a barren field,　　　一生犹如一片荒原，

Frozen with snow.　　　　　终年雪地冰天。

这使整堂课又进入到一个激动人心的高潮。林青婷也沉浸在这动人的情境里，在心中默念那富有感染力的诗句："Hold fast to dreams, / For if dreams die, / Life is a broken-winged bird, /That cannot fly." 她的心中又升起梦想的曙光。

第二个话题是实现梦想的途径。

韩雨烟为学生们介绍了孟子和歌德的名言。

> 孟子：故天将降大任于是人也，必先苦其心志，劳其筋骨，饿其体肤，空乏其身，行拂乱其所为，所以动心忍性，增益其所不能。
>
> 歌德：向着某一天终于要达到的那个终极目标迈步还不够，还要把每一步骤看成目标，使它作为步骤而起作用。

林青婷已开始为韩雨烟的教学设计所折服。

第三个话题是梦想能否实现。

韩雨烟为学生讲了数学家张益唐潦倒三十年终成大器的事例。

她又补充说："为梦想奋斗，当有平和心；为梦想奋斗，虽败犹荣。"

林青婷对这位韩老师，已经是佩服到爱戴的程度了——她不仅是一位教学认真的老师，也当是一位学识广博、修养纯正的老师。

精彩的讲课已到尾声。韩雨烟给学生布置的作业是：将本诗与汪国真的诗歌《我微笑着走向生活》做比较研究。

最后，课堂教学在歌曲《最初的梦想》(范玮琪)的歌声中结束：

> 如果骄傲没被现实大海冷冷拍下
> 又怎会懂得要多努力　才走得到远方
> 如果梦想不曾坠落悬崖　千钧一发
> 又怎会晓得执着的人　拥有隐形翅膀
> …………

那婉转回旋、跌宕起伏的歌曲和旋律，又是怎样激荡着每个听者的心！也是在这歌曲和旋律中，大家奋力鼓起了掌。

接下来，韩雨烟就中学语文教学及新课标的实施，与在座的师生做了一些交流。

而回想这整堂课，林青婷不由得赞叹：它确实是突破了中学语文课的常规，激发了学生的文学兴趣，培养了学生的审美能力，又引导了学生品行、精神的塑造。这位韩老师，不寻常！

3

活动结束后，韩雨烟被邀请去系会议室休息。老师们大部分都走了。有和韩雨烟相熟的，前来问候、闲聊几句。

赵主任见林青婷在会议室门口似进似出的，便说："小林，你去陪韩老师聊聊天。你们还是校友呢。"

林青婷对韩雨烟早有好感，听她这般讲课，更是喜欢，巴不得有机会认识她。

一交谈才知道，韩雨烟不仅是她的校友，且她读研究生时的导师，曾当过韩雨烟的班主任。两人的情分，已是：与君初相识，却似故人归。

韩雨烟不由得问起这位可敬的教授的近况，又问起其他老师。

林青婷都一一作答。

"'人生长恨水长东'，二十年都过去了。"韩雨烟伤感地说道。

两个人又谈起学校的风景，却早已是楼群耸立、车辆拥挤代替了田园风光。

林青婷又谈起刚才那堂语文课，说道："韩老师，您的课真是讲得好！读中学时，上语文课，我总是昏昏欲睡，没觉得有多大趣味。听您的课，我真的是兴趣盎然，整个身心都被吸引了，绝不会打瞌睡。"

韩雨烟欢喜一笑，说道："你可真会夸我。不过，读中学时，课堂上容易打瞌睡，是再正常不过了。我最近还看到一篇文章，说中国的中小学生有三大缺乏：睡眠、快乐、运动。"

林青婷听了这话，激动得很，说道："这文章说得太对了！我深有体会，深有体会！整个高中，我记忆最深刻的，差不多就是上课打瞌睡了。不光是语文课，别的课也一样。可怜的是，还要强制自己不要打瞌睡，为自己打瞌睡而自责、内疚。再说快乐，哪有什么快乐！一月一大考，一周一小考，又是打分，又是排名，完全是在紧张和压抑中度过的！运动就别提了，一周勉强有一次体育课，就算不错了。"

韩雨烟见林青婷如此激动地倾诉，觉得很有趣，又深表同情，说道："那篇文章还说，童年、少年时期的快乐，是一生快乐的源泉，有助于形成一个人快乐的天性。"

林青婷如同豁然顿悟，哀叹道："我知道我们中国为什么有那么多人不快乐了。"

韩雨烟听了这话，哈哈大笑起来。林青婷也是哈哈大笑。

林青婷又问道："现在的中学教育是不是已经有了很大改善？不是在提倡素质教育吗？"

韩雨烟苦笑着摇了摇头，说道："换汤不换药。我们的主要目标仍是抓分数。"

这很出乎林青婷的意料。她疑惑地说道："难道大家不知道只抓分数很害人吗？"

"当然知道，人人都知道。上个月，我们学校的宣传栏里还转载了这样一篇文章：《决定孩子一生的不是学习成绩，而是健全的人格修养》。可是，有什么办法呢？只能尽量平衡了。"韩雨烟无奈地说道。

已是晚饭时分，赵主任等执意招待韩雨烟去饭店用餐。韩雨烟客气地谢绝了。

当韩雨烟又得知，自己与林青婷同住桃源小区，且是前后楼的邻居时，不胜惊喜！

两个人同坐公交车回家，路上又谈得极开心。

她们已经情同姐妹。

4

又忙过几日，林青婷翻出了自己的写作草稿，那已是荒疏的园地。韩雨烟的讲课，如梦想的风，吹过她的窗棂。

"为什么想起梦想，我心忧伤？"她慨叹道。

"各种矛盾，各种畏惧，如喧腾的海水，涌到我的面前。"她又慨叹道。

林青婷喜欢文学。这如一缕温柔奇妙的光照进她的心里。在她成长的过程中，这光起伏变化，却从未消失。为什么喜欢的是它，而不是别的？这难道就是每个独特的生命个体对万事万物的独特感应？

年少时，她曾读过《小丑的眼泪》这个故事。她是那样的感动。这是奥地利作家约·马·齐默尔写的一个童话。圣诞夜的前一天，马戏团的帐篷里，一位年迈的著名的小丑为孩子们做精彩表演。他的幽默、滑稽惹得孩子们开怀大笑，却不能使其中的一个小女孩露出一丝笑容。——原来，小女孩双目失明。为了让小女孩感受到别的孩子能感受到的欢乐，第二天，这个伟大的小丑去她的家里，专门为她做表演——让她通过触摸来感知到那些滑稽、有趣的表演。小女孩开心地笑了。她好像从来没有这样快乐过。小丑流下了眼泪。

十几年后，已成年的她，再次读到这个故事时，仍是那样的感动，心灵充满震颤。这就是她热爱文学的原因吧：因为它构建和启迪了一个更美好、更温暖、更善良、更慈悲的世界，一个具有一切美好品质的世界。也或许是，文学在现实的故事停止的地方，继续向前延伸，延伸向世界和人性的美好、良善、温暖。她生活在现实的世界里，但她热爱那个文学里的世界。

她也听说过这样一句话："文学是人类灵魂的工程师。"她对文学肃然起敬。在那些孤单的岁月里，再没有别的什么比文学更深深地抵达她的心灵，洞幽烛微地照亮她的心灵，又以美的形式感动和教化她的了。那些文字充满真挚的思想和感情，描绘着动人的画面，又深刻地剖析着人的心理和灵魂。文学如一道彩虹，驻足在她青春期的时光里。她愿意把最高的礼赞真诚地献给它。她如同找到了知己和导师，找到了世间最绚丽的风景。

读了研究生之后，她致力于对文学理论的学习和对当下文学的研究。她对文学的认识加深了，感受却变得复杂，甚至感到茫然。她发现，文学的园地是一个芜杂的所在，并非纯然散发着真善美的光芒，如圣母将她的孩子照亮。文学是多样的，有美的光亮和思想的先锋，也有许多矛盾的东西和平庸甚至丑陋的东西。令她不解的是，平庸和丑陋，有时也很畅销，甚至风靡文坛。尤其令她不解的是，许多批评家也以各种时髦的理论，向它们致敬。她不知道是自己出了错，还是这个世界荒谬，头脑纠结成乱麻。最后，她只能喟叹，是自己缺乏对文学进行鉴别的素养。那是怎样艰难挣扎的时日，自我怀疑和否定的历程。文学的彩虹在她的眼里也黯然失色了。她不再毫无保留地将最美的玫瑰、最诚的心意，献给它。她感到迷乱，茫然不知所措，如走在黑色、灰暗的森林里，看不到光。

　　她也越来越认识到，当下的文学作品，极少能给人带来智慧，只是徒然地将人拽入情绪的旋涡或故事的圈套，也或者给人灌输一种似是而非、可有可无的观念。当在一番蹂躏中醒来，发现身上沾染了灰尘，脑力徒然经受了劳累，时间徒然花费掉了，心里感到无聊。她发现，宗教带给人的智慧要远胜过文学。宗教思想里的美善，也远比文学彻底。宗教又教人解脱之道。她把她对文学的敬慕之心，一半奉献给了她并不深知却向往的宗教。

　　她也曾尝试写作，去写自己想写的那种作品，如开辟一片属于自己的广阔园地，遍植芳草花树，设计、建造宫殿，这是多么令人振奋的梦想！当她真的去创作，才知道自己有多笨拙——真如刚握笔学写字的小学生！她所接受的文学教育大都是知识和理论方面的。她无法将那满腹经纶化成构建作品的文字。她受了很大打击，那悲痛地跌入深渊的深度和那狂喜地跃入云端的高度，是一样的惊心动魄。她把梦想折叠了起来，藏在内心最黑暗的地方，向人向己，不再提及。至今，她连一篇作品也不曾发表过，连投稿的勇气都不曾有。

现在，这梦想又蠢蠢欲动，如东风吹了花树，鼹鼠钻出地穴。畏惧与失望又悄然而至，粉碎她的希望。她想到了太多！

为什么要写作呢？写作的目的是什么？难道想以此来"救世"吗？难道想以此来获得别人的赞赏吗？想以此来立身扬名吗？想靠它来挣碗饭吗？在这个时代，若对写作抱持希望，那是痴人说梦，是自己筑屋于苦寒之地，与大雁为伍。对于这些，她清明如深秋之水。

"难道是我太悲观了吗？"她又这样自问。

"但我看到的许多例子，明明就是这样。"她又听到这样的回答。

那自己为什么还有写作的愿望呢？那答案便是，那是她自己的需要。这个世界是不需要写作的，它已经那么美，或那么悲伤，它已经那样丰富或热闹。也是没有任何人需要的，他们都已经那样的充实，那样的忙碌，他们已经看到太多的故事，他们都已感受到太多的生活。这是一个媒体发达、资讯充斥的时代，人们简直不堪其扰，难以承负，而不再是闭塞的年代，人们需要借小说以消遣或增长见识、增添生活的情趣。写作，那只是她自己心灵、情感的需要，这个世界和世界上的人并不是很需要。再说，她又非圣人，所写只是一己所感所思，水平也很有限，别人眼光挑剔，嗤之以鼻，都是再正常不过的。写作成为多么孤绝的情境，如独立于山峰，四顾无人，全是遗弃和隔绝。这就是她对于写作的观察、体验和领悟！

自己去欣赏这种孤绝之美吧，如自己和自己说话，也只有自己和自己说话。慢慢地，在幻境中，看到花开，看到温暖的光，看到草木熠熠生辉……那也是好的。那就去拥抱那个世界吧，安住在那个世界吧。

可是，自己有表达的能力吗？她又深深地怀疑了。自己将是一个五音不全的失败的歌者？怀疑和畏惧深入骨髓，流淌在她的血液。那就是她自己的一部分，相伴而生，不可分离。那是她的标志！

她左思右想，徘徊不前，终究还是拿不定主意要不要尝试写作。到底还是怀疑和畏惧覆盖了希望和幻梦。几日后，希望和幻梦却又长出新芽来，几日后，又在惋惜的泪水中被轻轻拔掉。她曲折的心路，如泥泞的土地上插满青刺，她赤脚走在上面……

"写，还是不写，这是个问题。"她想。

只是面对小小梦想，她却比哈姆莱特还延宕、犹疑、徘徊、矛盾。这或许是一种毒素的环绕，如扑动的飞蛾，是倒霉的病菌，精神上的。

最后，她决定，还是要去写作。她想起了文学评论家李建军的话："我们生活在一个需要文学来记录和见证的时代。人们需要能给自己的内心带来勇气和力量的文学，需要能使自己更优雅、更有教养的文学。然而，在这样一个'娱乐至死'的时代，在这样一个'市场化'笼罩一切的时代，这样的文学还能产生吗？我们的文学还有希望变得更好一些吗？"在犹疑中，她决定去尝试写作。

其实，最近几个月，她总想写一部名叫《紫色的田野》的小说。那主人公的名字，她都想好了，男的叫春桐，女的叫秋凤。因为她听到了一个发生在她的家乡的令她震惊不已的故事。那春桐的原型就是她的一个远房堂哥。这户平常的乡村人家，像大多数人家一样，丈夫去南方打工，妻子在家里照看孩子。但妻子出轨了，与其姐夫有染。这丈夫精神上受了极大的打击。内向、老实、勤苦的他，在多年不分昼夜的加班劳作中，已损害了身体和心理的健康，加上这一重大打击，得了抑郁症。回到家乡，他并没有得到妻子和那因长期分离而缺乏感情交流的儿子的善待，连他的亲生父母也不理解他，并没有给予他更多的关爱。他住进了精神病院。因不愿多花费钱，家人很快又把他接了出来。最后，在四月，这紫桐花开的季节，他喝农药自杀了。听到这一惨剧，在震惊、痛惜之余，林青婷的灵魂怎能安宁？她很想把它写下来。她希望那残害人的一切，有形的、无形的，能反省和纠正，希望每个人都能过上真正的生活，生命得到尊重和爱护。

可是，她刚想去写这样一部小说，严重的不自信就不请自来。她怀疑自己没有能力和才华去创作它。这可能是真的。该怎样架构整个作品呢？该怎样组织情节呢？那些细节是怎样的呢？她了解打工者的生活吗？她懂得夫妻间的感情和变化吗？抑郁症是怎么回事？事情还有更具体的不为人知的真相吗？想到这些，她有些退缩了。那创作的计划也就搁浅了下来。

追求梦想的过程，就她而言，是与失望、不自信搏斗的过程，如此惨烈，如此自我吞噬和折磨。她决心抛弃各种杂念，把这路走下去。

5

几日后，林青婷内心的疑惧和矛盾，在她的梦里，又以这种形式出现。

窗外的夜幕是薄透的蓝色，似有丝丝雾气飘游。硕大的金黄的月亮，悬浮在只剩下稀疏叶子的树梢后。室内，一只五彩斑斓的大鹦鹉停在窗边的横杆上。它是云隐的又一个幻象吗？

正在桌前制作乏味之花的林青婷，听到鹦鹉和她说话，若有若无地应了一声。她专注于自己的工作——或许，她将做上许多，将它们装进玻璃瓶里，成为生活的点缀。

鹦　鹉（提高了嗓门，是沙哑而奇怪的声音，如一个老人）
　　　林，你知道什么是梦想吗？

林青婷（欢喜地、轻快地、无心地笑了一声，不在意地）当
　　　然知道了，连老鼠都知道。

鹦　鹉　梦想，那难道不是很美好的事情吗？难道，你不愿
　　　去追寻？

林青婷（做戏般地，诗人般地，在房间里旋转了一圈，妩媚
　　　地眨了眨眼睛，伸展双臂，眺望远方，很抒情地用
　　　朗诵般的声音）梦想是天边的一缕晚霞，梦想是晨
　　　光，梦想是胜利女神的睫毛和眼睛，梦想是一个故
　　　事。我睡在了那个故事里。请给我盖上一床天鹅绒
　　　毛毯。嘘，别出声，我梦见，我用那晚霞做了件衣
　　　服，好轻柔，好美丽……

鹦　鹉　林，我在和你说正经事。

鹦　鹉　我知道你怕去追求梦想，你到底在怕什么？

林青婷（假装低头沉思了一会儿，紧蹙双眉，夸张地表演般
　　　地用朗诵的声音）我怕海边翻起巨浪，把我卷走；
　　　我怕山顶刮起大风，把我吹下；我怕鹅毛大雪，我
　　　怕电闪雷鸣，我也有点怕那毛毛雨。

（她双臂紧紧地抱住自己，在房间里跑了一圈，仿佛那雨正在落下。）

鹦　鹉 （着急得直跺脚，从背后拿出了个擀面杖，威吓地比画了一下，严厉地）林，我在给你说正经事。

（林青婷在桌前正襟危坐，无辜地看着前方，眼睛机械地一眨一眨。）

鹦　鹉 我说你是胆小鬼、没出息。你好没出息！

林青婷 （哀怨地）我就是胆小鬼、没出息。我很没出息！我没出息死了！我生来就没出息！

鹦　鹉 Coward！

林青婷 （哀怨而委屈地）我就是 Coward！我比虱子、跳蚤还小。

鹦　鹉 你的字典里不应该有"懦弱"这两个字。你应该把它删掉。

林青婷 我删不掉。

鹦　鹉 你到底在怕什么？又不是上刀山，下火海。

林青婷 （真诚地）我害怕得喘不过气来——我害怕失败。我怕倾心倾意付出一切，换来一场风暴——失败的风暴。我怕别人笑话我。

鹦　鹉 唉，那又有什么关系呢？

林青婷 那是摧毁自己的风暴。我会因此而怀疑自己、否定自己、看低自己。那种痛苦如毒蛇咬啮我的心，如大树被连根拔起。那是毁灭！

鹦　鹉　那是魔鬼进了你的心；是陷入错误的认知，不能自
　　　　拔！你当知：你努力奋斗过，虽败犹荣。

　　　　（林青婷陷入了沉思）

鹦　鹉　现实的生活，是多么狭窄。日常的生活，又是多么
　　　　乏味和庸俗。唯有心灵的世界，广阔而又美丽。写
　　　　作，将带你进入那样一个世界。并且，你可以去探
　　　　索、开掘、创造。光，就在那里。

林青婷　（激动地）真的吗？我向往那样的世界。

林青婷　（但马上，眼神又黯淡下来）我怕，我没有那样的
　　　　能力。

林青婷　（哀伤地）云隐，跟你说老实话吧，我是个很普通
　　　　的女孩子，毫无过人之处，甚至各方面比别人还要
　　　　逊色很多，既不聪明，阅历又浅。写作，那得需要
　　　　多少才华呀！我的才华，只比铃铛多一点。

鹦　鹉　不要看轻自己。

　　　　写作是有方法和技巧的，不过是一种技艺。一开
　　　　始，你会觉得很难，那很正常。当你渡过那个艰难
　　　　的时期，渡过那个在黑暗中摸索的时期，你会看到
　　　　光，无限的美景等待你去探索、创造、发现……
　　　　无论做什么事，都是这样的。

林青婷　（眼睛里闪着喜悦的光）我向往那样一个世界。我不

再害怕了。

鹦　鹉　林，你还要有思想准备。如果你遇到了失败，那不算什么，它不过是你探索路程上的一个小站。

（林青婷感激地点了点头。）

鹦　鹉　你可能会遇到很多困难，各方面的，你都不要害怕，要坚持下去。我会永远陪伴你。

（林青婷感激而欣喜地望着云隐，眼睛里有感动和喜悦的光。她把那鹦鹉抱在怀里，脸颊贴在它五彩缤纷的羽毛上。）

鹦鹉、林　那我们开始吧。

鹦鹉、林　"文体风格就像是一头野兽，需要你把它好好看管住。"

"别卖弄，学会控制你的语言。"

"你的故事需要一个诱发事件。"

"你要先摆脱自己，才能写出更深刻的作品。"

"别写软骨头，去塑造强有力的人物。"

"重视材料的选择，是一种美德。"

"我只想让你知道，你并不孤独。"

林青婷　我还是害怕，我感到浑身发冷。

林青婷　我好害怕，我不敢去睡觉。

鹦　鹉　（责备地）你尚未起飞，你的翅膀就被各种消极的杂念打湿掉了，如落汤鸡。

林青婷（争辩）我本来就是一只鸡，并不是凤凰。

　　（鹦鹉向着林青婷，又举起了它的擀面杖。）

林青婷（笑）我一点都不害怕了。我准备好了。

第六章 《风蝴蝶遇女巫》

1

《紫色的田野》在艰难的孕育中。那情形如作茧自缚，身陷荆棘，又如弱蜂扑上蛛网。海明威说，你当去"寻找属于自己的句子"。她没有找到。贾岛言："两句三年得，一吟双泪流。"她也正是这种境况，差别仅在于，她的小说尚在肚腹中，能不能吟出，尚不知。这是多么悲不自胜的情境，如小孩仰天哭泣，如乞丐讨乞于风中。

但，也有"无意插柳柳成荫"的怪事。人生是多么奇妙，弯弯绕绕在河滩，谁知会在何处遇见渡口！在她灰色的写作征途中，有一天，一道微茫的闪电在天边浮现，一条小路在灰云缭绕的远处向她昭示。"野径云俱黑，江船火独明。"疑惑和欣喜中，她拂花披林，涉水踏泥而去。如同捡拾起一颗露珠似的珍珠或珍珠似的露珠，她的1号作品诞生了！这便是童话——《风蝴蝶遇女巫》。

那天上午，天气阴晴不定，风飒飒作响。在居室中为写作劳神的她，到楼前的高树下漫步，头脑中却仍寻思着该如何设计春桐和秋风的相遇。

"是浪漫的情境呢，还是写实的风格？可以采用戏谑的手法吗？"

她这般寻思着，仍是拿不定主意。脚跟着落叶，落叶跟着风，也不知走到了何处。

突然，她听到前面闹嚷嚷一片。抬头一看，一处居民楼下，大人、小孩围了七八个。

林青婷不由得走上前去。

一位六七十岁的阿姨，在用方言气愤地诉说。她气到了极点，脸颊涨红、鬓角发白，语调和双手，一起发抖。她面前那个读初中年龄的小女孩，也是满脸通红，低着头，是又懊恼又羞惭又不服的模样。她实在是长得有点太胖了，脸颊并腿臂，都如吹鼓的气棒。因失去了匀称，她多少显出些憨蠢之相。地上则是堆了几大摞五花八门的漫画书，足有三百本之多。

那位年老的阿姨，气愤中弯腰捡起了几本，向大家诉说，这是怎样祸害小孩子的书，又将它们狠狠地掷到地上。她浑身有些发抖。

那个小女孩，眼圈都红了，嘴巴撇动，难过得要哭，眼神中却又有怨怼。

众人帮腔的帮腔，劝解的劝解，实在也是心疼这位阿姨，想要指教这个初中生。也有刚学会走路的小孩，兴奋地走向书堆，翻着那花花绿绿的图书，咿咿呀呀说笑。

林青婷渐渐明白是怎么回事了。

原来，这读初二的小女孩，母亲几年前去世了，父亲忙于工作，无暇管教，主要由奶奶负责。小女孩学习成绩很差。几天前，班主任打电话反映，她上课时爱看漫画书，还带许多漫画书分给同学看，影响很坏。这种情况，班主任以前也反映过。老奶奶也曾经把她所有的漫画书没收。今天，老奶奶去她的房间，意外发现，高柜上的几个大纸箱里，竟然装的都是漫画书，感觉自己受了蒙骗。她又联想到小女孩晚上"学习"到半夜，原来是在看漫画书——甚至关了灯，躲在被窝里看。她才震惊、气恼成这样。

她把那些书都搬了出来，是要当废纸卖掉，以绝后患。

"你们看看，你们看看，这都是什么书，看了有什么好处！专意害人！害人！"

林青婷很好奇，翻阅起来。夸张的插图，配上夸张的对话，连缀成一个个奇形怪状的小故事。绘画大致称得上拙劣，故事是吸引眼球的无聊。很时尚很摩登，很酷很炫，很庸俗很无益，基本上是精神垃圾。有的衣着和身体夸张地暴露，是网络游戏的风格。书的名字也稀奇古怪，更有甚者，自命为"邪恶漫画"。也算是校园一族吧，那形象却似来自地狱的恶鬼。那傲慢，那颐指气使，那酷毙、帅呆，就是所谓"男神""女神"。这些东西也不算陌生，林青婷在书报亭就常见这样的广告。总之，除个别几本之外，大部分乏善可陈。

怪不得老奶奶要气成这样！

究竟是哪些人，在人群黑幕后，制作这样的漫画？！

林青婷就是在此时萌生了写童话的愿望。以文艺理论考量之，这大约就是所谓灵感触发吧。

在接下来的几天里，她以逻辑家的头脑，对自己这种突发奇想进行了论证。

她想：这是往孩子心田里播撒花种的工作。

她想：这是种子和根的工作——若以树木为喻，成人时期是树干和树枝的生长，孩提时期则是种子和根的培育。

她想：播撒下真善美的种子，意义重大。

她想：人在孩提时期受到良好的教育，心中种下真善美的种子，慢慢地，人间就会减少许多恶毒和争斗。

她大胆地想：如果希特勒自幼心中撒下的是爱的种子，爱的种子生根发芽开花，人间也许就不会有第二次世界大战了。

她又想：儿童、少年时期的成长和教育非常重要，父母、老师、社会各方面都应当用心做这样的事情；以童话的方式去做，也是不错的方式。

经过充分的论证，林青婷很激动，觉得自己将做的是一件非常有意义的事——意义重大！

此后，经过两个星期的努力，她的第一部作品诞生了——《风蝴蝶遇女巫》。

在一个有着薄雾的梦幻的早晨，她又将这个作品细看了一遍，思绪在曼妙的童话中飞扬。但她不知道它究竟是珍珠还是露珠。

这就是她的 1 号作品。

2

风蝴蝶遇女巫

在很远很远的地方，有一片大森林，广袤无边，茂盛美丽。那里的高山、河谷、丘陵，都被绿色的丰茂的植被覆盖。它的美丽像童话世界一样。

在这大森林里，有一棵桂花树，已经几百岁了。它的树干要三个小朋友手拉着手才能围得过来。许许多多的枝干和枝丫，蓬勃地向天空伸展，又向四周延伸。那些纷繁的线条充满了生命的律动，像一幅抽象派的绘画——线条上挂满了绿叶呢！到了秋天，树上会开满鹅黄色的小花。那些花朵玲珑精致，细细碎碎，香气却是芬芳四溢，随风传送。方圆几里的草木和鸟兽，都笼罩在这香甜的气息里，像是在一个香甜的梦里。

桂花树下，有一座小小的木房子，里面住着一个可爱的精灵——风蝴蝶。

风蝴蝶是由一只蝴蝶幻化而成。这只蝴蝶按照一本修仙秘籍，修炼了很多年。一个春天的早晨，清风吹开硕大的百合花花瓣，在里面睡眠的蝴蝶睁开了惺忪的睡眼，惊喜地发现，自己变成了小女孩的模样。她从那花瓣上跳了下来，迫不及待地前后打量自己。喏，她的肖像是这样的：圆圆的粉红的小脸像苹果，大大的紫色的眼睛像葡萄，浓黑的头发齐齐地垂到颈部，还有齐齐的刘海呢。身材是苗条纤细的，很柔软，有0.8米之高。头上有一对触角。背上有一对玫瑰色的翅膀。她真是可爱极了！

这时，清风徐徐吹来，拂动她那新生的仍娇弱的翅膀，像清新的问候。蝴蝶摇了摇它的触角，心想："我该有个名字呀。"清风拂上了它的脸颊，如轻轻细语。她便想："就叫风蝴蝶吧。"她两只脚使劲儿一蹬，就飞了起来，那翩翩的舞姿，比先前更轻盈，更自在。是呀，她已经是小精灵风蝴蝶了，不再是小昆虫蝴蝶。

她已经在这桂花树下度过了好多个春秋。她和桂花树是极好的朋友。桂花树像一位慈爱的祖母。

桂花树的枝丫上，住着一只鹦鹉。那鹦鹉，羽毛绚丽，擅长演说，常常谈论一些时新的话题，增加大家的生活意趣。树下不远处的小池塘里，住着一只青蛙。它很具

绅士风度，常来这桂花树下踱步，也常抬起头来，优雅地和鹦鹉谈天说地。附近还住着一只绿色的猴子。它最调皮、风趣，常在桂花树上荡秋千，更热衷于表演杂技给大家看。

桂花树、凤蝴蝶、鹦鹉、青蛙、猴子，它们真算得上是顶好的朋友和邻居了。

每天，凤蝴蝶去花丛中传播花粉，为花朵们送上美丽的祝福。每天，鹦鹉飞到热闹的远方，听闻新奇的事情。每天，青蛙在池塘里歌唱，制作动听的乐谱。每天，猴子在树枝与树枝间跳跃，寻找美味的果子。桂花树则展开它蓬勃的枝叶，迎接阳光的照耀、雨露的滋润。它们都按照造物主的设计，各适其性地过活。夜晚来临时，大家又在桂花树慈爱的讲故事的声音里，进入梦乡。

就这样，它们已经度过了好多年。

这一年的秋天，桂花树上又开满了鹅黄色的芬芳的小花，像许多小小的风铃、小小的喇叭。花朵是那样的繁盛，在绿叶间缀得满满的，月光下，像小小的明珠。香气也是那样的浓郁，沁人心脾，醉人心肠。香气浮在小动物们的梦里，将它们的梦托起。

可是，有一天，天空飘过一朵散发着臭气的黑云，桂花树病了。它的细碎的花朵，轻轻悄悄地凋落；它的绿色的叶子，也萎黄失色，轻轻脆脆地落下。这凋落的声音，在风蝴蝶的心间，是多么巨大！她恐惧着每一朵花、每一片叶的凋落。她心疼桂花树！鹦鹉、青蛙、猴子也是一样的心肠。小动物们惊慌成一片，不知如何是好。桂花树的声音也变得衰弱无力，它说道："也许是我太老了。"又一朵花落下，又一片叶子落下。大家惊得往后一跳。也许，当那花叶落尽，桂花树就会死去。

呼呼地刮着风的夜里，风蝴蝶不能睡着觉了。她看见月光，听见虫鸣，更听见桂花树花叶凋落的声音。她感到忧伤和愁苦。天快亮时，她才迷迷糊糊地睡着。奇怪的是，在那梦里，她听到一个美妙无比的声音对她说："快来我这里吧。我这里有医治桂花树的灵药。"那声音是多么的动听，如甘泉流入心田，如温馨的花，如花蜜。那是绝好的消息，多么令她开心、喜悦！当她醒来，仍是激动，眼中有欢喜的泪水。可是，她立即明白，那只是梦。可是，奇怪得很，连续三天，她都做了同样的梦，听到那个同样的声音。

风蝴蝶终于忍不住了，把这梦告诉了鹦鹉、青蛙、猴子。大家一听到这梦，就欢喜地跳了起来，好像桂花树的病已经医好。最终，风蝴蝶决定去那梦中的声音告诉她的地方，寻找医治桂花树的灵药。可是，那是北方三座大山之外的地方，要历经许多艰险才能到达。但是，风蝴蝶已经决定要去了。鹦鹉、青蛙、猴子都为风蝴蝶担心。但是，风蝴蝶已经决定要去了。大家不能把这个消息告诉桂花树，因为桂花树绝不会同意风蝴蝶为它去冒险。

哈，要告诉你们的是，风蝴蝶是一个精灵，是会一些武艺的，毕竟她修炼过多年！当风蝴蝶要出发时，小动物们都想送给她一些法宝，帮助她渡过路上的难关。可是，那些法宝都太差了，一点用都没有。风蝴蝶自有办法。她从花粉宝盒里取出了一条项链，戴在了脖颈上。那是她的妈妈送给她的宝贝，具有神奇的保护作用。那项链上有三颗神奇的珠子。第一颗是粉红色的，是用一种珍稀的粉红色花淬炼而成，它能帮助风蝴蝶提高警惕。第二颗是翠绿色的，是用一种罕见的翠绿色花淬炼而成，它能帮助风蝴蝶勇敢自信。第三颗是湛蓝色的，是用一种奇妙的湛蓝色花淬炼而成，它能帮助风蝴蝶清醒地思考。戴上这神奇的项链，又佩戴上宝剑，风蝴蝶就出发了。小伙伴们与她挥手告别，眼睛里满是期待与祝福。

风蝴蝶跋山涉水、日夜兼程地赶路，遇到很多艰险。比如，从一个冒着绿雾的大湖中飞出一条长龙，嘴巴会吐火，也会喷水。它要夺取风蝴蝶的项链。比如，从一棵章鱼一样张牙舞爪的大树的树洞里钻出一头奇臭无比的黑熊。它要捉住凤蝴蝶，娶她做新娘。再比如，从一个妖风四起的黑山洞里钻出一只老虎精，它嗷嗷地诡笑着，声称要吃掉凤蝴蝶。因为它听说，吃了凤蝴蝶这样的小精灵可以延年益寿。如此等等，不一而足。但是，凤蝴蝶凭着自身的武艺、项链的法力，都勇敢地战胜了它们。

凤蝴蝶离她要去的地方越来越近了，危险也越来越多，黑云在四面八方翻滚。灌木丛里，一群画眉鸟在歌唱："慈善的人儿，披着一件外套；善笑的面孔，阴云变幻；花中有蜜，蜜中有毒；善笑的面孔，有狰狞的牙齿……"可是，凤蝴蝶急于赶路，没细心听这歌曲。

凤蝴蝶是在夜晚时分，来到了她所要寻找的山谷。

一位头上插着罂粟花的女仆，殷勤地招待她，安排她在一个舒适的房间中歇息。她早上起床后看清，这是一个有些古旧的宅院，门匾上大大地写着仁爱、善良、慈悲等字样，又到处种着花，在晨雾中灿若明珠，芳香四溢。凤蝴蝶立即感到轻松自在，欢喜满足。她是何等地热爱那些美德，又热爱花！

那头上插着罂粟花的女仆，又来到了凤蝴蝶的面前，告诉凤蝴蝶，她的女主人外出朝圣，三日后方能回来。这女仆笑靥如花，声音温和温暖，让风蝴蝶的心融化。她周到而殷勤，采摘含笑花为风蝴蝶泡茶。她带风蝴蝶去看罂粟花海。在那花海中，她向风蝴蝶讲述她女主人仁爱的功德。风蝴蝶乐陶陶地醉了。晚上睡觉时，她项链上那颗粉红色的珠子，变成了惨白的颜色，如冬天的枯草。

第二天，一位头上插着曼陀罗花的女仆，殷勤地招待她。那女仆同样笑靥如花，声音温和温暖。她也采摘含笑花为风蝴蝶泡茶。她带风蝴蝶去看曼陀罗花花海。在那花海中，她向风蝴蝶讲述她女主人智慧的伟业。风蝴蝶听得顶礼膜拜，羞愧于自己不如一只蚂蚁。她可怜兮兮地醉了。晚上睡觉时，她项链上那颗翠绿色的珠子变成了惨白的颜色，如受了惊吓的月亮。

第三天，一位头上插着郁金香的女仆，殷勤地招待她。她温和温暖的笑，何止融化了风蝴蝶的心！那笑能使水波荡漾，浮云蹁跹！她用含笑花为风蝴蝶泡茶。她带风蝴蝶去看郁金花花海。在那花海中，她向风蝴蝶讲述她女主人坦荡的胸怀。风蝴蝶已经把这女仆当成自己亲爱的姐姐，把自己的一切全都告诉了她，包括她的弱点和最伤心的往事。她坦然地醉了。晚上睡觉时，她项链上那颗湛蓝色的珠子变成了惨白的颜色，如失血的脸孔。

风蝴蝶哪里知道，这三位女仆都是同一个女巫变幻而成！那女巫，是一只修炼多年的蝙蝠精！风蝴蝶项链上的三颗珠子都失去了功效，风蝴蝶的法力已经大大降低。

第四天早晨，那个女巫出现了，也就是女仆们口中所说的女主人。

哈，她的肖像是这样的：三角脸，头上长着两只尖耳朵，眼睛细细长长如柳叶。紫灰色的头发，在头顶弯成两个拱弧。两条细长的胳膊后面，是两个伸缩自如的伞形翅膀。身穿阔大的紫灰色曳地长袍，脚蹬紫灰色长靴。她真是具有奇异之美！

风蝴蝶刚从迷梦中醒来，看到这女巫，觉得似曾相识。"蝙蝠"这两个字刚在她脑海里浮现，立刻又被赶到九霄云外去了。因为她看到了那细长眼睛里的笑波，想起了这女主人无上的美德和伟业。这女巫开口说话了，真的是她梦中听到的美妙动人的声音。

风蝴蝶带着银铃般的笑声——真诚的欢喜的笑，张开双臂，向这神一样的存在奔了过去。她要给她一个大大的拥抱。可是，她的腹部感到一阵冰凉和疼痛。她看到了，是一把匕首插向了自己，还伴随着咯咯的嘲笑。同时，一张大网也向她扑来。就在这紧急关头，一股巨大的风吹来，把风蝴蝶托走了。

风蝴蝶醒来后，发现自己躺在一条小河边。她的伤口还在剧烈地疼痛。可是，她何曾见到那医治桂花树的药的影子！想到这里，她的伤口就更疼痛了。原来，那女巫也不知从哪里听说了凤蝴蝶的存在，又听说吃了凤蝴蝶这样的小精灵可以延年益寿，又知道凤蝴蝶是有些本领的，就设下了这样的诡计。凤蝴蝶是那样的单纯和善良，像一颗棉花糖，她怎知这世界的凶险？

一颗棉花糖，遇到了狡诈的刀锋。

一颗棉花糖，遇到了阴冷的笑声。

一颗缺乏处世经验的棉花糖，遇到了翻云覆雨的老妖精。

负着剧痛的外伤、剧烈的心伤，凤蝴蝶回到了桂花树那里。她愧疚，未能带回灵药。大家怎会怪她呢？大家都来安慰她，都想替她承受那疼痛，却不可能。

桂花树的花朵已落尽。叶子也快落尽了，满地干焦的叶片，如干泥。一阵风吹过，一根树枝"咔嚓"一声掉到了地上。凤蝴蝶流出了眼泪。绿色大森林里的这一座家园，失去了色彩，没有了欢乐。凤蝴蝶的脸色一天天苍白，头发也一天天枯黄、掉落。青蛙再也不能欢快地唱歌了，哭丧着脸。猴子再也不能快活地翻跟斗了，神情忧郁。鹦鹉也停止了叽叽喳喳的议论，焦灼地在树枝上跳来跳去。

风蝴蝶的生命也许也要萎落了。日里，梦里，她总看见那女巫，看见她的欺骗、狡诈，自己的愚蠢、轻信，看见她的狰狞、嘲笑，自己的受伤。在这忧郁的梦里，她也许要和桂花树一起零落了。漆黑的夜里，她冷得浑身发抖，如在冰雪遍布的世界。

　　风蝴蝶所求的，要伤害她；那要救助她的，自己来了。

　　有一天，奇妙得很，晴朗的天空出现一道彩虹。一只白色的大鸟从天而降，带着奇妙的白光。它是那样的洁白无瑕——纯粹的洁白，圣洁的颜色。它羽毛丰厚，轻盈美丽。再细看，那大鸟的羽翼下是一个人的模样。他飞到桂花树的上面，绕了三圈；又飞到风蝴蝶的头顶，绕了三圈。风蝴蝶看到了他的笑容，是皎洁、爽朗的笑。然后，带着圣洁的白光，他飞走了。鹦鹉、青蛙、猴子都惊呼："天使！"奇妙得很，桂花树的病好了，风蝴蝶的伤口好了！大家是多么感激这救助他们的天使！桂花树和风蝴蝶是怎样地含着眼泪！渐渐地，森林里的这片天地，又有了色彩，又有了欢乐。

　　但是，风蝴蝶的心伤却并未好。她总梦见那女巫，想到那女巫，想到她对自己的欺凌和伤害，想到自己的愚蠢和无知。她陷入痛苦和内疚中。她恨那女巫，她更恨自己。她的头脑像中了毒。有时，那痛恨和内疚使她心如火烧，坐立难安。这真是一种煎熬。有时，她想："成长的过程，难免会遭遇挫折。痛苦和坎坷带来经验和教训，这并不是坏事。"可是，她仍无法消除内心的痛苦。她就这样一天天地心痛，夜晚也无法安眠。

已经到了夏天。那一天，灰黄的天空像破旧的抹布，风蝴蝶的心境像破烂的天空。风蝴蝶再也忍受不住了，把她的痛苦告诉了小动物们和桂花树。

"我该怎么办呢？我再也无法快乐起来了。"风蝴蝶说这话时，眼泪在眼眶里打转。

大家都为她担心和着急。个个绞尽脑汁，想办法帮助她。

灵感先至的猴子，急不可耐地说道："我有办法！我有办法！风蝴蝶，你听说过这样的话吗？'此仇不报，非君子也。''君子报仇，十年不晚。''以眼还眼，以牙还牙。'风蝴蝶，你可以去报仇的。这，一定可以医治你。"

见识广博的鹦鹉辩驳道："我们当去寻求制裁！制裁，你们知道制裁吗？人类是有法律的。我们也当建立法律。可是，什么时候能建立呢？"

青蛙也很相信自己的办法，安慰风蝴蝶道："风蝴蝶，其实很简单，你忘掉它就可以了。忘掉它，就没有了痛苦。不愉快的事情在头脑里累积，是悲惨的。"

风蝴蝶难过地说道："可我，忘不掉。"

桂花树慈爱的声音缓慢而悠长："亲爱的风蝴蝶，我听说有一种学说叫宽恕，或许是有效的。你不妨试试。有一本书上还讲：'要爱你们的仇敌，为那逼迫你们的祷告。'"

风蝴蝶听了这话，瞪大了眼睛，触角和头一起摇了起来，说道："我怎么可能做得到？！"

猴子、鹦鹉、青蛙也都吃惊得很，摇头晃脑，交相说道："太不可思议了！太不可思议了！为什么要这样做？"

桂花树又说道："那本书上讲，不爱仇敌，就不能爱朋友，不能爱亲人，甚至不能爱自己。圣人劝人宽恕，那也许是有道理的。"

风蝴蝶满眼困惑地望着桂花树。猴子、鹦鹉、青蛙也是困惑不解。

桂花树又说道："不然，你去找智慧树吧。向西五百里的地方。它可能会给你满意的答复。"

赶了几天的路，风蝴蝶找到了智慧树。那是一棵巨大的合欢树。树干和绿冠比桂花树还要大两倍。也就是说，要六个小朋友手拉着手才可以把它围起来。绿色的蓬蓬羽叶间，开满粉红色的扇子样的绒绒花！风蝴蝶从来没有见过这样美丽的树！风蝴蝶想：它一定

历经了许多岁月，是丰富的经历让它充满了智慧吧？它也应该是快乐安详的树。

智慧树听了风蝴蝶的来意，问道："你想报仇吗？"

风蝴蝶轻轻地摇了摇头。

智慧树说道："那就把它放下吧。做你该做的事情，让时间修复这创伤。"

风蝴蝶为难地说道："可我，放不下。"

智慧树想了想，说道："你去修习宽恕吧。倘不宽恕，你自己将如在牢狱中。"

智慧树取出了一面镜子，说道："我这里有一面魔镜，在它上面可以看到你十年后的面容。倘若你生活在仇恨中，十年后，你将会是这个模样。"

风蝴蝶看到那魔镜里，是备受摧残的面容，吓了一跳。

智慧树说道："那被摧残的，何止是你的面容，还有你身心的健康！去做更有意义的事吧，它们等着你呢。宽恕他人，就是解救自己的心灵。造物主自有它的律法，对一切都会有裁决。"

风蝴蝶难过地低下了头，眼睛红了，难过地说道："可我，做不到宽恕。我的力量太小，我没有那么多爱。"

智慧树轻轻地抚了抚风蝴蝶的肩膀，把一条美丽的项链放在了她的手里，更温和慈爱地说道："戴上它吧。它的名字叫'爱无止境'，是用爱心型的草叶淬炼而成。

它会帮助你的。"

风蝴蝶诧异地望了望智慧树，然后，十分珍爱地把项链戴在了脖子上。在欢喜中，她和智慧树告别。这是许多天来，她第一次感到欢喜。

戴上了"爱无止境"项链的风蝴蝶，回家后，在香甜的睡眠里，做过许多欢喜温暖的梦。她还梦到过天使——那爱的使者。那洁白羽翼下的人儿，在向她笑，在向她招手。

一年之后，一个冬天的早晨，森林里下了一场大雪。尘埃洗尽，白雪铺地。树枝上也都堆积着雪。真是个粉妆玉砌、雪肌冰肤的世界。风蝴蝶行走在这洁白神圣的世界里，要去拜访智慧树，归还"爱无止境"项链。因为她的心病已得到医治。她不但原谅了那女巫，还解开了许许多多曾在她心间结下的疙瘩。她是喜乐的、幸福的，也是平安的、无挂虑的。

她见到了智慧树，欢喜地说道："不知该怎样感谢您！我已经可以原谅那些伤害我的人了。或许，我也可以爱他们了。"

智慧树慈爱地笑了，笑容像太阳一样温暖，说道："只有爱，可以医治心灵的伤。"

风蝴蝶有点害羞地说："可是，我用了一年多的时间才做到。用了一年多的时间，我心里爱的种子才一天天发芽。"

智慧树爽朗地大笑起来，说道："你已经很了不起了。有的可能要用更长的时间，而有的可能一辈子也做不到。"

洁白的雪花又从天空中片片飘落，远远近近，森林是雪花飘飞的世界，是童话的王国。风蝴蝶在飞花中翩翩起舞，片片雪花是优美的音符、圣洁的舞衣。风蝴蝶觉得自己还是以前的自己，但又好像和以前不一样了。因为她觉得自己的心里、身体里，有了新的东西。这新的东西给她带来重生一样的感觉。

风蝴蝶与片片飘飞的雪花共舞。她比以前更欢喜，更自在。她的心里有了小小的太阳。

3

又把自己的作品读过一遍后，林青婷觉得，它是笨拙的。但现在，她只能制作出这样笨拙的工艺品。

她又想："我为什么要写这样一个童话呢？是要告诉孩子们，当学会自我保护吗？是感动于某些思想，而告诉人们，应当宽恕和爱你的仇敌吗？是为释怀范嘉骏对自己的伤害吗？是告诉自己和人们，唯有爱，方能覆盖、修复人生中的那些创伤吗？"

作品完成了。她不知它是一只蝴蝶，还是毛毛虫。

她查找了几家儿童刊物的电子邮箱，充满期盼地把作品的电子文档发送了过去。

第七章　忧思与笛声

1

大地在灰黄的风中沉睡。秋之神已远行，冬君驾着风的车来安营扎寨。林青婷揉了揉困倦的眼睛，从书本上抬起头来，望向那被风吹得叮当响的玻璃窗。她在备课。这几日，她备课的内容是王羲之的《兰亭集序》。呼呼的风声，吹入了她读书的冥思，如吹入半昏眠的梦中。木芙蓉花开的十一月已来临。

她已经又讲过《礼记·礼运》中的《大同》：

> 大道之行也，天下为公。选贤与能，讲信修睦。故人不独亲其亲，不独子其子，使老有所终，壮有所用，幼有所长，鳏寡孤独废疾者，皆有所养。男有分，女有归。货，恶其弃于地也，不必藏于己；力，恶其不出于身也，不必为己。是故，谋闭而不兴，盗窃乱贼而不作，故外户而不闭，是谓大同。

讲过老子《道德经》中的《第八章·上善若水》：

> 上善若水。水善利万物而不争，处众人之所恶，故
> 几于道。居，善地；心，善渊；与，善仁；言，善信；
> 政，善治；事，善能；动，善时。夫唯不争，故无尤。

讲过《孟子》中的《我善养吾浩然之气》、《庄子》中的
《逍遥游》、屈原的《国殇》、《史记》中的《周亚夫传》等。
她也已经准备好《汉书》中的《苏武传》。

在备课的过程中，重温这些儒、道、文学及史传经典，林青
婷自身也受益匪浅。在这些圣贤言传、大德懿行的熏陶濡染之下，
她感到有一种浩然之气自胸中升起，充塞天地！她感到一种至大
至真、自在忘形的快乐，是精神摆脱俗物羁绊、在敬仰与相知中
感动的快乐，如飞升理想国，面见圣人！

她此番重温《兰亭集序》，初读，兴趣盎然。她那想象，是
在大风中琴歌弦诵，泼墨挥毫。再读，却引起忧思。又读，忧思
更甚！

> 夫人之相与，俯仰一世。或取诸怀抱，悟言一室之
> 内；或因寄所托，放浪形骸之外。虽趣舍万殊，静躁不
> 同，当其欣于所遇，暂得于己，快然自足，不知老之将

至。及其所之既倦，情随事迁，感慨系之矣。向之所欣，俯仰之间，已成陈迹，犹不能不以之兴怀。况修短随化，终其于尽。古人云："死生亦大矣！"岂不痛哉！

林青婷反复诵读这第三段，亦是感慨系之，不能释怀的是"死生"二字！她越读越忧惧，越想越忧伤，几乎琴崩弦断。

"古人云：'死生亦大矣！'岂不痛哉！"

这关于死生的忧虑，如大毒蛇，也盘踞在了她的心间。

她读中学时，读到"人生天地之间，若白驹过隙，忽然而已""人生若尘露，天道邈悠悠"这样的诗句，就常坠入冥想和忧思。她发现了一个可悲的秘密——人生原来是短暂的！她读那些伤春的诗句，同样忧思重重："古人无复洛城东，今人还对落花风。年年岁岁花相似，岁岁年年人不同。""宛转蛾眉能几时？须臾鹤发乱如丝。但看古来歌舞地，唯有黄昏鸟雀悲。"人生原来如花凋叶落，是有期的！晨光里，同学们读书声琅琅，她却心怀忧惧。晚自习的灯光下，同学们沙沙地在做题，她却苦闷不言语如一座蜡像。

死亡！人原来是必死的！人生下来就注定是必死的！谁也无法逃脱！所有的希望，所有的努力，所有的笑和泪，都将化为虚无！每个人都将和这世间再无联系，再不能感知到它！多么可怕！古人也是极痛于这些的，才有那么多泣叹的诗文！"前不见古人，后不见来者。念天地之悠悠，独怆然而泣下。"每一个人就生存在这"前不见古人，后不见来者"的刹那，最终烟消云散！多么可怖！真是令人痛彻心扉，咬牙切齿！她闷闷地环顾左右，同学们都安静安然，看那笑貌生动，她有点恍然不知自己身所在。

是读古诗文让林青婷对生死产生焦虑的？生老病死，这本就是人世日常的音响。谁不曾听闻周围的人有病有死？谁不曾经历亲人的去世？谁不曾在电影、电视中看到生死的片段？

林青婷刚读初中那年，家族中一个五岁的堂弟淹死了。那是炎夏的一天，酷热炙人，天又灰黄沉闷，似将有大暴雨来临。那些小孩，去村外的水塘中洗澡。下午的后半晌，便传来堂弟被淹死的消息。天是那样昏黄混沌，空气是那样令人窒息。听到这个消息的林青婷，心脏惊惧得几乎要蹿出胸腔，看天地间，似有乱麻纷纷。人人的脸色都是青黄的，人人的神色都是惊慌的，人人的话语都是恐惧的。灰黄的天地间，恐怖的空气麻麻纷纷，闪动，跳跃。一会儿，便传来堂婶撕心裂肺的哭声，众人搀扶着她。她几次哭昏过去，瘫倒在地。这是她盼了多年得来的爱子，两个小时前，还在她身旁活蹦乱跳，现在，已气息全无。还有人说，那小孩中午时便被邪灵附体了。这更增加了恐怖的气氛。这是深烙在林青婷记忆中的生死事件之一。

对死亡的忧惧就这样伴随着林青婷的成长，也当伴随着降生于尘世的每一个人。或许正如一位学者所说："从人类意识诞生之日起，对死亡的极度焦虑和深切恐惧便不断追逐和折磨着世人。一部人类心灵史，从某种意义上讲，也正是人类背负死亡的心理重荷，在无尽的人生之路上踟蹰独行的历史。"

2

在日常的忙碌中，林青婷有时会忘记那些焦虑，使其成为消失于地平线的远山和风响。不经意的触碰，会将其唤醒，如引来一只猛兽。此番，林青婷读《兰亭集序》如此伤怀，还和国庆节时，大学好友于美泽的来访有关。她们的谈话无意地触碰到了暗礁，并窥见悲伤和忧思的深谷。

国庆节那天，于美泽来 X 市探望她生病的姑母，第二天下午约林青婷在丁香公园会面。

于美泽是林青婷大学时的同班同学。林青婷性情腼腆，不善交际，只和于美泽最投契。于美泽文学专业毕业后，考取了哲学专业的研究生；现已毕业，在家乡一所师范院校任辅导员。

X 市风景秀丽，长江的一脉支流穿城而过。丁香公园在城西沿江而建，那里花木葱茏，尤以丁香花为盛，亭台楼阁雅致，是繁华都市一个幽静的好去处。林青婷对此也早有耳闻。

林青婷和于美泽虽三年未见，却似从未分离。一见面就拥抱在了一起。于美泽还用脸颊蹭林青婷的脸颊，惹得林青婷哈哈大笑。

于美泽的气象却和读大学时有所不同，端庄美好之外，又增添了敏锐和洒脱。

林青婷不由得夸赞道："你真是文学的柔美与哲学的睿智的交融！"

林青婷一向很敬慕学哲学的人，以为他们是最有智慧的人、悟道的人。

这话却惹得于美泽笑弯了腰。

于美泽又把林青婷仔细端详了一番，笑眯眯地说道："你还是那个模样，像是从文学作品里走出来的女孩子——噢，当是沈从文的作品。"

她又背书似的说道："翠翠是湘西山川灵气化育而成的自然之女，天真、纯洁、活泼，柔情似水。'翠翠在风日里长养着，把皮肤变得黑黑的，触目为青山绿水，一对眸子清明如水晶。自然既长养她且教育她，为人天真活泼，处处俨然如一只小兽物。人又那么乖，如山头黄麂一样，从不想到残忍事情，从不发愁，从不动气。'"

林青婷哈哈大笑，说道："你还没忘记你的老本行。亏你还记得这么清楚。你要去参加考试，准还能考一百分。"

林青婷又拉长了声音，打趣地说道："你应当说我是从老舍作品里走出来的人物——虎妞。"

两个人又是哈哈大笑。

她们在公园里的一间茶室喝茶，说东话西，温故知新。那轻缓的音乐，如缓缓的流水，轻轻地咏叹，拂在岁月钢琴上的月光。几簇粉红色的丁香花枝斜伸到玻璃窗前，聆听话语。

当阳光不再那么强烈，她们沿着江堤散步。

远山青峻地伫立，江水宁静如一块碧玉，缓缓向东流去。身旁随处是开着粉红、粉紫色花簇的丁香树，香气馥郁，花影浅淡，那情景真美得让人觉得如在梦中。

"时光如此美好，真希望它永驻。"林青婷不由得说道。

走在旁边的于美泽停下了脚步，很突兀地问道："青婷，你说，人死后有没有灵魂？"

林青婷一怔，犹疑地说道："你是学哲学的，应该比我清楚。"林青婷细想，觉得有点奇怪，便望着于美泽，问道："你怎么会问起这样的问题呢？"

原来，于美泽的姑母病情严重，医生说，只有半年的光景了。于美泽小时候曾被寄养在姑母家两年，与姑母的感情非同一般。

听了于美泽的讲述，望着她忧虑的面容，林青婷的心，也不由得沉郁下来。

于美泽又说道："科学的观点认为，人的肉体死后，精神也将归于无。所谓人死如灯灭。宗教不这样看待，认为人的灵魂是不灭的。比如，佛教认为，人的灵魂可以投胎。"

林青婷说道："我从小就听说，投胎前，还要喝'孟婆汤'，要把前世的事忘得干干净净，不可以带到来世。"林青婷又打趣道，"有的人，要比别人多喝两碗。因为，他（她）有太多的事，忘不掉。"

她觉得这话很有趣，自己笑了起来。

林青婷带来的轻松气氛使于美泽也不由得笑了起来，说道："如果灵魂真的不灭，失去亲人，也就不必那么悲痛了。"

继而，于美泽的眼睛里闪出一丝异彩，说道："现在，好像也有一些科学家根据量子力学证明了灵魂的存在。不过，具体是怎么回事，我也不太清楚。总之，还没有得到公认。"

林青婷却道："我希望存在灵魂，我也希望存在上帝，存在末日审判，存在天堂，存在永生。不然的话，人将是多么可悲，不过是偶然中的产物，沧海一粟，无限时空中的一刹，无意义的一刹！"

她们边走边谈，不觉间来到临江一处高地的一个亭台，正适合眺望江景。走近那大江，才发现它并非宁静如玉，"逝者如斯夫"的江水，正裹挟着落叶和残花，翻卷着水沫，淙淙东流。

"江畔何人初见月，江月何年初照人？人生代代无穷已，江月年年只相似"的诗句，涌上了林青婷的心头。

她不由得问道："美泽，你们学哲学的，怎样看待生命有限的悲剧？"

于美泽沉思片刻，很有意味地笑了笑，说道："据我所学，哲学家的生命，是用来承载思想的。应当说，他们通过哲学的思辨，使自己的心理异常强大，意志力和思想力坚不可摧。"

林青婷疑惑地望着于美泽，不太明白她的意思。

于美泽补充道："举个例子吧。古希腊哲学家、无神论者伊壁鸠鲁，在临终时这样说：'在我生命中最幸福也是最后的一天中，我正在遭受着膀胱与肠子疾病的折磨，这些疾病的情况到了最严重的程度。''但是，只要想起了我的理性和研究成果，想起了它们所带来的灵魂的满足感，就足以抵消所有的病痛。'"

林青婷有所领悟地点了点头，说道："那真是超凡入圣了！"她又俏皮地问于美泽道，"你在哲学的炉灶里修炼了这么多时日，能做到吗？"

于美泽呵呵一笑，扬起眉毛，说道："惭愧！惭愧！我可不是哲学家。我只是个学习哲学的小学生。境界尚浅得很！"于美泽凝神想了一下，又说道，"我最近看一篇文章中有这样的比喻：'哲学是一条通向伟大的路，也是一条极度痛苦之路。就好似有一条大河，河的这边是焦虑的俗人，河的那边是应许的诗意栖居地。为了到达河那边，有的人勇敢地跳下河与激流搏斗，只有少数人过去了，成为哲人，而多数人选择半途返回，继续蒙昧地做着焦虑的俗人。而更多的人，只是站在河边上，从未尝试下河，甚至还幸灾乐祸地嘲笑那些刚刚上岸，受尽折磨的人。'"

林青婷听了这个有趣的比喻，急忙问于美泽："你属于哪一类？"

于美泽歉然答道："我可能只是湿了裤脚。"

林青婷慨然说道："我就是此岸焦虑的俗人——想尝试渡一下那河，却未下水。"

于美泽惊喜地望着林青婷，随即四只手握在了一起，热烈的光彩闪现在她们的脸颊。"我们一起努力吧。"她们几乎同时这样说。

又走了一段路，于美泽说道："其实呀，对死亡的焦虑，可以说是所有宗教信仰的源泉。"

林青婷轻轻地点了点头。

"这些信仰以不同的方式抚慰我们的心灵，减轻我们不得不面对的生命有限之痛。"于美泽又说道。

"那你，有宗教信仰吗？"林青婷好奇地问。

于美泽果决地摇了摇头，说道："我是受过科学洗礼的，无法接受有神论。"

林青婷大笑起来，说道："科学也把我洗礼了。洗得很干净，很彻底。"

两个人又是大笑。

她们已经走了很远很远，走过木芙蓉花相伴的路，走过菊花盛开的路，离开了繁华的闹市区，来到前面是农田和树木的郊野。

金红的夕阳映照她们青春的容颜，涂画出颀长的身影。天空金粉色与橘红色的浮云，朵朵如浮雕。那光影映入江中，江水也是半空霞光了。

远处的青山更是历历可见。落日映照处，辉煌温暖。云阴遮蔽处，深绿幽暗。水鸟扑打着江水，飞向那隔岸的青苍。

于美泽指着青山的一处，问道："你看，那是什么？"

林青婷眯起了眼睛，仔细辨认青山上落日映照之处的一片白石，说道："当是山洪过后留下的裸露的乱石吧。"

于美泽也眯起了眼睛细看，说道："我觉得是一个采矿区。"

她们身旁，一个手里拿着几朵雏菊的小女孩听到了她们的谈话，跑到妈妈身边，小手指着青山上那片白石，用稚气的声音问道："妈妈，你快看，那一片白色是什么？"

那声音真是天真可爱，像天籁般纯净无邪。

那稚气的声音又欢快地说道："妈妈，那是王子的宫殿吗？"

她的妈妈也举目远望，但面色变得凝重，缓缓地说道："是墓园。"

林青婷和于美泽吃惊地对望了一下。

"墓园是什么？"小女孩好奇地问道，声音仍是那么甜美。

她的妈妈已经接着给她讲童话故事《灰姑娘》了："国王为了给自己的儿子选择未婚妻，准备举办一个为期三天的盛大宴会，邀请了不少年轻漂亮的姑娘来参加。"

那确实是墓园。

又走过一段，她们已看得更清楚。那墓碑白皑皑一片，有几百座坟茔。

她们俩沉默不语地凝望了半晌，心中各有感慨，打算往回走。

刚走几步，于美泽突然低声问道："青婷，咱们班的王永川，你还记得吗？"

"当然记得。这还用问吗？"林青婷漫不经心地回答道。

读大学时，林青婷和王永川是比较熟的。此时，他的音容笑貌浮现在她的眼前，生动如昨日。

"你不知道他的事吗？"于美泽诧异地问道。

"什么事？"林青婷很疑惑，望着于美泽诧异的眼神。

"你真是不知道！他自杀了，今年四月！"于美泽脸色阴沉，声音里有抑制不住的悲伤。

"啊！"林青婷怔怔地望着于美泽，惊吓得回不过神来，半晌，才问道："那，是为什么？"

她的心仍是怦怦直跳，头脑紧张得像要崩断的弓弦。

于美泽叹了口气，说道："我也是听其他同学说的。我听说，他毕业后去家乡的一所中学教书，遇到了高中时的女同学，谈了恋爱。谁知，一年多后，这个女同学又和她的前男友暧昧不清。这个女同学很说了一些刺伤王永川的话。好像又说，只有王永川考上研究生，她才会再和他交往。为争一口气吧，王永川辞了职，去考研究生。结果，没考上，原学校也回不去了。他在所报考学校附近的出租屋自杀了。"

"啊！"林青婷忍不住惊叫了一声。她想不到是如此惨痛，又是为这般事情！

"听说，王永川还是她母亲守寡养大的独子。"于美泽又说道。

林青婷心里五味杂陈。也许因为她阅历尚浅，听闻这样的事情，是无法承受的。望着暮色中的迷离青山，她的泪水盈满眼眶。

相比而言，于美泽要平静些，但也止不住悲伤。

"他不应该呀！……"于美泽感叹道。

她们临江而立，泪流不止。

淙淙的江流啊，也是悲伤的泪吧！

燃烧的红霞，白头的芦苇，都在表达难以承受的悲哀吧！

那天夜晚，林青婷辗转难寐。她有无数个假想。她假想，在王永川想不开时，有人去开导他；她假想，他遇到了一个很好的女孩子；她假想，自己去劝慰他；她假想，那个夜晚，有同学、朋友在他身旁，守护他；她假想，他遇到了一本好书；她假想，他接受的是有更强适应性的教育，有更好的品格培养……也许，一切都会不同……

她多么想飞回时光的深处，去改变那个夜晚，去扭转那个痛苦的结局……可是，却不可能……

生活在同一个国度、城市的人，生活在同一个院落的人，都如生活在不同的时空。人心的相隔，有什么能挽救？人是多么孤独和无助。

月光明明地照着，她却感到凄寒可怕。她的牙齿都在打战。谁，能救助人？

她哆哆嗦嗦地披衣下床，从抽屉里翻出一个佛像玉坠和一个十字架银坠。她不知该把哪一个握在手中，放在胸口。她哆哆嗦嗦地，左手握一个，右手握一个，紧紧地攥着，几乎要攥碎，放在胸口，仿佛这样，才有一点点安全感。

3

林青婷又陷入忧思和焦虑，如置火宅。她倒很有办法，"临时抱佛脚"地去查阅那些谈论超越生死的文章和书籍，以期觅得金钥匙。可是，直看得头昏脑涨，收获寥寥。那知识的宝库，竟然失效了。

那情形，如一只了悟到此生有限的猫，潜入藏经阁，查找超越生死之秘籍——它无法像花果山上那只石猴那般幸运，可以向菩提祖师拜学长生之术。

黑漆漆的夜里，暗黄的光里，猫晶亮的眼睛闪耀。

猫翻到了这样一些书，宣讲生命会因死亡的不可挽回而变得更有意义，诸如教你学会珍惜时间，意识到生命的脆弱而维护生命，由死观生，心胸开阔，不再执着于是非恩怨和个人得失，珍惜亲情友情，去追求有意义和价值的人生等。

这些话，岂能使这只猫满足！猫自叹道："我也知道许多猫和人，是因为意识到此生苦短才及时行乐的。"

猫便顺手在一本书上草批下了前人的两首诗：

君不见高堂明镜悲白发，朝如青丝暮成雪。
人生得意须尽欢，莫使金樽空对月。

可惜月年易白头，一番春尽一番秋。
人生及时须行乐，漫叫花下数风流。

猫又翻到那样一些书，宣讲中国式哲学的"传宗接代"和"未知生，焉知死"等。

这些话当然也不能使这只猫满足。猫索然地将它们撂到了一旁。

猫又看到一本装潢贵重的大书，上面的一行字在暗夜里闪闪发光："当追求精神及创造物的永存"。

猫嘴里嘟哝道："这是圣人的境界。"又将它撂到了一旁。

书架已经被猫翻得乱七八糟，猫也已经累得筋疲力尽。但执念牵引着猫，猫仍不放弃，趴着看那些书，躺着找那些书。

猫又看到一本讲炼丹术的旧书。

猫已经知道这是邪门歪道了，不屑地将它丢到了一旁。

猫又看到许多心理学的书，忍不住多看了几眼：当建立健全而强大的内心世界，帮助回归自我精神家园。

猫并未得什么，仍是气恼地将它们扔到一旁。

"呸呸呸！"这只猫暴躁道。

猫又翻到许多面貌庄严的哲学书籍，但仍是一无所获，仍是气恼地将它们扔到了一旁。

这只暴躁的猫，现在只剩下"呸呸呸"了。

最后，猫把目光投向了灰扑扑的宗教书籍，但猫却无法皈依宗教。猫只有拊脚痛哭了——鼻涕、眼泪满脚满面满身，如落汤鸡。

古今中外文字的精华，竟无法帮助这只猫！

是的，林青婷开始狂热地热爱宗教，如获至宝！唯有宗教，告诉她，人是不死的，或者说，人死后并不化为乌有。人的肉体虽毁坏了，但人的灵魂是不灭的！林青婷热爱宗教，绝非从这日开始。因为她还发现，宗教可以使人摆脱对现世名利的迷恋，摆脱现世扭曲的价值观的钳制和压迫，补益对人生真理之路的探索。

可是，在无神论背景下长大的她，不管多么狂热地想扑向宗教，怀疑、反驳总在她的头脑中翻滚。她根本无法建立稳固的信仰。她心里仍是一盘散沙，虚无痛苦。深夜，有时她想起人的有限性，想起人是必死的，便如坠深渊，头晕目眩，心脏急促地狂跳，几乎窒息。那是黑暗中飞速下坠的感觉，如被吸入一个深不可测的黑洞，又如四分五裂地飘散。多么痛苦的煎熬呀，该向何处寻求拯救？

不过，有时候，她又想，倘若人是不死的、永生的，也是无聊的事情，并且是麻烦和可怕的。人与人之间的仇恨和争战，可能更难消弭。人可能更骄傲，更狂妄。人可能更难以去追求真正宝贵的东西，更易于去猖狂自己的欲望而堕入罪恶的深渊。人可能会厌恶这永生。或许正如那本书所说，意识到"死"，人们才考虑生命的价值和意义，从而热爱生命，充实自我。

4

林青婷陷入忧思，浮想联翩，左右求证，终不得解脱。这苦闷的心情，如阴云覆盖，寒冰坚壁，却又无人可说，无法可说。

这天黄昏，大风稍停，她去田野中散步，驱遣愁绪。

薄暮的光里，草木枯黄，田埂寂寞。晚霞为远山镶了一道金边，天空中铺满云海。

"天空的壮阔是永恒的，我的心却似这枯黄的季节。"林青婷不由得感叹。

在这田野里漫步，林青婷也惊奇地发现，有不凋的绿树，蓬勃如一团团绿烟，升腾在这沉寂的大地。而脚下，也有碧绿的小草，蔓生在枯草边，有的还开出一两朵小花来。俯仰天地辽阔，体察自然的生机与诗意，林青婷渐感到轻松和惬意。风吹到她的脸上，又吹拂她红色的丝巾，如俏皮的游戏。当又发现几株长茎的紫色花朵在风中摇曳时，她不禁弯下腰来，对它们致以微笑，轻声说悄悄话了。

却有悠扬的笛声自远处传来，清婉朦胧。

林青婷诧异地抬起头来，四处顾盼，并不见吹笛之人。

暮色渐浓的田野，只模糊可见远处的耕人和他的牛。树木也已变得模糊，如一团灰影。

"且沉浸在这笛声中吧，如此优美的乐音为天地作配！"她在心里想。

她已辨得出那笛声是从东南方的山坡传来。

说也奇怪，这笛音有竹笛的悠扬圆润，却又不像竹笛那般嘹亮清脆，里面分明又有一份洞箫的恬静低沉。这究竟是什么乐器呢？这乐音，她也像是曾经听过。它呜呜地吹着，如幽涧流水潺潺，如雾里风吹叶响，又如娓娓诉说，是那样的动情，那样的感人。有几段曲子，林青婷觉得甚是熟悉，却又思忆不起。其中一首，像是思念故乡，又像是沉湎往事；似有伤心事说不出，又似有感动的喜悦的泪光——似望见家乡的袅袅炊烟、咩咩羊群，望见远离多年的父母和朋友。林青婷沉浸在这笛声里，如同沉浸在如泣如诉、生离死别、浓情蜜意、笑中含泪的梦境里。在这笛声的意韵里，她在雾里梦游，思怀绵绵，回到了家。

第二天黄昏，她不禁又去那田野，似为重遇那笛声。但直到夜色已浓，寒露滴落，她也未听到一丝声响。那吹笛之人，没有来。

第三天，她又怀着期盼而去。

啊，多么惊喜！那笛声已在苍茫的暮色中如泣如诉地响起！又是那首令人魂牵梦绕的曲子！

怀着探险一般的心情，怀着感动，她向那东南方的山坡走去。

她简直惊呆了：那吹笛之人竟是梅素白！

梅素白也看见了她，也甚是吃惊，停下了吹笛。

在这四寂无人的山坡，在这落霞如花的田野，两个人蓦地相遇，毫无防备，又那样突然地四目相对，真不知该说什么。他们只能礼节性地向对方报以微笑。

梅素白在一棵大槐树下站着，手里拿着那个奇怪的吹出悠扬笛声的乐器，书包摊放在地上。

林青婷犹豫了一会儿，走上前去，心里想："这真像是《聊斋》里的情景。"

梅素白也向她走近了几步，笑了笑，说道："这么巧，你也在这里。"

林青婷笑道："我是被你的笛声吸引来的。它的声音真独特，很动听。"

梅素白把那乐器递给了林青婷，说道："你看，是陶笛。别看它小，音色直抵灵魂。"

林青婷看着这个羊角型的有许多孔的木制品，恍然大悟，说道："原来，这就是陶笛。我听过一些陶笛的乐曲，怪不得觉得这笛声熟悉。"

梅素白笑道："我在学吹宗次郎的《故乡的原风景》《天空之城》《水心》。"

林青婷敬佩得很，真诚地说道："你真是多才多艺。"

梅素白连连回道："不敢当，不敢当。陶笛学起来比竹笛要容易。我上大学时，参加了学校的陶笛协会，从那时才开始学的。"

林青婷把那陶笛翻来覆去地看，看出它有十二个大小不一的孔洞。她想不出这小小的木器怎能吹出那么清新悠扬的音乐。

梅素白说道："我非常喜欢宗次郎的曲子。他的很多曲子，表现的是对自然万物、山川大地的感怀。他自己就居住在原生态的绿色大自然中，亲近山水，远离喧嚣。"

"亲近山水，远离喧嚣。"林青婷重复道。

梅素白又说道："他自己制作陶笛，还耕田、种植。他说：陶笛是对空气的耕种。"

"'陶笛是对空气的耕种。'"林青婷不由得又重复道。

"我想，有这样一颗纯朴自然的心，才可以吹出那些超凡脱俗的乐曲吧。"梅素白感慨地说道。

林青婷已是万分感慨，不胜向往了，说道："他如此地清静自守，真像是一位隐居山水的修道之人。我喜欢！佩服得很！这才是真正境界高邈的艺术家吧！"

梅素白又吹奏起了那首《故乡的原风景》。

林青婷感怀至深、似曾相识的就是这支曲子。这是多么令人怀想和忘我的曲子呀！呜呜的倾诉，百转的柔肠；幽幽的清歌，多感的心灵；拳拳心怀，盈盈泪光。他们俩沉浸在这空寂大地上的笛声里，如见家乡小桥流水，禾麦青青，白云荡荡。

这曲子真是令人沉醉和心神激荡，他们如同沐浴了世间最美好动人的一场雨。

听着这浸透人的灵魂的乐曲，看远山苍茫、近树朦胧，林青婷心中又生惆怅。她不禁又想起了那近日困扰她的难题。

一曲终了，她很突兀地问梅素白道："你怎么看待人生的意义？"

梅素白突遭如此一问，很是诧异，想了想，说道："我想，人生或许本无意义，人生的意义要靠自己去赋予。就像是一张白纸，要靠自己去作画。有的人可能会画得很好，有的人可能会画得拙劣。"梅素白见林青婷沉默不语，就又说道："也有这样的说法：人生是应为'活着'而'活着'，还是应追求'活着之上'的东西？也就是说，是仅为衣食住行等物质性的东西而活着，还是应追求居此之上的精神性的、道德性的东西？"

梅素白见林青婷一脸严肃和认真，眉头紧锁，不放心地问道："你遇到了什么事吗？"

林青婷看梅素白是那样一副探寻、狐疑的模样，假笑了一下，不好意思地说道："不过是胡思乱想。"

她本来还很想再问他"你怎么看待人生的有限性"，可现在还怎好开口？

问来问去，想来想去，想必又是一团乱麻。且随它去吧。或许这问题本来就没有答案。这样一想，她倒轻松了一些。

梅素白却哈哈大笑，说道："何必庸人自扰呢！过自己喜欢的生活，做自己喜欢的事情，就可以了。'天生我材必有用'。开心快乐地做自己理想中的事，享受生活，就是睿智。像我，在画画中就感到一种丰富和快乐。如果他人看了我的画，能陶冶情操，感动心灵，我就更知足了。"

听了他的这一席话，林青婷豁然开朗，也大笑起来，连日来的苦闷飘散到了九霄云外。

原来，生活是简单的。正如梅素白所说，人生是一张白纸，要靠我们自己去作画。上天赋予我们一张白纸，赋予我们这一生的书写的时光，就当感激不尽，还需何求？再求，便是贪。就绘画而言，作画者的风格、境界、水平有异，所作出的画也千差万别，既有真趣味、真性情、真境界的，也有庸俗而拙劣的。人生的画，亦是如此。

而这人生之画，价值和优劣的厘定，又绝非像评论绘画作品那般容易。现世的尺度有时也未必可靠。每个人心中当自有尺度和标准，过无愧的人生。像宗次郎这样的艺术家，在现代生活的喧嚣中，能守一份清净心，行走在青山绿水间，奏出出尘的优美之曲，净化无数人的心灵，就是有益而可贵的。各行各业，许多人都在做着类似的至朴至真的事情。他们人生之画的底蕴是优美的，不负上天的创造之恩，不负在人间的这段历程。这优美的精神是大自然中最动人的生机，哪怕在寒冬里，也如春天之绿韵，令人喜悦和感动。

想到这里，林青婷的心境更开阔了。她忍不住和梅素白交流了这想法。两个人心意相投，更热烈地谈论了一番。

满天星辉，满目璀璨。他们在开怀大笑中道了别。

5

与梅素白的一番谈话，如饮清泉水，林青婷内心的焦虑被驱散，心境明亮如朗月。但奇怪得很，过了一段时间后，同样的焦虑又会浮现心头，如被驱散的乌云又聚拢来。

林青婷想起了读研究生时最敬佩的师姐吴梦洁，于是写电子邮件向她求教。

吴梦洁是林青婷读研究生时同一位导师指导的师姐。林青婷读研一时，吴梦洁读博二。在校期间，两个人多有来往。她三十多岁，已婚，知识的广博和思想的深刻令林青婷诧异。她也是温婉和蔼的，对待学弟学妹如对待自己的弟妹，很愿意在学业上给予指导和帮助。吴师姐毕业后去往北京一教育机构任职。自此之后，林青婷就很少和她有联系了。

第八章　雨天的钢琴

1

　　林青婷完全知晓韩雨烟的家事，是在一个下雨天。自在中文系一见如故后，林青婷与韩雨烟常有来往。这个秋雨淋漓的下午，韩雨烟打电话邀林青婷来家中闲坐。她以玫瑰花茶、音乐待客，倾吐心中愁怨。林青婷没有想到，韩雨烟在婚姻上经受了那么多磨折，一切都远在她的推测和想象之外！

　　灰蒙蒙的天空，无边无际的雨帘，风吹得这帘子胡乱飞舞。树木的叶子已所剩不多，在风吹雨打中落下，如鸟儿般坠落。雨冲刷着落地玻璃窗，汇聚成一条条河流。更有水珠飞落到铁栏杆上，迸溅成飞花碎玉。

　　韩雨烟接电话去了，林青婷在阳台看风景，心里却在思忖韩雨烟刚才讲的那些话。

　　客厅的音箱里传来低缓、优美却有点忧伤的钢琴曲，为这雨天配乐。

韩雨烟的第一段婚姻是经人介绍，与一位银行职员喜结秦晋之好。相恋时，这位银行职员温柔如绵羊；结婚后，立马暴露出固执暴戾的本性。思维、行事，他有严苛的臆想中的尺度，如用圆规定位，对方差一分一毫，他便暴跳如雷，横加指责。他的愿望大概是要对方成为他的复制品，或如输入了他的程序的机器人般行事。他稳坐在真理王国的宝座上，戴着自己永远正确的冠冕。他不能容忍对方个性上的差异。韩雨烟成为被他践踏的下人，被他批评、指责的奴仆。言语的暴力充斥在他们的生活中，韩雨烟饱受折磨。她悔恨自己跳入了牢狱——处处是无形的枷锁、任意的伤害。她的尊严每天都被践踏成泥末，遑论那盼望中的倾心交流、温暖抚慰。爱情和婚姻消退了它玫瑰色的幻影，裸露出冬日海岩般的乏味和冷酷。她多想跳出这桎梏！可有一只无形的大手把她按捺其中。直到有一天，她发现这个男人有多个女网友，和其中一个有开房的实证。这是一把插向这岌岌可危的婚姻围城的匕首。她再也没有继续忍受下去的理由了。他们离婚了，婚期仅为三年。那个银行职员死缠烂打，苦苦相求。但她已对他深恶痛绝。这种遍体鳞伤的生活该结束了。

　　两年后，经人介绍，她又认识了现在的丈夫陈思明。女人难道必须进婚姻的门吗？可又有什么办法呢？无形的风又把她推到了围城的门口。人家都这样劝她：再过几年，年龄大了，就成烂萝卜剩菜糠了。陈思明在市电视台工作。他原来也有一段不幸的婚姻。他漂亮的妻子，嫌弃他的清贫，跟一个来电视台做广告的珠宝商跑了。他俩的婚期仅为两年。陈思明和韩雨烟在婚姻上都经受过重创，都很能理解对方的心境，也很能惺惺相惜。婚后，他们的生活是幸福快乐的。两年后，韩雨烟生下了女儿悦悦。如果生活能一直这样欢愉该有多好。可是，在陈思明升任节目部主任后，一切都变了。三年前，也就是悦悦六岁时，陈思明有了外遇。对于韩雨烟来说，这是怎样饱经折磨的日子！用"椎心泣血"来形容也不为过。她焦虑、抑郁、失眠。争吵成为他们的家常便饭。曾经的噩梦都一一回来，她再也无法忍受了。她对这世界和人生感到绝望，服下安眠药试图自杀。幸亏被救了回来——在医院昏迷了一个星期。或许是悦悦伤心的哭喊，将她唤回……她痛恨自己抛下了孩子。

　　陈思明似乎痛彻悔悟，发誓收心于家庭。平安的日子便又过了几年。四个月前，韩雨烟收到一封匿名快递，字迹是打印的，只为告诉她：陈思明出轨了。这如炸雷响在她的耳际。她去问陈思明，陈思明如何肯承认，只说是造谣。两个人便又常有争吵。她留心陈思明的短信和电话，发现他与一个署名"荼蘼花"的女人来往频繁。她又去问，陈思明仍矢口否认，只说是业务圈里的一个朋友，有时开开玩笑，也是正常。前几天，陈思明过生日，韩雨烟发现他带回一条手工编织的灰色围巾，围巾的一角绣了一朵花，旁边有 TMH 三个字母。三天后，她想到 TMH 正是"荼蘼花"的首字母，便与陈思明大闹一场。陈思明仍然是搪塞，怪韩雨烟多想。韩雨烟正为此事闹心，邀请林青婷来商量对策。

　　茫茫水天，雨花飞溅，珠碎玉溅，颗颗都是梦破碎的样子。低缓的钢琴声里，有压抑着的悲伤。林青婷不禁感叹，人生的路是如此弯曲扭旋。是大气、光、风、云彩，使它成这样的吗？人为何要自作孽，为他人添磨难？韩雨烟完全是被所谓的爱情、婚姻撕裂而站在深渊边缘的人。她已有过一次自杀经历！品貌和工作上如此出色的她，在婚姻的窠巢里，在与男人的相处中，却如此凭空地被折磨和蹂躏。半个小时前，当林青婷迈进韩雨烟的居室，看到那宽敞的房间，典雅的布置，橱窗上一家三口的照片时，是多么赞叹这个幸福之家。但现在，她觉得，它可能只不过是一个牢笼。当她又看见沙发背景墙上那玉洁冰清的玉兰花浮雕时，觉得那朵朵兰心蕙质的花，都像布满痛苦的裂纹。韩雨烟，她有能力缝合自己受伤的灵魂吗？她能够弥合生活中又出现的裂痕吗？崎岖的生活的路，又将通往哪里？多么希望她幸运又坚强！

　　雨越下越大，越下越紧，哗哗哗，哗哗哗，如倾盆，如瓢泼。风也狂疾，楼前一棵大柳树的树枝被刮断了，咔嚓一声，摔坠到水泥地上，那躺伏的姿势如一条负伤的龙。远处，一个撑橘红色伞的女人，伞被风吹得翻折了过去，如举着一个橘红色的漏斗。她慌忙去调整伞的方向，伞却被风吹上了天空。钢琴的乐声，却一直安静，此时换了新曲，轻轻柔柔，凄凄迷迷，如雾里的灯、灯下的树、树下的影。

2

韩雨烟接完了电话，袅袅婷婷地从卧室走了出来，有些歉意地为林青婷的杯子添了热水，笑着说道："我妈妈的电话，本来说这几天要过来的。"

两个人都又以很舒服的姿势卧坐在了沙发上，谈笑片刻后，不觉又接续上刚才被打断的话题。

韩雨烟忧心忡忡地说道："我也不知道事情到底严重到了什么程度。难道一切不过是我的猜测？我现在真的是束手无策，如坐针毡。"她美丽的眼睛里阴云笼罩。

"青婷，你说我该怎么办？"韩雨烟已经是第三次这样问她了。

林青婷这次倒是想好了答案，安慰韩雨烟道："你不要太过忧虑，忧虑伤身。你只管安安稳稳地过自己的生活。一切又不是你的错。"

她又很认真地补充道："许多人和事，我们是无法把握的。我们唯一能把握的，也只有我们自己。过好自己的生活！不要拿别人的错误来惩罚自己。"

望着韩雨烟犹疑的眼睛，林青婷又故作轻松地笑着说道："也很有可能，是你多虑了呢。或许，事情完全不像你猜想的那样糟糕。"

韩雨烟沉默不语。

过了一会儿，她皱起眉头，疑惑地说道："那封匿名信也是蹊跷。会是谁寄的呢？我翻来覆去地想：是一个知情人，因为同情我吗？还是陈思明的一个老相好，出于嫉妒？还是那个所谓的'荼蘼花'，为向我挑衅？"

林青婷也觉得这是一个奇怪的谜，当然也无从猜测。她便又劝慰韩雨烟不要受那些事情的影响，以简单应万变。

林青婷这番道理，不知是聪明，还是幼稚？

看到韩雨烟忧愁的面容，林青婷又说道："无论发生什么事情，你都千万不能做傻事。答应我！"她把手伸了过去。说这话时，悲伤和怜惜使林青婷的眼圈湿润了。

韩雨烟紧紧地握住了林青婷的手，目光坚定地说道："是的，我再也不会做傻事了。我要为悦悦着想。悦悦需要我的照顾和保护！"

两个人在对望中，眼里都含了泪光。

韩雨烟的坚定和坚强驱散了阴霾，她们的谈话又变得轻松起来。她们的话题不觉间转向了韩雨烟的母亲。

韩父和韩母是同一个村的，两家关系很好。韩母读完初中就辍学了。韩父人长得英俊，学习成绩也好，高中毕业后考上了大学。韩母读初中时，就喜欢韩父。他去上大学后，韩母就代他照看病残的双亲——韩父是独子。韩母勤劳又能干，养猪、喂鸡、种地、卖菜，省吃俭用，攒下钱来，供韩父读书。韩雨烟的外公外婆也很喜欢韩父，在经济和家事上给他家帮了不少忙。到韩父大学毕业，这门亲事就自然而然地成了。韩父对韩母是一种报恩的心情，但志趣不投，是一个所谓的知识分子和一个农村妇女的隔阂。两个人经常发生争吵。韩雨烟就是在这种家庭氛围中长大的。后来，韩父又投资做生意，很成功。到韩雨烟读初中时，韩父就有了外遇。韩父仍是感激韩母当年对他的帮助，不提离婚。那第三者也声称不要名分。但几年后，那第三者生下了孩子，就不一样了。三个人之间的矛盾闹得不可开交。最后，韩母妥协了。——一场只剩空壳的婚姻也无甚意义。她和他离婚了，带着韩雨烟回到了乡下的娘家。那时，韩母才四十出头。

听了韩雨烟的讲述，林青婷明白了，韩雨烟在婚姻上表现得如此敏感、脆弱、决绝，大概和她成长的家庭有关。

韩雨烟抱怨地说道："我恨我的爸爸。他为什么就不能包容和体谅我的妈妈？文化水平高低不同，难道是不可逾越的障碍？"

林青婷也为韩母抱不平，做出捶胸顿足的样子，感叹道："这世界上真正有胸怀、有担当、有情义的男人太少了！"

3

韩雨烟与林青婷不由得又谈起当下社会风气的败坏。

当韩雨烟讲到 X 地的几桩事情及婚恋问题上社会风气的不端，林青婷又是震惊，又是悲哀，很痛心地说道："我开始厌恶这 X 地了。"

她真的是无法理解，眼前的世界完全是一片漆黑了！所谓真正的爱情、理想中的婚姻，可有存身之处？

　　她真的是感到悲哀了。

　　两个人又谈起对负心汉的痛恨。林青婷也将她与范嘉骏的伤心往事讲给了韩雨烟听。两个人伤心一场，更像是同仇敌忾的战友了。

　　林青婷说道："一想到那些负心汉，我就想起古希腊神话中的美狄亚和《神雕侠侣》中的李莫愁。这两个复仇型的恶女形象，令人感到痛快。"她说这话时，不禁有些手舞足蹈。

　　韩雨烟也是眉飞色舞，说道："是呀，多么痛快！美狄亚杀死了自己和伊阿宋所生的两个孩子，又用毒衣杀死了伊阿宋的新欢，以此来让伊阿宋痛心。李莫愁是杀尽天下负心汉。这些文学形象可使许多受伤的女人，借他人之酒杯浇心中之块垒。"

　　林青婷连连附和道："是呀，是呀！积郁和痛苦，被喷薄和释放，真像是一种淋漓尽致的快意的狂笑。"

　　两个人如此发泄了一番，都感到轻松和舒畅，不由得捧腹大笑。

　　韩雨烟沉吟了片刻，说道："不过，根本的解决办法应是'限人欲'。宋代朱熹说的'存天理，灭人欲'或可改为'存天理，限人欲'。人的欲望，就像潘多拉的盒子，打开后，各种罪恶就会释放出来，就像魔兽出笼，人自己也很难控制它。"

　　林青婷很赞同，说道："人当清心寡欲，这真是至理之言。现在这个社会，给人太多刺激和诱惑。"

两个人又讨论该如何建立良好的社会道德秩序。她们寄希望于教育。她们一致认为，国家和社会，当在教育上不惜人力、物力。当然，这应当是真正的教育，涉及方方面面的大教育，伴随生活和人生，作用于心灵，春风化雨般无处不在，而绝非狭隘的升学考试式教育。她们觉得，当前的社会，目光短浅、急功近利，唯利是图主宰一切，是扭曲和变态的。

林青婷愤然说道："人人都在焦虑的高速公路上狂奔，人人都在名与利的鞭子下拼命，这根本上是一个令人惶惶不安和疲惫的时代！"

4

纵横阔论并无助于实际问题的解决。她们的话题不知不觉间又绕回到韩雨烟目前的婚姻困境上。

韩雨烟叹了口气，疑惑地说道："也不知道那个'荼蘼花'到底是谁。"

林青婷出主意道："你若能找到她的电话号码，不妨和她联系一下。"

韩雨烟道："是呀。可是陈思明已经把她这个人的名字和联系方式删掉了。"

两个人的计议便陷入了困顿。

林青婷忽然有了妙想，说道："你也不必再去关注那个'荼蘼花'了，因为问题的关键在于陈思明本人。你当去教化和改变陈思明。不然的话，走了一个'荼蘼花'，又会来一个'菟丝草'。把陈思明从污浊的环境中拔出，把他引向正道，一切问题就解决了。"

"教化和改变陈思明？"韩雨烟喃喃道。

"对呀。你可以制订具体的计划。"林青婷兴奋地说道。

"具体的计划……我想一想。"韩雨烟凝神细思道，眼睛里微露喜色。

"有了。可以约他一起读一些好文章，古今中外的都行，教化心灵、敦促言行的。不妨每周读一篇，再写写读书笔记！"韩雨烟也变得很兴奋。

"那太妙了！'其首在立人，人立而后凡事举。'这是鲁迅的话。改变一个人并不容易。我愿意观察你的试验，为你加油。"林青婷紧握拳头，激励道。

这两个从事教育工作的女子竟想出如是妙法！

两个人由此而心宇晴朗，神采飞扬。她们忧虑全抛，气定神闲。生活似乎由是而将铺展出一条花木葱茏之路。两个人欢欢喜喜地拥抱在了一起。

5

雨似乎小了一些，风也停息了。

韩雨烟笑吟吟地为她们的杯子重新沏上了玫瑰花茶。深红色的花瓣，因水的润泽而变得娇艳，在白瓷杯中打旋。这下，她们可以怡然自得地品茶、吃零食，并听那些钢琴曲了。

圆润晶丽的音符，如玉珠落盘，风掠檐铃；轻柔幽美处，又如雨后满天朦胧的星斗；是心灵的呓语吧，是缅怀与遐想吧，在静寂的深夜，寂寞的灯下。雨天，大概是适合听这些曲子的吧，和那垂挂着圆圆雨滴的绿色植物一起听，和那油黑湿润的屋檐一起听，和那悲伤委屈的心灵一起听。

望着闭目休憩的韩雨烟秀丽的面容，林青婷忽然想起了几句诗（欧阳江河《一夜肖邦》）：

> 可以把肖邦弹奏得好像没有在弹。
> 轻点，再轻点，
> 不要让手指触到空气和泪水。
> 真正震撼我们灵魂的狂风暴雨，
> 可以是
> 最弱的，最温柔的。

她在心里祈愿道：让一切都恢复宁静吧；让被搅乱的生活和心情各归其位；让泪水不再伴着雨；让心境温柔，琴声优美。

第九章　趣读

1

林青婷所上大学语文课，教材的篇目是按朝代顺序编排的。她已讲过所选录的唐诗宋词。这日所讲是明代小说《杜十娘怒沉百宝箱》。讲完后，还有十五分钟空闲时间，她便将自己近日所读的叔本华格言，分享给学生。没想到，极受欢迎！

那些格言是这样的：

1. 天才乐于孤独寂寞，一个人热衷于社交的程度正相当于他在理智上贫乏和庸俗的程度。

2. 只要我们有机会认清古今多少伟人曾受过蠢虫的蔑视，也就晓得在乎别人怎么说便是太尊敬他人了。

3. 所谓辉煌的人生，不过是欲望的囚徒。

4. 人能够做他想做的，但不能要他所想要的。

5. 智者，总是享受着自己的生命，享受着自己的闲暇时间，而那些愚不可耐的人总是害怕空闲，害怕空闲带给自己的无聊，所以总是给自己找些低级趣味的游戏，给自己一点暂时的快感。

6. 在文学中，有无数的坏书，像蓬勃滋生的野草，伤害谷物，使它们枯死。它们原是为贪图金钱、营求官职而写作，却使读者浪费时间、金钱和精神，使他们不能读好书，做高尚的事情。因此，它们不但无益，而且危害甚大。

7. 不加思考地滥读或无休止地读书，所读过的东西无法刻骨铭心，其大部分终将消失殆尽。

8. "美"是高级的"善"，创造"美"是最高级的乐趣。

9. 许多人在生活中交上好运确实是因为他们脸上常常挂着一副愉快的笑容——这使他们赢得了别人的欢心。但我们还是要小心谨慎一点为妙，并从哈姆莱特的不朽名句中认识到这一道真理：一个人会微笑着，微笑着捅你一刀。

10. 人类获得幸福和交上好运的情境，一般来说，都可以比作一排树木：当远看时，它们显得美丽诱人；但当你走近并进入树丛之中，它们的美丽诱人旋即消散，你再不可能发现它了。这也就是我们常常会羡慕他人的缘故。

这些睿智幽默、谈锋机敏的话语，令林青婷激赏。她的学生也是欢迎之至。人心同然也！

2

下课了，林青婷整理书籍和教案。一个总是坐在后面的男生，悄悄地走了过来。他的脸有点红，低头片刻，终于鼓足勇气，用山西方言说道："林老师，您讲的那句叔本华格言'天才乐于孤独寂寞，一个人热衷于社交的程度正相当于他在理智上贫乏和庸俗的程度'，对于我来说，真是救星。我特别害怕社交。班里举行集体活动，我总是不知道该怎么和人家搭话，一个人走在最后边，像只受伤的鹅。我孤独得很，难过得很。越是这样，我越是没信心，越自卑。我觉得自己无药可救了。今天听您一讲，我心里豁然开朗，不仅没有了自卑，还感觉到了点儿骄傲。太感谢您了，林老师。"

林青婷对这大一新生的处境很是同情。她看那学生，通红的脸上闪着激动的喜悦，朴拙中含一份内秀，就鼓励他道："要自信呀！努力吧，你会很优秀的！"

那学生更露出羞赧和欢喜，心情激动得难以平复，和林青婷道过别，一溜烟儿跑掉了。

林青婷忍不住哈哈大笑。

已是中午，林青婷在学校附近一家小餐馆吃面条，收到了一个学生发来的短信：

林老师，我最近受到一位我异常在乎的人对我能力的指责。他将我批评得体无全肤，贬低得一无是处。我一想起来，就如万箭穿心，痛苦到无以复加。为此，连续几天，夜不能寐，泪湿枕巾。我对自己也丧失了信心，心情低落到极点，做什么事都打不起精神。今天听您讲叔本华格言'只要我们有机会认清古今多少伟人曾受过蠹虫的蔑视，也就晓得在乎别人怎么说便是太尊敬他人了'，奇妙得很，如吃了解药，豁然得解脱，心中阴霾尽扫，阳光普照。非常感激您！请您介绍一本叔本华的书籍，我想买来阅读。谢谢！

林青婷看了这短信，欣然作答：

你所经受的心灵磨难，相信很多人都曾经受过。不要让别人的妄见，扰乱你的心。叔本华还说："对于他人的看法，应加强锻炼自己无动于衷的冷漠态度和感觉——这是培养值得称道的宽容品质的一个最切实可靠的方法。"至于他的书籍，我建议你阅读《人生智慧》或《叔本华思想随笔》。

林青婷又在心里大笑，念道："恭喜！你已证道！"

第十章　春桐与秋风

1

《紫色的田野》这篇小说，林青婷已构思酝酿了许久。她的立意很清晰，这当是一篇沉重的、引人深思的小说，风格当是严峻的现实主义，其意义在于，呼吁对农民工的关爱，对抑郁症的关注，对优良道德与风俗的提倡。她现在所进行的是对于小说第一部分的设计与写作，即主人公春桐、秋风的相识、相恋与结婚。

她的立意是清晰的，可笔一接触到纸，她不可救药地堕入肥皂剧的趣味。那情形，如大风吹得风筝失去了方向，如火箭脱离了轨道。原来那些浪漫剧、穿越剧、玄幻剧早已在不自觉中污染了她的精神，如大雾笼罩，覆盖四野，她无师自通地滑入娱乐和游戏。

当意识到这些，她甚是羞愧："原来，我中肥皂剧之毒如此之深！"

"一定要防范糖衣炮弹的袭击！一定要写成有严肃意义的作品！"林青婷紧握拳头，告诫自己。

在做这样的反省之前，肥皂剧的七彩泡泡在她脑海里缤纷盛放，炫目怡人。

2

林青婷曾经眉飞色舞地想：既然是写男女主人公相识、相恋、结婚，当然非浪漫风格莫属。当时，她单手托腮，正望向窗外的满天星辰。从此，她开始构思一个个有趣的浪漫梦幻。

那天，她去菜市场买菜，一个小伙子热情地招徕她买鸡。

回来的路上，她的第一段梦成形了。街道上人来人往，穿着红色呢大衣、长发飘飘的她，脑海里出现了这样的画面和画外音：

那一年夏天，忽晴忽雨。有时，头顶明明出着大太阳，也会下上一阵纷纷雨。据说，这是狐狸出嫁或老虎娶妻的日子。雨虽然不大，却足以将衣服淋湿，所以，必须避雨。

那一天的雨，却是出奇的大。本来天气正晴得好，乌云却滚滚而来，接着就大雨倾盆了。

春桐骑着自行车，两边各带一只大鸡笼，正从集市往家赶——早上，春桐去集市上卖鸡，一直卖到近中午，现在，笼里还剩一只鸡。

他抬头一望，雨也大，云也浓，看来，再用力蹬车也无法赶回家了。雨点打在他的衣服上，衣服已是半湿。那只鸡，也是乱叫。他正有些发愁，忽见前面有一块瓜田，田里有一个瓜棚，心中一喜，便加快速度骑车，去那瓜棚中避雨。

秋凤呢，这天是替妈妈放羊——妈妈扭伤了脚踝，鼓起了个很大的包。秋凤平日是不放羊的，她有更重要的事做。

雨下得这样又大又猛，她那五只大羊和三只小羊也是不听话，并不乖乖地跟着她往家赶，四处乱窜不说，还偏要东啃人家一口玉米秆，西吃人家一嘴黄豆秧，惹人闲言碎语。秋凤叹了口气，心想，这下是无法赶着羊尽快回家了。她正有些发愁，忽见前面有一块瓜地，地里有一个瓜棚，心中一喜，忙赶着羊过去。

两个年轻人几乎是同时仓促、匆忙地进了那瓜棚，一个抱着鸡笼，一个赶着羊群。两个年轻人的目光接触了一下，又连忙避开了。

春桐又偷看了秋凤一眼，脸红心跳。和一个陌生女子如此近距离地单独相处，使他不自在，而那女子的面容又如此姣好，正如他梦中梦到的那样。他脖子直直地，

看那绿翠翠的瓜田和哗哗的雨网。笼里的鸡，也脖子直直地，看那雨幕。那几只羊，也安静有神地看那哗哗的雨。

秋凤也偷看了春桐一眼，脸红心跳，急忙收回目光。她若无其事地摆弄手上牵羊的绳子。

木僵了半天，春桐很不流畅地说道："这雨，下得、真大，像、瓢泼。"

秋凤轻声应道："下得真大。"

春桐又说："你家的羊，真肥，真壮实，养得、真好。"

秋凤轻声对道："你家的鸡，也养得肥。"

…………

3

那天，林青婷又去菜市场买菜，又见到了那个卖鸡的小伙子——他正与一个卖苹果的小贩为地盘吵得面红耳赤。

回来的路上，林青婷的第二段梦成形了。街道上人来人往，穿着紫色呢大衣、长发飘飘的她，脑海里出现了这样的画面和画外音：

春桐的工作依然是每天早上去集市卖鸡。

这天，将近中午时，他的鸡卖得只剩下了两只。他骑着自行车往家赶——自行车两边各有一只鸡笼装着一只鸡。

　　鸡们饿得喔喔叫。春桐的肚子也饿得咕咕叫。毕竟已到吃午饭的时候了。春桐加紧骑车，要赶回家吃饭，却饿得心慌气躁。他忽然想起，布包里还有一块今早吃剩下的蛋糕，喜不自胜。吃了一口，真是美味极了，又松又软又香又有奶油！

　　谁知，一只贪嘴的喜鹊，也看上了这蛋糕。它从春桐背后飞来，猛啄那蛋糕。啄了一口，尚不知足，又猛啄第二口、第三口。它竟将那蛋糕啄掷到了地上。可惜，那美味的蛋糕，立刻摔了个稀巴烂。这一切是如此迅疾，春桐根本无法补救。

　　春桐又气又恼，伸手去打那喜鹊。喜鹊早已飞到了近旁的一棵树上。春桐看看尘草中的蛋糕，仍是心疼、气恼，脱下鞋子，去砸那喜鹊。谁知，喜鹊喳喳叫了几声，扑棱扑棱翅膀飞走了，春桐的鞋子，却挂在了很高的树枝上。

　　这下，春桐是真的遇到麻烦了。没有别的办法，他只好脱光另一只脚，爬到树上去取他的鞋子。他这才注意到，这是一棵挂满了黄澄澄果子的李子树。正是李子成熟的时候！他再向四周看，发现旁边还有几棵李子树。他小心地往上爬，爬上了树干，爬上了枝干，又往上攀。真好！他把鞋子从树枝上取下来了，扔到了地上。他眼珠一转，心想，也不妨摘几个李子充饥。他刚伸出手来，却有汪汪的狗叫声传来。扭头一看，正有一只大黄狗向这李子树奔来，远远的后边，还跟着一个人。

那狗很是凶猛，仰头对他狂吠不止。春桐骑在树上，哪敢下来！他挥手赶那狗，逗哄那狗，狗却叫得更厉害，恨不得扑咬他。

那人也近了，却是个姑娘，朗声说道："你怎上到了俺家的李子树上？是要摘俺家的李子吗？我当只有小孩子才会偷。"

春桐早已羞得面红耳赤，恨不能撒腿跑掉，却只能骑挂在树上。

那姑娘却"扑哧"笑出了声，说道："哪阵风把你吹到了这里？这不是春桐吗？"

春桐定睛一看，也认出那姑娘是秋凤，更是又羞又窘。

秋凤喝住了那大黄狗。春桐下了树，对那狗仍是躲躲闪闪地惧怕。

春桐结结巴巴地讲道，是喜鹊啄食他的蛋糕，他的鞋子挂到了树上。秋凤听得笑弯了腰。

秋凤执意要送春桐一篮子李子。春桐盛情难却，将笼中的两只大公鸡送给秋凤做回报。

··········

4

又一日，林青婷在学校附近的一个小餐馆吃饭。邻桌坐了一对谈恋爱的男女，似是学生。

她听见那男学生说道："不管遇到什么样的困难，我都不会放弃你……"

那女学生感动嗳嗫。

她又见这面对面坐着的两个人，双手深情相握，四目深情相对。

那男学生继续说道："我的爱不离不弃，我们要永远在一起……"

林青婷低头皱鼻子，撇嘴，看自己碗中的面条。

她忽听得"哗啦""哐唧"的声音，原来是那男学生表白太过专注，胳膊肘碰翻了酱油、醋、辣椒碟，洒了自己一身。

回家的路上，林青婷的第三段梦成形了。冬风阵阵、鸟雀喳喳，野草枯黄，她的脑海里出现了这样的画面和画外音：

夏天是去山上捡菌子的好时候。那天，秋凤去山上捡菌子。巧得很，春桐也去山上捡菌子。两个人不期而遇，不胜欢喜。他们兔子般在山间跳跃，各捡了一箩筐菌子，坐下来休息。春桐拿出一朵像灵芝一样的菌子给秋凤看。不想，那菌子有异香，引得树上的马蜂倾巢而动。秋凤吓得脸都白了，慌忙躲避。马蜂还是蜇了她的手臂。她一惊慌，脚一滑，泥石滚动，猝不及防地摔倒在地，翻滚到悬崖边。春桐早扔下了手中的菌子，去拉秋凤，却被秋凤连滚带爬地带到了悬崖边。最后，他们定格在了这样的姿势上：秋凤半悬于悬崖边上，脚恰好踩在崖壁的一棵小树上；春桐俯摔在地，双手紧拉秋凤的手，双脚恰好各勾绊住一棵崖上的小树。他们就这样命悬一线，十分危急。

春桐面红耳赤，咬牙坚持。

秋凤哀求道："桐哥哥，松手吧，放弃我吧。我不忍心连累你也掉下悬崖。"秋凤已是泪流满面，心碎欲绝。

春桐咬牙说道："不管遇到什么样的困难，我都不会放弃你……"春桐已经是手脚麻木，腰背疼痛僵硬，但心中的信念使他决不放手。

一只马蜂又飞来，吓得他们的心要跳出胸膛。但那马蜂绕了一圈，又飞走了。

那跟随秋凤的绿翅鹦鹉，见秋凤和春桐遇险，忙飞回家报信。谁知，却撞上了捕鸟人张的网，陷在圈套中，不能飞脱。

那一夜，春桐和秋凤就在那悬崖边手拉手地痛苦相惜地渡过。他们看了天上的月亮，数了天上的星星，听了猿猴的叫声，觉察到小松鼠的蹿动。夜风吹过他们的面颊，树影在他们身上晃动。他们面对面，说了许许多多话。春桐说，他第一眼看到秋凤，就喜欢上了她。秋凤说，她也是。春桐说，如果他们还能活着回去，余生一定要在一起。秋凤说，她会给春桐生很多很多小孩。有时，他们瞌睡了，就咬疼嘴唇以保持清醒。春桐给秋凤讲故事，讲自己的过去，讲对他们未来的憧憬，让秋凤千万别睡着。秋凤想到了，给他们的小孩取什么名字。就这样，晨露滴落在他们身上的时候，他们迎来了清晨的第一道霞光。

那一夜，那只鹦鹉也表现得勇敢而坚强。它努力挣扎一会儿，休息一会儿；休息一会儿，再努力挣扎一会儿。天快亮的时候，它竟挣脱了那罗网，飞了出去。它十万火急地飞回家中，见了秋凤的父母，就锐声呼喊"救命""救命"。秋凤的父母立刻叫上乡邻，跟着那鹦鹉，直奔悬崖边，这才将秋凤和春桐救下。

经这一番巧遇，再巧遇，患难见真情，春桐和秋凤终成眷属。

5

畅想过了浪漫剧，几日后，林青婷又想："尝试一下穿越剧，也未尝不可。它在当下正流行。"

那天，辽阔、碧蓝的天空像北方的草原，朵朵白云像放牧的牛羊。她在路边等公交车。一辆辆汽车疾驰而过。路对面一位行人的手帕被风吹卷走了。一辆银白色的大汽车，经阳光一照，非常耀眼，一闪而过。

她的脑海里出现了这样的画面和画外音：

中秋节那天，春桐卖鸡回来，很是高兴，因为二十只鸡全卖光了。他把鸡笼搬到了屋檐下，洗了手，擦了汗。他喊了声"爹"，没人应；喊了声"娘"，也没人应。看来他们都不在家。他回自己的屋休息。令他惊奇的是，他的床上似乎躺了一个人，在蒙头大睡；那床边竟然还有一头银色的大羊，也卧伏而眠。

难道是爹？难道是娘？他喊了两声，那床上的人并不应。

他正想掀开被子看看是谁，那人却醒了，打了个大哈欠，伸了个大懒腰，被子也被蹬开了。春桐一看，却是个姑娘！装束也是奇怪——和今人完全不同，像那戏台上的。春桐吃惊、讶异万分，如在梦中。

那姑娘也是万分惊诧。她睡眼惺忪，左右顾盼，不知道自己身在何处。当她发现面前立着一个男子时，害羞、窘迫得连忙用被子蒙住了身体。当她发现自己穿着衣服时，才稍显放松。她唤那床边的银色大羊。羊也醒了，也是睡眼惺忪、惊诧万分的样子。

春桐问那姑娘的姓名和来历。也是奇怪得很，那姑娘说起话来，咕咕哝哝，根本听不懂。费了好大周折，春桐才连猜带蒙听出来，她的名字叫秋凤，生活在忽必烈当政的元朝！

原来，那姑娘是元代蒙古草原上的一位牧羊女。一日，她得了件宝物——一只银色的大羊。她骑上那银羊嬉玩。谁知，那羊却奔跑了起来，越跑越快，越跑越快，几乎像飞，后来，进入到一片令人目眩的银光飞旋的地带，她就什么都不知道了。等她醒来时，就是这般奇怪的境遇了。可怜她的父母，四处找寻，找不到女儿，只捡到她被风吹下的头帕。

············

6

又过了些时日，林青婷所中肥皂剧之毒再次发作。她陶醉般地想："玄幻剧也是很不错的，尤其受厌学少年和家庭主妇的欢迎。"

那天晚上，听着窗外如狮吼虎啸般的风声，她迷迷糊糊的脑海里出现了这样的画面和画外音：

有一个女孩，名叫秋凤。

她出生后，日夜啼哭不止。她的父母实在无法，去庙中求问。庙里的和尚赠她一个"富贵长命"锁，又嘱咐她父母道："成年后，当嫁于手心有黑痣的，才遂天意。"

原来，秋凤乃天上一个小仙，因结有许多恩怨情仇要还报，遂投胎为凡人，来世间历练……

她长到二十岁，说媒的踏破门槛，她的父母都没有应允，因为并不曾遇见手心有黑痣的男子。及至她长到二十五岁，又多方打听无果后，只得找了家门当户对的，为她订了婚。一个月后，便是结婚的喜日。

这日，秋凤和母亲去贾湖村磨面。回来的路上，白眼眶的毛驴拉着车，不疾不缓地走，车上放着三袋面粉，母女俩也坐在车上。她们只顾说得热闹，哪知其中的一个面袋破了个洞，面粉一路洒将下去。

春桐从集市上卖鸡回来，骑着自行车往家赶——自行车两边各带一个鸡笼。他看到路上面粉的痕迹，便快速骑车追上前去。他赶到那驴车前面，告知这母女俩情形。他又殷勤地帮她们系扎那面袋子的破洞。待诸事完毕，他拍了拍手上的面粉，要告辞，秋凤猛然发现，他左手心有颗黑痣……

回家几天了，秋凤一直在思忖，该不该将那小伙子手心有黑痣的事告诉父母。她越想也越觉得那小伙子面容熟悉。可是，婚期已愈来愈近……

7

幻想之花恣放，林青婷弹奏了一首又一首戏仿曲，倒也能自娱自乐。那天，她自教学楼旁走过，正听到张教授声若洪钟地讲文学理论："文学乃'经国之大业，不朽之盛事'。文学承载着'为天地立心，为生民立命，为往圣继绝学，为万世开太平'之重任。"

这话震动她的耳膜。

"文学不是用来吟风弄月的，也不应降格为茶余饭后的消遣。前些年是政治绑架了文学，这些年是商业绑架了文学。那些低俗的、游戏的、浅薄的、套路的文学作品和影视剧包围着人们的生活，有何益处！一个民族的精神和文化高度也要由此降低了！"

这话震动她的心扉。

林青婷是何等惭愧！何等羞愧！何等无地自容！

她想起了"文学源于生活"这句老话，便给妈妈打电话，询问志辉哥和云英嫂恋爱、结婚的事。原来二人是按照家乡的风俗，由媒人介绍而结合。

妈妈说道："志辉和云英是多般配的两个人！谁能想到后来会那样……"

妈妈又说道:"今天早上,我在菜园子里还见到了你云英嫂。你云英嫂,心里也苦,人很显老。她在县城一家饭店帮忙做活儿,早上去,晚上回。现在家里农活儿少,大家都在外面找事做。小虎,你还记得吧?你云英嫂家的孩子,已经上初中了……"

8

《紫色的田野》第一部分的创作方案终于确定下来了,那情节是这样的:

夏季下着太阳雨的一天,春桐和秋凤同去一个瓜棚避雨而初识。十天后,两个人又在集市相遇,一个卖鸡,一个卖李子。两个人相谈甚欢,情投意合,分别时,春桐送秋凤一只大公鸡,秋凤送春桐一篮李子。

春桐已经到娶亲的年龄了。媒人为春桐说媒,不想,那对象正是秋凤。

两个年轻人相互是中意的。双方家长却为彩礼少、春桐家房子式样老旧而闹了别扭,亲事险些告吹。在两个年轻人的坚持下,亲事才算成就。

关于结婚那天的情景,小说中有这样的描写:

结婚那日,是个大晴天,桃花盛开,李花绽放。大红的"囍"字，贴在墙上、门上、树干上，也贴在镜框上。大红的喜联写着：

桃之夭夭，灼灼其华。之子于归，宜其室家。

蝶恋花，凤栖梧，梧凤两相思。

凤落梧桐梧落凤，珠联璧合璧联珠。

热闹的人群，祝福这对幸福的新人。人人脸上都漾着笑意，人人语声里都带着喜气。人人都喝那甜蜜的酒，人人都在酒香中欲醉。真个是：未婚的思娶嫁，已婚的想当年。

春桐穿深蓝色西装，春光满面。秋风披白色婚纱，笑语盈盈。他们共同礼拜父母，向客人敬酒。幸福溢出他们的酒杯，飞扬在他们的酒窝。那是属于他们的日子，他们沉醉如行走在云朵。

院中那棵紫花泡桐，正是一年中最盛装美丽的时刻。树上那成簇的紫色喇叭形花朵，如锦如画，繁密动人。那绿色的心形叶子，碧翠新绿，交叠掩映。阳光从花叶缝隙漏下，地上花影叶影舞动。

广播里忽传来动人的歌曲，人们在聆听中沉醉：

男：

茫茫的人海中苦苦寻觅，

愁酒入肠化作相思泪滴，

灯火阑珊处亭亭玉立，
白云飘来心中的那个你。

女：
英俊潇洒显青春活力，
激情豪放敢顶天立地，
梦中的你呀来到我面前，
阳光男孩闯进我心里。

男女：遇上你是咱俩的缘
男：爱上你今生不分离
女：忠贞不渝赛过梁祝
男女：情真意切感天动地

男女：遇上你是咱俩的缘
男：爱上你今生不分离
女：忠贞不渝赛过梁祝
男女：情真意切感天动地

女：
爱的港湾把风雨遮蔽，
爱情之花清香又美丽，

白头偕老笑看人生路，

相亲相爱传颂千万里。

男：

回眸一笑将秋波传递，

端庄大方知书又达理，

青春靓丽拨动我的心弦，

相爱之心跳动在一起。

男女：遇上你是咱俩的缘

男：爱上你今生不分离

女：忠贞不渝赛过梁祝

男女：情真意切感天动地

············

9

小说的开头部分写完后，林青婷在愉快的心情里神游。

第二天晚上，她却收到了《风蝴蝶遇女巫》的拒稿通知。电子邮件里，简短的一行小字写道：不合我刊要求，请另投他处。

面对这小小的打击，她闷坐了半晌。

第十一章　圣诞节

1

雪花开了，从云层中飘落、绽放，朵朵，朵朵，装扮出一个洁白的世界。圣诞节已来临。

林青婷收到了一封来自师姐吴梦洁的电子邮件。

林青婷重读王羲之的《兰亭集序》，心怀"死生亦大矣"之忧，百般寻觅而不得其解，曾向她敬佩的师姐吴梦洁写电子邮件求教。她们已往来过多封邮件，林青婷获益匪浅。

吴师姐曾向她讲过儒家、道家和佛家，也曾向她讲起尼采的哲学："青婷，你是知道的，当今信仰的大厦被科学和理性轰毁。信仰的失落造成人存在意义的丧失、虚无主义时代的到来。'上帝死了'，实际上是开启了人类不得不自足自立的新时代。尼采建立'超人—强力'学说，是想通过高扬人的生命强力，通过重新建立价值和意义，来抵抗和战胜人生及世界的虚无、无意义。这是尼采的伟大之处。"

吴师姐也曾向她讲起荣格的观点："你向我问起'死生之焦虑'，我想起了荣格的一段话，不妨讲给你听：'在一位心理治疗的医生看来……相信宗教的来生之说是最合乎心理卫生的。当我住在我知道两个星期后就会倒塌的房子里时，我的一切重要的心理机能都会受到这种观念的影响而遭到破坏。可是，相反地，如果我自己觉得很安全，我便能很正常、很舒适地住在里面。因此，从心理疗法的观点来讲，人最好还是把死亡只看作是个过渡而已，只是生命过程的一部分，它的范围的持久性超出了我们的认识领域。'"

　　吴师姐的来信总给林青婷以崭新的启示。并且，吴师姐告诉她，自己在一处妇女权益保障机构兼职，这更令林青婷振奋。

　　窗外，雪花飘舞，林青婷充满期待地打开了吴师姐的电子邮件。

　　青婷：

　　　　圣诞节快乐！

　　　　青婷，这次，我不妨告诉你一个思想体系，你自己去探索，不管结果如何，对你应该都会是有益的。它有对于"人生之谜"的一种诠释。其实，对于你来说，它也并不完全陌生……

　　　　…………

它讲到了造物主的存在，讲到了天地万物的起源，讲到了人的被创造，也讲到了人生的意义……一个思想体系也总会是芜杂的，花果与杂草甚至害虫同存。你自己去开启这样的探险之旅吧。我觉得对你总会是有助益的。

…………

祝破迷开悟，天天快乐！

吴梦洁

林青婷看完吴师姐的这封信，沉思良久。书信中的言语，正命中了她心中的空虚和渴求。难道那真的是一处灯、一处火，是生命的粮？在疑惑中，她决定做些尝试。

2

接下来的几天里，林青婷查阅了一些关于这一有神论思想体系的书籍和文章。在鱼龙混杂、泥沙俱下的文字世界里，她发现了两样稀世之宝。她被深深地吸引，热情地拥抱和接纳。

一是它不同于世俗社会的价值体系。它看重的是人的心，而不是地位、权威、钱财、名声、外貌、衣着等捆绑人，使人辛苦、劳累、迷失，陷入无趣、庸俗、卑劣的东西。

她是第一次发现了这样一个完整、完美、可贵、亲切的体系。这是多么珍贵的发现，又是她内心多么急切渴求的。

二是它思想中的接纳与爱。

她感叹道：原来有这样的爱，这么广阔无边的温暖的爱，如沐浴在阳光里、无时不在、无处不在的爱，永不背离、一切言语不足以形容的爱。

她钦慕这爱之国度，纯粹的爱！

她又感叹道：原来我是被悦纳和欣赏的，无限地温暖、慷慨和超能，背负我的忧虑，安慰我的心灵。

她发现，原来自己是渴望爱的。对于爱，自己是匮乏的。自己的心灵孤单、寒冷而焦虑。许许多多的人，或许都如此吧？

现在，她发现了爱。爱就发着光站在那里。它将天地普照，不离不弃，是永恒的爱。

她是多么感激、感动于自己的被接纳和爱。这个社会和他人，很接纳她吗？对她有很多爱吗？那是多么的艰难和易变，使她饱经折磨，甚至轻易地就将冷漠和排拒推入她的怀中。她又自问：在这世上，又有谁能完全地接纳我呢？——那个不完善的、不完美的、有缺陷的我，不聪明的、不能干的、会犯错的我，尘俗的、渺小的、伤痕累累的我。

虽然，她对这一思想体系仍有许多疑问，也不确信其中所有的说教，但她诚心地接受了她所能接受的。这是她信仰旅途中欣喜满贮、阳光投射的一段。她甚至感叹：为何我发现得这样晚？

不然，在许多歧路面前，我会有明智的选择，不会犯下许多过错；不然，我心里的眼睛早已更明亮，多少徒然的忧伤和辛劳也早已减轻。

当她又听到一些赞美诗的时候，心更被融化和感动，眼睛湿润了。从来没有什么歌曲，这样地深入她的心灵，温暖和感动她。原来，这世上有这样动听的话语和声音，让人的心灵得到呵护和安慰，如让凌波万丈的倦鸟停歇在风息的港湾，让游子回归故乡。她一遍又一遍地听，一遍又一遍地听，疲倦的劳累的迷失的伤痕累累的心被抚慰。她无声地哭了，如水仙花在霞光与晨露里。

窗外的雪又在絮絮地飘落，如棉花，开在万籁俱寂中。

此后，为了更深入地了解这一思想体系，林青婷去了教堂。

第十二章　元旦

1

元旦，放假三天。

那雪仍是连绵不绝地飘落。前一场尚未消融，后一场接踵而至。真个是冰天雪地的世界、粉妆玉砌的时空。有时，它如棉如絮，如白色的飞蛾，扑满天；有时，它如粉如沙，簌簌落下。——那撑伞人的眼前，无边无际地，簌簌落着细雪，心中无以言说的白色诗意，无垠无边。有时，它又轻盈、疏落，如鸟的绒毛、细微的绒花。它如小提琴轻奏着灵动而抒情的旋律。

这是林青婷有生以来见到的最美丽的雪天。她每每走在这雪景中，都不禁想起《红楼梦》的第五十回——《芦雪庵争联即景诗　暖香坞雅制春灯谜》。宝玉、黛玉、宝钗、宝琴、湘云等身披斗篷、头戴雪帽的典雅形象，也在她眼前了。她想起的还有《林海雪原》《笑傲江湖》。这个冬季的猫耳山，古今雪景交融！

年末之 31 日，林青婷和同事黄丽彩相约去参观三十里外的诸葛亮故居。

黄丽彩也是今年新来的研究生，历史学专业。新进教师培训时，林青婷与她相识。她租住在林青婷住处附近的杏花村小区。二人情趣相近，互补弥彰，可谓良朋好友。

九点钟，黄丽彩在桃源小区门口等候林青婷，两人再一起乘车前往。

身穿棉袄、头戴绒帽的她们，也是踏雪而行，留下几行迤逦的脚印。

那黄丽彩是爱说笑的性格。两个人在一起，空气常常是生动、有趣的。她个子不算高，常常是一头短发，又偏爱穿冷色调的男式衣服，人家看她背影还以为是男孩子，待她回过头来，则会惊讶是如此俏丽、阳光如花朵般的脸庞。

这日，她一见到林青婷，就急急地问道："你最近在读什么书？"不等林青婷回答，她便又笑嘻嘻地说道，"我最近读了一首有趣的诗: If I Love You, What Business Is It of Yours？"

"什么？"林青婷一头雾水，瞪大眼睛看着她。

"哈哈，歌德的诗：《我爱你，与你无关》。"黄丽彩又嘻嘻哈哈地说道。

"哦，不错。念来听听。"林青婷很感兴趣。

"不一定记得很准啦。"黄丽彩俏皮地说道。

然后，她结结巴巴地背诵这首诗：

我爱你，与你无关

思念熬不到天明

所以我选择睡去

在梦中再一次的见到你

我爱你，与你无关

渴望藏不住眼光

于是我躲开

不要你看见我心慌

我爱你，与你无关

真的啊，它只属于我的心

只要你能幸福

我的悲伤，你不需要管

林青婷听完这诗，哈哈大笑，说道："不错，不错。"

黄丽彩也哈哈大笑，说道："确实不错，打动了我！"

她又问林青婷最近在读什么书。

林青婷眨眨眼睛，说道："保密。"

过了一会儿，她又说道；"唔，也是关于爱的。"

两个人又是哈哈大笑。

两个人乘车，不多会儿工夫，就来到了目的地。此处为诸葛亮故居，乃诸葛亮出山前之隐逸地——隆中卧龙岗。也就是那"凤凰翔于千仞兮，非梧不栖；士伏处于一方兮，非主不依。乐躬耕于陇亩兮，吾爱吾庐；聊寄傲于琴书兮，以待天时"之地。

二人买票，进入景区大门。大雪天来此造访的，除了鸟雀，就属她们两个了。倒也不虚此行：但见远山雪簇，层叠幽渺，近松堆雪，黄竹冰披，真可谓处处玉树琼枝、银装素裹。又有几树朱砂梅，胭脂映雪色，又如玛瑙、珊瑚，如火焰跳动在太虚。

林青婷想起的是《三国演义》第三十七回中的那段描写：

行数里，勒马回观隆中景物，果然山不高而秀雅，水不深而澄清，地不广而平坦，林不大而茂盛，猿鹤相亲，松篁交翠，观之不已。忽见一人，容貌轩昂，丰姿俊爽，头戴逍遥巾，身穿皂布袍，杖藜从山僻小路而来。

二人一一参观了草庐亭、三顾堂、躬耕田、半月溪、小虹桥等景点，在彩塑的诸葛亮像前鞠了躬，细看了《出师表》等诗文。

尤使林青婷激赏的是那刻在乌木匾上的一行话："夫君子之行，静以修身，俭以养德。非淡泊无以明志，非宁静无以致远。"她伫立凝视良久，细思那文字中的启示，心神激荡，久久不愿离去。

黄丽彩考察得更为仔细，缅古情怀炽盛，还用相机各处拍照。——大约因为她的专业是历史学。

在躬耕田，她突然指着林青婷的脚，说道："青婷，你相信吗？你的脚正踏在诸葛亮旧时的脚印上。"

林青婷赶紧盯着自己的大棉靴看，说道："我相信。"

在半月溪，黄丽彩又指向溪面，大叫道："诸葛亮必定曾在这溪上泛舟赏月，抚琴高歌！"

林青婷忙望向那结冰的溪面，说道："我相信。"

"今日的太阳也曾照耀过诸葛亮的身影。"黄丽彩又高声说道。

"'人生代代无穷已，江月年年望相似。'"林青婷应和道。

二人又去参观八卦阵，在里面乱走了一通。

回来的路上，黄丽彩讲三国，滔滔不绝。原来，她这学期开了门选修课——品三国。刘备呀、关羽呀、诸葛亮呀、曹操呀、孙权呀、周瑜呀、袁绍呀、吕布呀……林青婷结结实实地听了一路。

2

元旦上午，林青婷收到许多祝福短信，也发出许多祝福短信。大家都期待在新的一年里有满满的快乐和好运。她也重温了亲情、友情的可贵、美好。

韩雨烟的电话打来了，二人互致新年问候后，林青婷便问起，她的"教化"工作成效如何。

韩雨烟哈哈大笑，说道："有奇效！"

林青婷心中也是欢喜，忙问详情。

韩雨烟又是哈哈大笑，说道："正如那天我们所商量的，每周，我和陈思明共读一篇好文章，教化心灵，敦促言行，连悦悦也加入了进来。陈思明很配合。读后，我们还常常一起讨论。'近朱者赤，近墨者黑。'耳濡目染，我想，他会受到好的影响和启发的。我要尽力把他从社会的不良风气中救回。"

韩雨烟说完，又发出欢快的笑声。

林青婷很替韩雨烟高兴，赞道："等我结婚了，也采用你的方法。"

韩雨烟又笑了起来。

林青婷又说道："前几天，我看到一句话：'要从深坑中救回人的灵魂，使他被光照耀。'你益国益民，功莫大焉！"

二人又都大笑。

韩雨烟说道："我最近看到一篇好文章，推荐给你：寂静法师的《我要让世界因我而美丽》，很值得一看。"

林青婷爽快地答应了，并诚心致谢。

韩雨烟又说道："中午一起去吃饭吧，今天可是新年的第一天呢！在福满堂。没有外人，我们全家，另有同乡李娆。李娆也不是外人，是我母亲一个朋友的女儿，也在市电视台工作。她学影视艺术，大学毕业后工作难找，她母亲托我母亲找陈思明联系的工作。来电视台已经三年了。"

林青婷恰好和黄丽彩约好中午一起吃饭，然后去猫耳山王维故居赏梅花，只好谢绝了。她听说，那里有一大片梅林，甚是壮观。

林青婷在网上找到了韩雨烟推荐的那篇文章：寂静法师的《我要让世界因我而美丽》。她一读，再读，觉得确实是极好。

得此妙文，不妨当作新年寄语。她这样想。

（一）

我知道，我不是因为偶然才来到这个世界的，我是主动想来的，我是为了继续前生伟大、美好、无私的梦想而来的，我是为了通过各种苦乐顺逆的体验来历练自己而来的，并由此完善、成长和提升。

我是因为爱这个世界才来的。所以，我将用全然的爱来接受这个世界，并用全然的爱让世界更加美丽。

我深深地知道，物质不能让世界美丽，唯有美德、智慧与爱才能；物质不能拯救人类，唯有美德、智慧与爱才能。

我要让世界因我而美丽！

（二）

我知道，我所有的长处都是源于父母祖宗的优秀，但它不是我炫耀和自私的资本，它是上天与祖宗赋予我利益众生的工具；它是我展示生命的伟大、美好和无私的途径。

我知道，我的缺点和不足不是我的自愿，那是因为，我是从有缺点和不足的爸爸妈妈而来的。但我知道，选择这样的爸爸妈妈，是我的自愿。我选择的目的，是要来到这个世界，与我的爸爸妈妈一起学习和提升。所以，对于这些缺陷，我不抗拒，我全然地接受，我要通过今生的忏悔、忍受和努力来弥补。

我想对爸爸妈妈说：爸爸妈妈，我来到你们身边，就是希望帮助你们改变，也希望你们接受我、容忍我。我愿意从今天开始，不再用完美要求你们，也请你们不再用完美苛求我。我是你们的一部分，我们是一个整体，让我们一起改变，改变才是力量！让我们一起用包容让生命美好，让我们一起用爱让世界美丽！

（三）

我要对自己的生命负责。我知道，决定我生命的主因是我自己。没有命运，只有选择，选择我的念头、语言和行为；没有命运，只有创造，创造生命的喜悦、美好和神奇！命运是一个个选择连接起来的轨迹，命运是不断创造累积起来的总和。

我活在这个世界，就是为了改变这个世界。我知道，爱是一切创造的源泉。我要用全身心的爱来对待今天——每一个人，每一件事，每一株小草，每一粒石子……

我要用全身心的爱来迎接美好的明天！

（四）

每个生命都是由身体、大脑和心灵组成的。就像一个礼物，里面比外面珍贵，内容比包装珍贵。我的大脑里装着什么，比身体的长相和穿着珍贵，而我心灵的美德、胸怀、智慧和境界，比大脑里的更珍贵！所以，我要重视心灵的净化和提升。

（五）

从今天起，我要高高地放飞自己的梦想，积极乐观地生活和学习。

上天从来没有规定我此生将是什么样的，国家也没有规定我，父母也没有规定我，老师也是一样。一切万物都没有规定我能做什么、不能做什么，必须是什么样的人、不能是什么样的人。上天把一切的主动权交给了我，他从不控制我，从不决定我，他让我自己决定自己的梦想，然后慈悲而无私地帮助我、成就我。

就像天地从来就没有决定一块土地里要长出什么。农夫播种了一粒苹果的种子，天地就会用全部的力量来帮助他长出苹果；农夫播种了一粒花椒的种子，天地就会用全部的力量来帮助他长出花椒。

我知道自己的梦想有多么重要。它就是一粒种子。无论我有什么样的梦想，上天都会来帮助我、成就我。如果我是一粒小草的种子，天地就会帮助我成为一株小草；如果我是一粒鲜花的种子，天地就会帮助我开出一朵鲜花；如果我是一粒楠木的种子，天地就会帮助我成为参天大树。

我要成为这世界上一粒最美丽的种子，让世界因我而美丽！

（六）

我知道，我的心是一个发射站，心中的每一个念头都会像无线电一样发射到整个宇宙，从而影响整个宇宙，对天地万物产生正面或负面的加持。我会因此得到一个反作用力，这就是所谓的感应或者报应。

我知道，心在哪里，命就在哪里；心是什么，命就是什么。所以，从今天起，我要用心中无限的创造力来影响世界！

我也知道，世界是我心灵所投射出的影子，就像电影是光碟投射的影子一样。我生命的一切好坏顺逆，都是我心中的业力所呈现出来的假象，我才是真相，我是什么样，它就是什么样。世界就像是我的镜子。我要通过改变自己来改变世界！让世界因我而美丽！

（七）

我知道，生命是上天赋予我的最大财富，我是自然中所有的奇迹中最大的奇迹。

曾经，有一个善人在春天分别给了两个乞丐一间破房和一块空地，可是到了秋天，一个懒惰的乞丐贫病而死，而另一个勤劳的乞丐却富裕安乐。

在宇宙中，每一个灵魂都是乞丐，四处漂流，老天就是善人，给了属于我的一间破房和广袤无垠的空地。那间破房就是我不完美的身体，而那块空地就是我无边的心灵。

我知道，只要我用勤劳播撒智慧与爱的种子，就一定会有硕果累累的明天。

从这一刻起，我要用无限的信心展望未来！

（八）

我知道，生命中最珍贵最强大的就是灵魂，而灵魂的依附和营养就是信仰！所以，我要从现在开始，建立自己的人生原则，从原则升华成信念，再从信念升华成信仰。我知道，当我的生命开始依靠一个超卓完美的信仰时，我的生命就会自然超卓完美！

我今生要把我美好而坚定的信仰传播给那些迷茫的人，让他们也因此觉醒和伟大！我要把喜悦带给那些苦难的人，让他们因此幸福！我要把智慧和真理带给那些黑暗中的人，让他们重见光明！

这就是我努力学习、成长、吃苦和忍受的动力！

我要带着希望，怀揣梦想，我要让自己像花一样绽放，我要让生命因我而飞翔。

我要让世界因我而美丽！

我要让世界因我而美丽！

我要让世界因我而美丽！

临近中午，林青婷下楼去桃源小区门口与黄丽彩会合，恰好遇见韩雨烟一家和那个叫李娆的女孩子，从对面楼上一起下来。

悦悦蹦前蹦后，一副欢天喜地的模样。她一看见林青婷，就亲热地跑上前来，叫"阿姨"，问"新年好"。

韩雨烟也走上前来，拉着林青婷的手，执意邀请她一起去吃饭。——让她把黄丽彩也叫上。

林青婷只能再次道抱歉了，夸赞道："你们一家三口，真让人羡慕！"

陈思明，林青婷已见过几次。他仍是风度翩翩的模样，穿黑色风衣，围黄白色围巾，戴金丝边眼镜。——看到他，林青婷常会想起舞台上的乐团指挥。他确实有一种儒雅的气质。他冲林青婷笑了笑，算是打了个招呼。

那个叫李娆的女孩子，倒是有种拒人于千里之外的架势。她神情傲慢，对林青婷不理不睬。她的打扮可谓洋气又现代：穿白底黑横纹直筒长呢衣、棕色高筒靴，烫染的黄发顺直地披到肩上，戴一顶有遮边的深红色呢帽，背上是精致的浅灰色小皮包。她的面容，林青婷略瞥到一眼，也是美丽的，妩媚中又有点霸气。林青婷和韩雨烟说话时，她在用脚尖玩弄地上的一颗小石子。

林青婷和韩雨烟一行告别后，不由得寻思：李娆为何让人觉得如此冷漠和傲慢？是自己的错觉吗？她又想：人家根本就不认识自己，为何要对自己热情？人家是艺术学院毕业的，那些学艺术的，本来就是这样既洋气又现代又傲慢吧。这样想着，她看到了在桃源小区门口向她招手的黄丽彩。

<h1 style="text-align:center">3</h1>

放假的第三日，下午，快递员打来电话，让林青婷到楼下取邮件。

她心里甚是疑惑：自己怎会有邮件？

她疑疑猜猜地下了楼。——确实是自己的邮件，却是来自北京、范嘉骏，是一个不大不小的纸箱。

她抱着那纸箱，内心五味杂陈地上了楼，不知里面装的是什么。

到了房间，她拆开一看，里面有一件玫红色的羽绒服，一双手套，憨巧可爱，一条围巾，蓝红格子，还有一张精美的新年贺卡。她的心里，有百般滋味。她拿起了那贺卡，看到了熟悉的字迹：

真心祝你在新年的每一天里都快乐幸福，身体健康！

祝你播下绿色的憧憬，收获金色的朝阳！

林青婷心里的滋味，复杂难言。她不知自己该欢喜还是难过。

她展开了那叠放在包装袋里的羽绒服：款式优雅，饰有刺绣花朵。她又发现，那羽绒服里藏有两张班得瑞的 CD：正是自己喜欢的音乐。林青婷的心，有点颤动：难为他这样细心，裹在羽绒服里，怕被压碎。

林青婷看着这些礼物和贺卡，心里是有感动的。自从毕业，半年了，他们都没有联系过。可是，现在，他为什么要给自己寄礼物呢？他又是从何处得知自己的地址和电话的呢？她想。望着纸箱上的寄件人姓名和电话，林青婷的心突突地跳着：自己该不该和他联系呢？他现在过得怎样呢？她到底还是犹豫了。

她和她心中的云隐又有了对话："云隐，你说这人是什么意思？都情断意绝了，还寄来这些劳什子做什么？"

晚上，打开电脑，她又看到了来自范嘉骏的电子邮件。信的篇幅并不长，简要地介绍了他在北京的生活，一切都顺利；也表示了对林青婷的关心和对过去的依恋；最后是新年祝福，又写道：

淡淡一点的友情很真，淡淡一点的依恋很轻，淡淡一点的思念很深，淡淡一点的祝福最真！

林青婷陷入怅惘中，不知自己该不该回复这邮件。她还想到了，该不该将那些礼物退回。

犹豫了很久很久，最后，她简短地回复了那邮件，说自己一切也顺利，谢谢他的礼物，望他以后不要再寄，也祝新年快乐。邮件发出去了，她仍是感到浓密的怅惘，如在湿雾中，又似有牵念和温暖。

那个夜晚，过去的一幕幕又浮现眼前，她很晚很晚才入睡。淡淡细细的弯月，如临冬的柳叶，在云层中朦朦胧胧，忽隐忽现，终于，被夜半的冷气，吓没了。窗外，滴滴答答地下起冻雨来，落入她的梦里。

三日后，林青婷又收到了一封电子邮件，却是来自"绛珠草"。她以为那是一封广告邮件。——常有五花八门的广告邮件涌入她的信箱。但"绛珠草"三个字，又使她改变了主意。她想到了《红楼梦》中的"木石前盟"：

只因西方灵河岸上三生石畔，有绛珠草一株，时有赤瑕宫神瑛侍者，日以甘露灌溉，这绛珠草始得久延岁月。后来既受天地精华，复得雨露滋润，遂得脱却草胎木质，得换人形，仅修成个女体，终日游于离恨天外，饥则食蜜青果为膳，渴则饮灌愁海水为汤。只因尚未酬报灌溉之德，故其五内便郁结着一段缠绵不尽之意。恰近日这神瑛侍者凡心偶炽，意欲下凡造历幻缘，已在警幻仙子案前挂了号。警幻亦曾问及，灌溉之情未偿，趁此倒可了结的。那绛珠仙子道："他是甘露之惠，我并无此水可还。他既下世为人，我也去下世为人，但把我一生所有的眼泪还他，也偿还得过他了。"

难道这邮件自《红楼梦》中而来？她欣然打开，却是大吃一惊：

林青婷：

我虽不曾见过你，但早已听过你的名字，也略知道些你的事情。哦，忘了告诉你了：我是范嘉骏的女朋友宁珊珊。我和嘉骏是校园里的亲密恋人、人人羡慕的对象！

前些日，嘉骏给你寄礼物的事，我是知道的。就连他写给你的邮件，我也是看了的。我猜想，你现在心里正蠢蠢欲动了吧，以为嘉骏旧情复燃。但我要提醒你：不要妄想，不要做梦，免得自己受伤！他不过是偶尔想起了你，略表心意，算是补偿对你的歉疚。

我和嘉骏一见钟情。现在，我们每天都在一起：一起学习，一起吃饭，一起游玩，花前月下，郎才女貌，情投意合。元旦那天，我们一起去了香山，在碧云寺许愿，恐怕连佛祖也认为，我和嘉骏是最合适的一对。

　　我现在读研究生三年级，正准备考博士。我和嘉骏会一起留在北京发展，前途无量。当初，他放弃了你，自有放弃的理由。我想，你不会傻到还存非分之想吧？请安心过你现在的日子吧，那样的小城很适合你。

　　祝新年快乐！

　　林青婷看完这封信，气得哇哇直跺脚！如此飞扬跋扈，如此又是炫耀，又是教训！她气愤到无以复加！倘若它是一封纸信，她一定要把它撕成碎片，再在脚下狠踩三百六十下。她在心里骂道："你是哪门子的妖狐子，写这信，来羞辱我，你该羞辱你自己！"她气得在屋里走了无数个来回，又咒道："真该死！真该死！"这一夜，她真是气愤到睡不着觉，又忍不住流下自悲自怜的泪。

　　过了两日，她心平气和了些，心想："她为什么要给我写这信呢？她写这信，范嘉骏知道吗？她明明是自己心里有恐惧，有不安。不过，她这夹酸带醋的矛头找错了人，我已是决心把范嘉骏放弃了的。唉，都是不幸的女人！"这样一想，她倒是几乎原谅了那"绛珠草"。

到第四日，吴师姐给她介绍的那一思想体系竟起了作用。"让我们都学会爱和原谅，因为我们彼此都需要爱和原谅。"她彻底原谅了"绛珠草"，简短、客气地回复了她的邮件，并祝福她和范嘉骏。

第十三章　梅花谷

1

终于到了学期末。监考、改卷，都已结束。只等开过会后，喜迎寒假。

这天上午，全校教师济济一堂，来听一个关于科研的讲座。科研的重要性和量化考核，中文系的领导在每周的例会上已屡屡提起。今天的内容又有不同，是请专家来辅导国家科研基金项目的申请。

怀着懵懂与好奇，林青婷随着人流，迈进了学生会堂的大门。

校长先做画龙点睛式的导引。他语句峻急、掷地有声地强调科研对于学校、对于教学、对于教师本人的重要性和必要性。

"说句实在话，科研是件名利双收的事情！可以挣钱，可以评职称，可以享名誉，可以得地位。一个没有过硬科研本领的教师，将一事无成，大没出息……"校长不容置疑地、滔滔如江流般地说道。

这些话如石头砸进了不擅科研的林青婷的耳朵里。她心里一紧，手心出汗。

那从省里请来的专家已笑容可掬地开始了他的讲座。林青婷发现，这位四十多岁的男专家，讲话极有见识，极推心置腹，极斩钉截铁，又极亲热。她觉得那腔调也特别，也奇怪，细品，再品，细辨，再辨，约略明白是官员、学者、商人气息的混合。

专家狠狠地咬着牙抛出去的一句话，也很响亮地撞击着林青婷的耳膜："如果你能在《Science》这样的刊物上发一篇文章，够你吃一辈子！不用再做什么了，你的位置稳了！"

说那"吃"字的时候，林青婷看到，专家的嘴巴抽动了一下，像在撕扯一块极筋道、极有滋味的骨头肉。

"哈哈，这讲座真是通俗有趣！"林青婷心里想。

专家接下来便具体指导大家如何填报项目申请书。林青婷环顾，发现在座的老师都很认真，很多在做笔记，也有低声讨论的。她也听出，她还没有申报这项目的资格，是须有副教授以上职称或博士学位才可以的。她这样的，是被请来陪听和预热的。

她渐渐地走了神，魂不守舍地左顾右盼，忽然发现，前面隔了一排，正坐着梅素白！她的心怦怦地跳了几下。她忍不住又多看了几眼，但也只能看到背影。他好像听得很认真，又和旁边的男老师低声交谈，两人又似乎一起轻笑。他新理的头发较短，穿黑色的羽绒服。林青婷的心又怦怦地跳了几下。几次和梅素白的相遇，也如电影画面般在眼前浮现，那样地让人欢喜和回味不尽。他的举手投足，一笑一颦，她都不忍移开，深陷其中。她像被施了魔法，静静地坐在那里，笼罩在甜蜜温柔清浅的光里、甜蜜温柔清浅的笑里。

邻座两位女教师悄悄的谈话，将林青婷唤醒。

那穿红棉衣的说道："你今年写了几篇论文？科研任务完成了没有？"

那穿绿棉衣的回道："才写了一篇，投出去三个月了，也不知能不能发表？现在发文章，基本上都是要版面费的。"

那穿红棉衣的说道："交版面费能发，也算不错啦。科研任务完不成，要扣很多钱的！"

那穿绿棉衣的说道："课又多，又当班主任，又照顾小孩，哪有那么多时间做科研！你写了几篇？"

那穿红棉衣的叹气道："我也只写了两篇，投出去大半年了，还没有一篇有回音。"

林青婷对于科研问题本就紧张，今听那两位女教师这般谈论，更觉问题严重。中文系每次开会，总是强调"科研，科研，科研"，貌似科研是教师人生的"维他命"。她来这师范学院虽只半年，但对那科研任务的"量化考核"，已甚是清楚。她便不再去看梅素白的背影，寻思起该写一篇怎样的论文，以便逐渐完成那"量化"的科研任务。

在主讲专家不请自到的手势和腔调中，她居然很有收获，想到了将以前所写的一篇研究萨特和波伏娃契约式爱情的文章，加以修改。这确实是省力的办法。她很兴奋！但随即，她的心情又黯淡如将熄的炉灰。——她有兴趣关注萨特和波伏娃，完全是拜范嘉骏所赐。在范嘉骏给她的书信里，在他们的争吵中，范嘉骏屡次提到萨特、波伏娃，仿佛他们那相爱却不结婚，又允许对方有情人的做法，是超凡脱俗的极大美谈。林青婷忍不住查阅了一些资料，发现众说纷纭。

"这次倒可以再多查些资料，确立观点，形成一篇论文。"她这样想道。

科研大会已接近尾声。主讲专家已在预祝大家的成功了。林青婷也已拿定写论文的主意。校长走上了讲台，向专家致谢的同时，督促大家利用假期搞科研。

人头攒动，教师们缓缓地鱼贯而出。会堂外，人群涌动如黑色的云朵，很快，又被风儿吹散，各奔东西了。

一片枯黄的草地上，五六棵梅树，疏枝横斜，在冷风中绽放花朵如锦云。那粉红、朱红、含苞、盛放的玲珑花朵，点缀在枝枝干干上，真是美到绝尘脱俗！惨淡的云天也因此而诗意有情了！

林青婷不由得欢喜地走上前去，迎会那一树树风景。

她惊呆了：梅素白正站在一棵梅树下！他也已望见了林青婷，眼睛里满是笑。

林青婷脸颊有些发烫，缓缓地收敛了脚步。

两人四目相对，几乎同时说："你也来开会……"又都不好意思地笑了。

　　两人又都开口说话，却又是同时，又都不好意思地笑了。

　　林青婷说道："你看，这梅花开得多好！"

　　梅素白说道："是的，美得胜过春天的桃花。"

　　梅素白又说道："前几天，我还带学生出来画梅花呢。就是，手冻得很。"

　　林青婷呵呵地笑了，问道："你春节回家吗？"

　　梅素白道："已经买好火车票了。很难买。你也买好了吗？"

　　林青婷道："买好了。"

　　他们都想再说些什么，却又都不知该说什么，就这样客气地站着。

　　一阵风吹来，梅花飘落，粉粉的花瓣轻柔地落在草地上，有几片落在了梅素白的衣服上，又有几片落在了林青婷的肩头。

　　梅素白又望向了林青婷，眼神轻轻地慢慢地抚过，如羽毛般温柔。

　　林青婷的心里温温暖暖的，觉得梅素白的眼神如热流灌注。她恍然如梦，脸颊也如那粉粉的花朵。

　　"快过来！快过来！我找到了！"忽然，远处一个女孩子的声音，向他们这边大声喊道。

　　林青婷和梅素白都急忙向那声音的方向望去。

林青婷看到，是一个挥舞着手机的穿红衣服的女孩。她又挥动着手机，大声而欢喜地向梅素白喊道："快过来呀！快过来呀！你看，我找到了！"

　　林青婷看出，她兴奋得如此手舞足蹈，大约是在手机上找到了什么重要的东西。

　　梅素白急匆匆地向林青婷道了别，向那女孩子跑去。

　　林青婷呆呆地望着这一幕，许久没回过神来。

　　"那女孩子是谁？"她小心而惊疑地问自己。

　　她的心已如坠冰窟。

　　中午，林青婷在学校附近的一个小餐厅吃饭，心情仍在忧郁的猜度中，连面条是什么滋味也吃不出了。邻桌是四位同校的年轻女教师，在谈论着什么，热闹而活泼。林青婷并不认识她们，也不甚在意。她只沉浸在自己未名的黯淡心情中。

　　忽然，她听见她们的谈论中有"梅素白"三个字，心里一惊，竖起耳朵听。——原来，那话里说的都是梅素白如何优秀。她们言语中充满倾慕。

　　忽然，林青婷听见那穿青色棉衣的女教师说道："不妨，我介绍你认识他。说不定，你和他有前世姻缘。"

　　那穿紫色棉衣的女教师，嗔怪地推了那穿青色棉衣的女教师一把，脸上却是娇羞欢喜的表情。

　　林青婷暗暗叹了一口气，在心里说道："你们或许不知道呢，他可能早就有女朋友了。”

林青婷又听得那穿黄色棉衣的女教师说道：“这几天，他妹妹来了。听说在上海读大学，现在放寒假了。兄妹俩长得很像呢！”

林青婷心里又是一惊，凝眉心想：莫非，我在会堂那边见到的女孩子，是他的妹妹？

她又仔细揣摩那情景：“倒也像是。只是隔得太远，没看清面貌。”

林青婷的心里，不禁升起丝丝欣喜，那欣喜竟浮现在嘴角，闪现在眼眉，半日的忧愁和晦暗一扫而光了！

邻桌的女同事又在谈论什么，她已经听不见了！

出了餐厅的门，一阵冷风吹上她红热的脸颊，她的头脑冷静了许多，如冷风吹酒醒。她忽然有点惶恐：今日为何心情忽上忽下，忽冷忽热，有时如在甜梦中，有时如在苦汤中？都是因为他？难道，难道，我，爱上了他？……

她不敢承认。她感到有点害怕。这害怕使她心中升起淡淡的苦恼。

下午，中文系召开学期末总结会，又重新强调了科研的重要性，号召老师利用寒假做科研。林青婷又一次感觉到了写论文的紧迫性。系领导又讲起教学、学生工作等琐事。林青婷早已心不在焉。她总是想起梅素白，心中有甜蜜，但马上又觉得两人之间或许有山重水复的障碍和距离。她觉得爱情让人担忧和害怕，又觉得何必将一份美好的感觉变成最后的相互伤害呢。她已是又想起了范嘉骏，想起那还没有愈合的仍在疼痛的伤。她有点苦恼了，不知该怎么办。是要斩断对梅素白的情愫吗？她又有点舍不得。耳边是系领导滔滔不绝的讲话，她陷在甜蜜而纠结的心情中。会议结束了，她长长地叹了口气。系主任用奇怪的眼光看了她一下，她连忙收敛起那怅惘的表情，脸上显出积极和欢喜。

会议室已变得热闹起来。她去外面的草坪上，狠狠地走了几圈，想要甩掉那份挣扎的心情。她看了池塘里的水，看了冬天的树，看了飞鸟，又看了游鱼，心情平静了许多。

再回到会议室时，仅有五六个老师在那里了。他们在热烈地讨论着什么。听了一会儿，林青婷听出，他们是相约去五百里外一个叫梅花谷的地方看梅花。据说，那里梅树遍布，山上、山下、溪谷、幽涧，有上千亩之多，品种亦是纷繁，美不胜收。现在正是赏梅的好时节！林青婷听得神往不已。他们也极力邀请林青婷一起前往。但一问日程才知道，那恰是她坐火车回家的日子，只好作罢，徒留向往耳。

2

那天夜晚，她竟做了一个奇妙的梦。

朦胧中，似淡云蔽日的白天，又似月光明朗的静夜，有轻烟，有薄寒，也不知是晨，也不知是昏，她恍恍惚惚来到一座山谷。那崖壁上有三个大字放光芒：梅花谷。进得山谷，便闻见馥郁的清香弥漫，沁人心脾。觅香而行，便见山上、山下、溪谷、幽涧，上万株梅树繁花满枝，含笑绽放，仙姿神韵，令人惊绝。那疏劲秀逸的枝条上的花朵，粉雕玉琢一般。有的尚是圆鼓鼓的小花蕾，有的初绽半开如小钟磬，有的重瓣盛放如闺阁佳人。粉红、紫红、淡黄，一片一片，层层叠叠，悦人眼目，怡人情志。林青婷欢喜欲醉。她又见幽深的溪谷旁，几株梅树，花朵纯白如雪，又如云儿一般舒卷蓬勃。又行几步，更见一株梅树开淡墨色花，映在水中，与鱼嬉戏。她觉得自己真是在古人的画卷中了。

　　林青婷徜徉在这山溪花林中，如在仙境。她又被熏染得通体蕴香，真是沉醉不已。微风吹过，花影摇曳中，又有花瓣飘落，如落下一阵梅花雨，她连忙伸手接住。

　　忽然，有琴箫相和的乐声徐徐传来，四顾却不见人。那乐音是那样的清幽、悠远，那样的平和、含蓄，又那样的深情，如两位知己吟哦相和，神魂对答，回旋往复，缠绵不尽。那深情和风韵，令林青婷倾慕不已，停住了脚步。一曲终了，一曲又起，如水墨烟云、石涧寒流，如山静秋鸣、松风远拂，又如月出林梢、渔舟欸乃。清邈的乐音却又渐渐远去，消失在花林和湿雾中，仿佛那高山流水的两位知己已远行他处。

　　那余韵却在林青婷心中袅袅不息，伴她在花林中前行。行了半里，却又听得有歌声自清溪上传来。歌声缥缈，如雾里的微雨，听不分明，她只听得其中一句似是："死生契阔，与子成说。执子之手，与子偕老。"她向那清溪边走去，溪上薄雾弥漫，并不见歌者，连那歌声也杳渺远去了。

她正感失落，却见山坡上一棵开着粉红色花的梅树下，站着梅素白，正含笑望着她。

林青婷惊喜地向他走去，心想："多么奇怪，他也在这里！"

梅素白似乎已明了她的心事，笑道："我一直在这里。"

他们欢笑如孩童，向梅花谷的深处走去。走了一程，林青婷转身一看，梅素白却已不见。她又感到失落，只好独行。

花林已愈密，繁华也更盛，天气却似乎变得寒冷。又前行，天空飘起细雪来。雪落在梅树上，那些花朵更显得冰肌雪貌，美如仙人。林青婷呵手，细观，微醺在这仙境中。突然，她吃惊地发现，一朵紫色的梅花上，有一只冻伤的蝴蝶！她又发现了一只！发现了很多很多只！那些蝴蝶立在花瓣上，薄如轻纱的翅膀微扬，却是早已冻僵。那各种美色的各种姿态的冻僵的蝴蝶，微闭着双眼，如雕塑，承受着细雪的飘落。风又吹来，雪片又落下，冰也来冻凝它们。

蝴蝶怎么会在这里？为了梅花吗？林青婷想。

"它们是为了美和爱，成了冰雕！"她痛心地想。

"怎么办？怎么办？它们会被冻死的！"她忧惧地大叫起来。

回答她的，只有雪花簌簌落下的声音。

忽然，她无师自通地在一张很大很大的白纸上画起画来。那纸和笔也不知从哪里来！她画了很大很大的房子。——她要建造很大很大的温室，透明的，温暖的，明亮的。她又在那房子里画上很多很多花草——四季的花草：迎春花、紫杜鹃、百合花、玫瑰花、薰衣草、含笑花、蝴蝶花、丁香花、金盏菊、星星草、山茶花……

说也奇怪，那房子竟从纸上飞落到了地上，无限地大，无限地大……她小心翼翼地将那些蝴蝶一个个地捧进温室……

林青婷从这奇妙的梦中醒来时，天已蒙蒙亮了。她将这甜蜜醇香的梦境又一遍遍回味，不舍得离开。起床后，推开窗户一看，天空果真有细雪飘落。她不禁又陷入那梦境中，看见蝴蝶们在温室里翩翩起舞……

这时，对面楼下走出一个人来，撑一把蓝花伞，背一个书包。林青婷揉了揉眼睛，看清楚是韩雨烟。

"她教高三的语文课，大概还没有放假吧？"林青婷自语道。

她这才从那如痴如醉的梦境中完全醒来。

第十四章　论文

1

林青婷单手托腮，仰望窗外云天，沉思半晌，在稿纸上郑重其事地写下了她的论文题目：《美丽光晕下的丑陋真相——论萨特、波伏娃的契约式爱情》。

她在原有文章的基础上，又多方查阅资料，思考辨析，形成了这论文的思路。她开始了初稿的写作。不过，她这初稿，更像是资料的剪辑、归纳、编排，间杂了个人的观点而已。

"萨特者，何其人也？"她写道。

她开始了资料的编辑：

让—保罗·萨特（Jean-Paul Sartre，1905—1980），法国20世纪最重要的哲学家之一，法国无神论存在主义的主要代表人物，优秀的文学家、戏剧家、社会活动家。哲学代表作有《存在与虚无》《存在主义是一种人道主义》，小说代表作有短篇小说集《墙》、中篇小说《恶心》、长篇小说《自由之路》，戏剧代表作有《苍蝇》《密室》《恭顺的妓女》。

关于萨特的哲学思想，林青婷查阅了一些书籍和文章，在一本教材里，有这样的归纳：

萨特的存在主义哲学思想大致有三点：

（1）"存在先于本质"。在萨特看来，人像一粒种子偶然地飘落到这个世界上，没有任何本质可言，只有存在着，要想确立自己的本质必须通过自己的行动来证明。人不是别的东西，而仅仅是他自己行动的结果。

（2）"自由选择"。上帝死了，人在这个世界上是自由的，人的行动选择是自由的。这是因为人的选择既没有任何先天模式，没有上帝的指导，也不能凭借别人的判断。人是自己行动的唯一指令者，但是人应该为自己的行为负责。

（3）"世界是荒诞的"。人偶然地来到了这个世界上，面对着瞬息万变、没有理性、没有秩序、纯粹偶然的、混乱的、不合理的客观外界，人感到处处受到限制、阻碍。在这茫茫的世界里人无法左右自己的命运，人只有感到恶心、呕吐。

如何评价这种哲学思想呢？林青婷印象深刻的是这样一种看

法：这是一种给人以极大自由的哲学思想，因为"存在先于本质"，人来到这个世界上最大的特质是"自由"，并不存在先天具有的属性和规约，那些枷锁可完全被拆除。也有这样的观点：后人对萨特的评价褒贬不一，但基本上依然是左派褒者多贬者少，右派贬者多褒者少。直到如今，争论仍在继续。

"波伏娃者，何其人也？"林青婷写道。

她开始了资料的编辑：

西蒙娜·德·波伏娃（Simone De Beauvoir，1908—1986），法国著名存在主义作家，女权运动的创始人之一。以其女权主义著作《第二性》震撼了欧美乃至世界，并确立了她在西方女权运动及女性主义研究中的先驱者地位。同时是一位关注女性命运与生存境遇的著名作家。代表作有女权主义著作《第二性》及长篇小说《名士风流》等。波伏娃的很多观点和作品，同样备受争议。

"那么，又何谓契约式爱情呢？"林青婷写道。

查阅资料后，她找到了准确的说法。原来，萨特和波伏娃的恋爱进入到实质阶段后，厌恶婚姻的萨特向波伏娃提出了所谓的"契约式爱情"：云游四海、多配偶制、一切透明。萨特说："我们的结合是一种本质上的爱。"也就是说，他们都可以体验偶然的风流韵事，但他们彼此的爱情关系居一切爱情关系的中心。这份契约，当时为期两年，遵守则合，违约则离。契约规定，双方不得隐瞒任何私情。双方分开后，保持通信联系，还约定，要及时与对方分享自己艳遇的详细情节。后来，萨特和波伏娃都遵守了这份契约，并将契约的"保质期"扩展为一辈子。

"该如何看待这种契约式爱情呢？"林青婷写道。

她初述了自己的观点，也列举了那些众说纷纭的看法。她觉得，这是一份无论从哪个方面来看，都十分荒谬的契约，是它促成了萨特和波伏娃混乱得令人瞠目结舌的私生活。她发现，这种契约式的爱情，因"保证情侣双方在感情和性方面享有充分的自由"，认为"婚姻是一张废纸"，而被一些不明真相或崇尚性解放的人所追捧和赞美，成为一个散发美丽光晕的"爱情神话"。

她列举了那些大放厥词的称赞。那些称赞流传广泛，轻易地就可以在网上的一些正式文章中搜到：

超越婚姻约束的自由情侣。

他们以自由为旗的契约式爱情，有着常人并不具备的知识、智慧和人性、人格的力量。

最人性化的爱情。"

因为只有在真诚的融合中，才可能构筑世上牢不可破的爱情堡垒，那就是彼此之间绝对的忠诚与相对的自由。正是这种超凡脱俗的个性使两位文学大家的感情生活变得如此经典与耐人寻味，在特定的三维中打造出了如此这般空前绝后的爱情神话。

在肉欲与爱情的多元化伴侣之选择中，他们并没有因为美丽的邂逅而迷失自己，同样将各自放在掌心中紧紧相握，传递着彼此的温暖。他们是真正意义上的知心爱人，所以才演出了一幕超乎世俗的精彩人生。

他们在尽可能的范围中尽情享乐，但都不会忘了给予对方以温柔体贴。因为有萨特，才会造就波伏娃；同样，有了波伏娃的存在，才能衬托出萨特的分量。

她也列举了那些批评、甚至谩骂他们这种生活方式的言论。这些言论只见于个别贴吧：

女权婊波伏娃诱骗处女学生供萨特发泄兽欲。

其实我真不懂性解放对女性有啥好处，女权婊一直自吹自擂，明明百害而无一利。

可怕！

萨特和西蒙娜至少有五个共同情人！包括男人和女孩，所有人可以相互发生性关系！

人渣男配淫荡女，命运早已注定惨。活该！

波伏娃和萨特的故事，有偶像剧的开头，却没有偶像剧的结局。女屌丝爱上高富帅……当然，故事结束了，富有阿Q精神的波伏娃，写下了《第二性》，把自己的悲剧硬是写成了喜剧，她管这个叫作"女权主义"。

可又有文章如此振振有词：那些不理解他们情感和行为方式的人，是俗人和常人，是因境界不够，缺乏超越嫉妒的智慧和境界！

林青婷很讨厌那些肤浅的羡慕和夸大其词、不明真相的赞美。她论文的重点就是要分析，在这契约式爱情下，萨特和波伏娃到底具有怎样的情感和行为方式，是否值得称赞和效仿。她觉得，自己有责任披露真相。广泛的资料查阅，让她确立了这样的写作构想，并拥有信心。

2

她将那些资料进行了整理和罗列，觉得自己像是一个纪录片的编导，请出主持人、各专家和民间人士，发表言论。

在她的想象中，主持人出场，用《国宝档案》那种节目的语气，淡然提出问题："在这契约式爱情下，萨特和波伏娃到底具有怎样的情感和行为方式呢？"

伴随着一些资料性画面的呈现，当然包括萨特和波伏娃的影像，出现了这样的解说词：

> 波伏娃在这种关系里，从未感到自在和满足。表面上看，这个契约似乎给了双方平等的自由，但对于波伏娃而言，她却始终处于附属地位，条约平等的背后是"事实的不平等"。在两个人的恋情中，当萨特遭遇情敌时，表现得平静而淡然，但波伏娃面对风情万种的女性情敌时，却难忍醋意，甚至嫉妒生恨，不得不通过创作小说排解愤懑。这也难怪波伏娃感慨：彻底的忠诚只是挂在口中，很少有身体力行者。于是，两个自由的人变成了针锋相对的虐待者和被虐待者。其实，波伏娃有许多文章，详细记叙了她如何被自身的感情所折磨并感觉到分裂、痛苦、挣扎。

受邀专家 A 先生出现——一位法国的社会学家，脸上稍有皱纹，满头银发，耸了一下双肩，摊开双手，以惊讶的口吻，用法语说道：

（此为翻译配音）萨特的性伴侣，多得令人惊骇。在20 世纪 40 年代初期，萨特就已经因为勾引自己的女学生而恶名远扬。波伏娃的私生活也极为混乱，伴侣甚多。并且，波伏娃是双性恋，又常将自己的女学生介绍给萨特，组成亲密的'三人小团体'。波伏娃和萨特常按约定，在书信中分享各自的艳遇细节，这使波伏娃的情人（同性、异性）极难忍受。

受邀专家 B 女士出现——一位中国的波伏娃研究专家，五十多岁，表情极难看地说道：

在唯恐失去爱情的慌乱中，波伏娃有时担当着近乎淫媒的角色。她与自己的女学生有着亲密的关系，并把这些女学生介绍给萨特。波伏娃曾因此被告上法庭，并被逐出莫里哀学院，而且从此不准在法国任何地方教书。

萨特和西蒙娜至少有五个共同情人，包括男人和女孩，所有人可以相互发生性关系。这些女孩们几近病态地互相忌妒她们与老师之间的不正当关系，对她们造成了很大伤害。其中一名女孩自残，另外一人自杀。其他大多数女孩依然相信西蒙娜，相信自己是她的"家人"。然而，西蒙娜对她们没有那种母爱的感觉。甚至当一名被她诱惑的16岁犹太女孩差点儿命丧纳粹之手时，她也没有伸出援助之手。

受邀民间人士 C 先生出现——一位法国的传记书籍爱好者，手拿着那本《萨特、波伏娃和我》，以感到不可思议的口吻，用法语快速地说道：

（此为翻译配音）当时处于他们关系中的一位姑娘比安卡，在明白所有事实真相后，在 1993 年出版的《萨特、波伏娃和我》（原名《一个被勾引的姑娘的回忆》）一书中，不仅以自己与波伏娃之间的暧昧关系为耻，更披露了萨特和波伏娃的'不凡爱情'其实另有隐情：

那时候，波伏娃在女生班得到一个新鲜的肉体时，总是在自己尝了味道之后，再把她塞给或者说逼到萨特那里。无论如何，我的经历就是如此。

他们之间的关系是萨特为满足征服需要而发明、波伏娃也不得不接受的一种讹诈。

现在我明白我成了萨特的唐璜式的冲动以及海狸（波伏娃的别名）对这类冲动的暧昧而可疑的庇护的牺牲品。

萨特憨厚老实的外表，海狸表面上的严肃和朴素仔细地掩盖着他们的邪恶。

受邀专家 A 先生又出现，耸了耸肩，用法语说道：

（此为翻译配音）20 世纪 40 年代起，萨特和波伏娃的性关系几乎不存在了，只有当萨特找不到更好的女人时，才会重拾旧欢。随着"二战"的结束，萨特忽然发现自己已很有钱，一群为他的钱财和思想魅力所吸引的女人整天围着他。1946 年是萨特征服女性最成功的一年。也是标志着他与波伏娃的性关系实际结束的一年。

主持人又出现，凝思说道："波伏娃，一个在语言上的女权主义者，她的行为和她的思想是矛盾的。她批判着这个世界对妇女的不公，却甘愿成为萨特掌管下的一个奴隶。"

伴随着资料性的画面，又出现了这样的解说词：

然而这位才华横溢、意志坚定的女性，却几乎从第一次见到萨特起就成了他的奴仆，而且终生不渝直到萨特去世。她做他的情妇、代理妻子、厨娘、经理、女保镖、护士，却从未在他活着的时候得到相应的法律或经济地位。萨特的不忠是臭名远扬的。在文学史上，像萨特这样自私地利用女人的例子实在少见。波伏娃是女权运动的先驱。平心而论，她本该成为女权运动的守护神。但她在生活中却完全背叛了自己的一切主张。

受邀作家 D 女士出现——一位中国的女性主义作家，三十多岁，摇了摇头，说道：

　　波伏娃终生处在对萨特的崇拜和被引导的地位，他们在一起发现知识，创造真理。波伏娃终生也处于对萨特的妒忌和痛苦之中，因为萨特的身边总是有各种各样崇拜他的女性。萨特也总是用他那激情四射的存在主义的光芒来勾引那些对他的哲学产生崇拜的另外一些女性。萨特的行为是可耻的。他们的关系是虚伪的神话。

纪录片仍在继续，探讨仍在继续。主持人又出现，探究似的问道："那么萨特和波伏娃为什么终生都在一起，而没有分离呢？"
伴随着资料性的画面，又出现了这样的解说词：

　　尽管在他们漫长的感情旅程中，出现了奥尔加、比安卡、奥尔格伦、多罗莱斯等诸多同性和异性伴侣，但两个人之间的情感关系是持续最长久的，直到生命枯竭。两个人至死不分，主要原因在于两个人共同的精神追求及相似的资产阶级背景。虽然波伏娃承认两个人在很早就已经终止了肉体关系，但他们在面对文学创作、哲学思考、政治思潮运动时所迸发的火花是无处不在的，他们成为彼此灵感激发的源泉。经过多次"偶然"爱情和战争苦难的考验，萨特和波伏娃之间已经由男女之爱升华为长久的精神伴侣。

受邀专家 E 先生出现——一位中国的萨特研究专家，五十多岁，目光熠熠地说道：

萨特和波伏娃主要是精神的共同体，而不是爱的共同体。萨特一直把波伏娃视为智力水准上最理想的对话者。他们是一个共同的精神复合体。

受邀民间人士 F 女士出现——一位中国的阅读爱好者，从事媒体工作，四十多岁，先咧嘴笑了笑，然后较认真地说道：

我觉得萨特和波伏娃后来已经成为偶像共同体和利益共同体。他们谁也不会破坏这种偶像式的组合形象，因为一损俱损。波伏娃也经常不会放弃任何一个与萨特共同出现在公共场合的机会。

探讨继续进行。主持人又出现，提问道："那么，萨特和波伏娃的行为与他们所倡导的存在主义哲学有关系吗？"

画面中，受邀专家 G 先生出现——一位法国的研究萨特存在主义哲学的专家，背后是一面书墙，在书桌旁斜靠着一把椅子坐着，用法语说道：

（此为翻译配音）萨特和波伏娃之间开放的伴侣关系，本身是和他们的哲学追求有内在一致性的。作为存在主义哲学流派，无论是波伏娃还是萨特，都是将自我的存在、存在的自由性放在第一位的。存在主义以人为中心，尊重人的个性和自由，认为人是在无意义的宇宙中生活，人的存在本身也没有意义，但人可以在存在的基础上自我造就，获得精彩。萨特的格言是："存在先于本质。"在《存在与虚无》中，他则宣扬无神论信条，男人们和女人们可以自由地做他们想做的事情。

受邀专家 H 先生出现——一位中国的研究萨特存在主义哲学的专家，背后是一个大书架，说道：

萨特还有一句名言是："他人即地狱。"也就是说，他人是我的地狱。这是一种极其自我主义的论调。萨特还曾说："在我们[①]的约定里，我们忘了一个有力的细节：其他人都有感情，他们让我们为此付出巨大的代价。"

··········

3

节目编导至此，林青婷在想象中，望了望铁红色的天空，穿过车水马龙的街道，又穿过传来饭菜香气的幽巷——已经是晚饭时分，她写论文至此，肚子已经有些饿了——径直来到人群聚集的广场，来到人群的中心。

一株丁香花在那巷子口开放。

铁红色是整个天空的颜色。

林青婷完全摆脱了含羞草式的羞涩，走向人群的中心，像演讲家一样大声疾呼："不应当将自我的自由建立在对他人的践踏上。失去堤坝的河流会带来水灾，不加控制的交通会带来车祸。极端的自由，唯我至上，不顾规则和他人感受，是自私的。"

她又振臂高呼："我反对极自由主义和开放的婚姻观。开放的婚姻观，无论说起来是多么振振有词，实际上都是肮脏的，都

---

① 　萨特和波伏娃

是远离正道和真理。"

一位戴着鸭舌帽、脸上有许多横纹的高大男子不屑地辩驳道："一夫一妻是最没有生命力的一种关系。"

一位戴着直筒帽、眼睛眯得像一条缝的矮胖男子高声嘲弄道："如果现在的家庭80％左右的婚姻都有各种各样的问题，那一定是婚姻制度本身有问题。"

林青婷如面对苍蝇挥舞苍蝇拍般，将这些辩驳击伏于地："不是婚姻制度出了问题，是人本身存在问题。人性是有败坏的一面的，充满贪与欲。主张'自由意志'的人是不愿意被管束的，认为自己理所当然地有权决定自己的身体，无论婚姻之内还是婚姻之外，都不应该成为障碍。但这样的结果是可悲的。"

她又举起喇叭，大声说道："是的，这样做并不会给自己、他人或人类带来光明的前途，并不是美好愿望的实现，而是可怕的灾难。"

林青婷在人群中真诚地劝导道："人应当节制欲望，将精力奉献给科学、艺术、公益等更有价值的精神目标和追求的内容。"

可是，几架大飞机在天空盘旋。飞得是那样低，几乎是在人们的头顶上。轰鸣声是那样大，完全将她的声音遮盖、淹没。她的声音如在大海中漂流的一棵稻草……

铁红色的天空，青铜色的天空……

4

在此初稿基础上，林青婷将这论文，修改又修改，丰富又补充，拓展又深化。她又做了中英文摘要和详细的注释，总算完成。

她如释重负。

接下来是打印，把稿件投寄给不同的期刊。她来到那绿色的邮筒前，如放飞一只只棕色的鸽子，放飞她的论文邮件。

"再见！再见！"

"珍重！珍重！"

"一路顺风！一路顺风！"

"风风雨雨也别怕！"

她一次就投寄了六个刊物，如放飞六个梦。她不知自己这论文水平如何，会不会被接受。她希望那些鸽子能衔回橄榄枝，而不是消失于未知的黑森林。

第十五章 《青蛙的催梦术》

1

林青婷那心爱的小说——《紫色的田野》，也在向前推进。春桐和秋凤结婚后，生活美满、顺意。两年后，秋凤生下一个男孩，名叫小虎。小虎长到两岁时，春桐开始去南方的工厂打工。众所周知，在农村，种地已经无法维持一个家庭的支出。即便养了鸡鸭鹅、牛羊兔，也无济于事。去南方打工，已经成为农村青年的普遍选择。何况，春桐家房子破旧，也需挣些钱来，翻盖新房。孩子一天天长大，也是需要攒些费用，供他读书的。

当写到秋凤去火车站送别春桐那一节，林青婷的耳际不由得响起《车站》（曹磊）这首歌。伤感的歌词、旋律令她泪湿双眼，更何况小说中的秋凤和春桐呢？秋凤抱着孩子哽咽不止。

火车已经进车站
我的心里涌悲伤

汽笛声已渐渐响

心爱的人要分散

离别的伤心泪水滴落下

站台边片片离愁涌入我心上

火车已经离家乡

我的眼泪在流淌

把你牵挂在心肠

只有梦里再相望

…………

当小虎长到三岁时，秋凤也开始去南方的工厂打工。有时，他们在同一地同一厂。有时，他们并不在一起，而是随了也在外地打工的亲戚的介绍，去到恰有招工的地方。孩子则由爷爷奶奶照看。春桐共兄弟三人，各有孩子，孩子的父母都在南方打工。——这爷爷奶奶要照看四个孙子孙女！

写到这里，林青婷不由得想起她所看到的有关留守儿童的报道，又联想起父母离异、孩子得不到关爱的新闻。此情此景，激发了她的爱和怜悯，也激发了她的公益心。她用童话式的幻想和爱，来呼吁现实问题的解决。于是，她的 2 号作品呱呱坠地了，此即《青蛙的催梦术》。

"写这样的作品，对现实也应该是有益的吧？它是对于爱和互助的呼吁。"她这样想。《森林狂想曲》的音乐，开始在她耳边响起。她从沉重的现实跳脱进幻美的童话，在那里，温暖和爱并肩而坐，忧伤和痛苦不再惊扰孩子的心灵……

2

青蛙的催梦术

成熟的稻子的香气，向日葵的金色花朵，玉米棵上的红缨棒子，把一只青蛙和一只蟋蟀从大森林里吸引了出来。出现在它们眼前的辽阔的青碧的天空、起伏的青黛的山峰、广远的种满庄稼的田地、澄澈的映着天光云影的池塘，令它们兴奋不已！绿色的青蛙藏在绿色的南瓜旁，蟋蟀就找不到它了。青灰色的蟋蟀跳到青灰色的葱头上，青蛙也找不到它了。它们走过一片红薯地，跳过几畦韭菜，又穿过几排开着淡紫色花的豌豆架，掩映在树木下的村庄就出现在眼前了。它们也听到了鸡鸣和鸭叫！此时，西天布满红霞，暮色将大地笼罩得苍茫一片，它们兴奋不已地探险般地潜入了这眼前的村庄。

村庄邻着田地的地方，住有一户人家。几间平房，一个院落，窗户里透出橘黄色的灯光。青蛙和蟋蟀从大门

的缝隙溜了进去，看见暮色中美人蕉红艳的花朵，如红狐狸的耳朵，又看见一扇窗前，映着一个读书写字的小女孩儿的身影。它们相视一笑，轻轻地跳上了窗台。

那小女孩儿单薄瘦弱，齐齐的刘海垂至眉际，后面梳着一个麻花辫，辫梢扎着两朵紫色的牵牛花。她写了一会儿字，手掌托腮，像在思考。青蛙仔细一看，却是吃了一惊，那小女孩竟满脸愁容，两颗大大的泪珠沿着脸颊滑落！蟋蟀也吃了一惊，向青蛙努了努嘴。它们都有点为这小女孩儿担心了，不知道她遇到了什么事情。

这时，隔壁房间传来老奶奶连续咳嗽的声音，小女孩儿连忙擦了擦眼泪，跑了过去。房间里传来小女孩儿为奶奶捶背的声音和她们的对话声。

奶奶说道："伶伶，你的作业写完了吗？要早点儿睡觉。"

伶伶说道："快要写完了。奶奶，您好点儿了吗？我去给您冲杯蜂蜜水。"

奶奶长长地叹了口气。

青蛙和蟋蟀听出来了，伶伶又在帮奶奶贴膏药。奶奶年纪大了，腰疼。

她们接下来的谈话，轻轻切切，絮絮缓缓，青蛙和蟋蟀不太听得分明。趁这工夫，青蛙和蟋蟀从窗台跳到了书桌上。它们凑到了伶伶刚才写字的本子上。蟋蟀又跳到了青蛙的头上,一起俯首看本子上的字。——从大森林里来的青蛙和蟋蟀,当然不是一般的青蛙和蟋蟀啦;它们何止能听懂人说话,还能看懂人写的字!原来,这不是普通的作业本,是伶伶的日记。只见那沾着泪痕的页面上写着:

人们都说,这世间充满了爱。我怎么感觉不到?树叶飘零,星辰西坠,猫头鹰在啼哭。那歌里唱道:"只要人人都献出一点爱,世界将变成美好的人间。"那歌里唱道,"再没有心的沙漠,再没有爱的荒原,死神也望而却步,幸福之花处处开放。"可是爱在哪里?我怎么感觉不到?我伸出手来,是凉凉的空气,是灰暗的夜。爱在哪里?……老师,课堂上,你们也讲爱。老师,你们告诉我,爱在哪里?我为什么感觉不到?为什么找不到爱?

青蛙和蟋蟀看着这充满哀愁的日记,心里又难过又纳闷,正要开口议论,却听到那叫伶伶的小女孩儿自门外要进来的声音,它们惊得赶快飞跳回到了窗台上。它们这才看清,这小女孩儿左脚是跛的。

伶伶又坐到了书桌前,拿起笔来,想再写些什么,却只是将笔杆咬在嘴里,凝神地想。灯光将她的侧影投射到墙壁上,孤单而灰暗。她的眼睛是大而好看的,眼波清澈，却是充满忧伤。青蛙和蟋蟀屏息注视着这一切。伶伶却是什么也没有再写，最终合上了笔和本子，也关上了灯，去书桌旁的小床上睡觉去了。她长长地叹了口气，那叹息声像水滴落入井里，激起回声。

青蛙和蟋蟀也要回大森林里的家了。一路上，它们满腹话语，谈论不休。

那蟋蟀的声音细细切切，说道："伶伶一定很伤心，眼泪把日记本上的字都打湿了。我最不忍看见别人伤心，我的眼泪也快要流出来了，心里好难过。"

那青蛙的声音呱呱响亮，说道："你是有同情心的好蟋蟀。可是，伶伶为什么会伤心？"

蟋蟀说道："她日记里写，找不到爱。"

青蛙说道："可是，为什么会这样呢？"

…………

它们这样你一言我一语地谈论着，不知不觉已来到森林的边缘。举目一望，星辰满天，远处山峰上，弯月如眉。也有夜鸟飞过，树叶轻轻地飘落。草木的气息是那样清甜，圆润晶莹的夜露悄悄滑落。

青蛙忍不住感叹道："一切都是那么美，美得让人沉醉。可伶伶却说是凄凉。"

蟋蟀说道："或许，我们帮她找回爱，一切就不同了。"

在这晚的梦里，青蛙和蟋蟀也在牵挂伶伶。

第二天晚上，青蛙和蟋蟀忍不住又来到了伶伶家的窗台上。趁伶伶去为奶奶熬药，它们又跳到了书桌上，看到了伶伶的日记。那本子上这样写道：

馨馨的爸爸为馨馨买了漂亮的脚踏车。灿灿的妈妈为灿灿买了很多很多好看的图书。我的爸爸妈妈在哪里呢？我的妈妈，我已经有好几年没见到了，她可能已经把我忘了。她真的把我忘了吗？她一点都不爱我吗？我的爸爸，他很少回来。他不但不爱我，也不爱我的奶奶。他们都只爱他们的新家。可他们为什么要离婚？既然会离婚，又为什么要结婚，要生下我？

人家都嘲笑我，欺侮我，像对待一只野鸭子。失去了父母的庇护，就是这样可怜。他们都是冷心肠的人。同学也嘲笑我，指着我的腿和脚，我是多么自卑和难过！爸爸妈妈难道也是因为我的跛足才离婚的吗？我真恨我自己。我讨厌我自己……只有奶奶是疼爱我的。奶奶一天天衰老，生病，我真的好发愁……

在回森林的路上，青蛙和蟋蟀又一路谈论。

青蛙说道："我算明白她为什么难过了。她的爸爸妈妈离婚了，都组建了新家，抛弃了她和她的奶奶。"

蟋蟀说道："还有，那周围的人，也欺侮她；她的同学，也嘲笑她。"

青蛙和蟋蟀跳到了一片巨大的芋头叶子上，仰望星空，看见乌云遮月，不由得叹息。猫头鹰咕咕地叫着，真的是凄凉。

此后的几个晚上，青蛙和蟋蟀又陆续看到了伶伶的一些日记，更被她的不幸境遇打动。它们又知道，伶伶和她的奶奶在经济上也是困难的；伶伶是多么想念她的爸爸妈妈，又是多么恨他们；周围的环境对于她来说，直如风霜刀剑。那日记写道："路人真有爱心吗？邻人有援助之手吗？这是个冰冷的世界，黑色的世界。"

青蛙和蟋蟀看到伶伶最近的一篇日记时，吓出了一身冷汗。那日记写道：

今天的作文课，老师给我们布置的题目是"发现爱·传递爱"。我只觉得好笑。爱在哪里？今天早晨去上学，遇到村西那个满脸胡碴的叔叔。他为什么用那样的目光盯着我看？那是什么样的目光呀！我只感到丑陋和羞辱。我吓得赶快跑掉了。我真怕再遇见他。同学丽丽，硬说我偷了她的手表。据她说，那手表很昂贵。她当着那么多同学的面质问我，连老师也加入了怀疑者的行列。我怎么能辩白得清楚？他们为什么不怀疑别人，偏偏只怀疑我？是因为我穷，穿的衣服破旧吗？是因为我跛足吗？我真恨这个世界。我也恨我自己。还不如一死了之……

我为什么要来到这个世界上呢？前面的路布满黑暗和荆棘，我该怎样走下去？

死，或许真的是一种解脱……

那晚回森林的路上，青蛙和蟋蟀的心里，满是阴影，如地上参差的树影。它们意识到了问题的严重性。它们担心伶伶会做出可怕的选择，会有不幸的事情发生。它们郑重做出决定：要想办法帮助伶伶，让她感受到爱和温暖；并且，要尽快，或许，她已经不能承受再向她加上一棵稻草的重量了。

可是，该怎样帮助伶伶呢？青蛙和蟋蟀一路上苦思冥想，月光将它们沉默的影子拉得很长。

蟋蟀先开口了，它很果决地说道："我们必须找到伶伶的爸爸妈妈，并且，让他们对伶伶充满爱心。"

青蛙说道："是的。我们也必须让周围的人对伶伶充满爱心。"

蟋蟀说道："也就是说，我们必须改变伶伶周围的人。改变别人——这可是天下最大的难题！"

那青蛙却突然高兴起来了，说道："我有办法了！我曾在姑射山上，跟从一位神仙学艺，学得催梦术——夜晚，潜伏在一个人的窗外，施展法术，可左右那人的梦境，进而改变那人的思想！"

蟋蟀听青蛙这般言说，拍手称妙！

它们这样谈论着，已到了家门口。

"可是，该怎样去找伶伶的爸爸妈妈呢？茫茫人海，我们不知道他们在哪里？"蟋蟀又犯愁地说道。

树上的花喜鹊听到树下的说话声，在窠巢里打了个哈欠。

"有了！"青蛙说道，"我们可以请花喜鹊帮忙。——我听见伶伶的奶奶说，伶伶的爸爸住在三十里外的青峰镇，伶伶的妈妈住在五十里外的枣花村；伶伶书桌的玻璃板下有她爸爸妈妈的照片；花喜鹊云游四方，见识广博，阅人无数；可以让花喜鹊看了伶伶爸爸妈妈的照片，去寻找！"

那蟋蟀听了，又是拍手称妙。

它们便叫醒了树上的花喜鹊，述说了原委。那花喜鹊当然是一副好心肠，很乐意帮忙，它用那沙哑的大声小气的腔调说道："当然可以！当然可以！我正闲得慌！我正闲得慌！"

一只在榛树叶上睡觉的瓢虫，听到了它们的谈话，也积极地申请加入。一只在藤蔓上睡觉的蝴蝶，听到了它们的谈话，也要求加入。——它们将和花喜鹊一起去寻找伶伶的爸爸妈妈。

它们的计划就这样说定了。动物界的爱心大使们，怀着梦想和喜悦，进入了甜美的梦乡。

却说那天早晨，伶伶整理好书包，正要出门上学。一只花喜鹊飞进她的房间，在书桌上盘旋几回，又飞走了！一起飞过来的还有一只瓢虫、一只蝴蝶！伶伶觉得甚是奇怪。她的奶奶也看到了这一幕，也觉得奇怪，口中不住地说道："花喜鹊来了，是有喜事要来了。"

青蛙和蟋蟀也已经在周围人中找到了目标——一个开煤矿的暴发户。他住着四层楼的精美别墅，庭院美丽广大如花园。开着价值上百万的豪车，名牌服装派头十足。蟋蟀和青蛙都认为，这样的富人最有能力帮助别人。

夜晚到来时，青蛙和蟋蟀便来到了那富人的庭院。它们仰望夜空，只见轻云淡淡，月亮如一抹笑痕。它们共同祈祷催梦术能奏效。

那青蛙开始发力用功，蟋蟀为它助阵。青蛙翻了九十九个跟斗，吹鼓了九十九下腮帮子，又施展了七十七回拳脚，在这过程中，它口里念念有词，直到累得满头大汗，气喘吁吁，才停下来。

蟋蟀看到青蛙如此劳累辛苦，忍不住为它捶背揉腿。待青蛙喘息平稳，蟋蟀问道："催梦术能奏效吗？"

"应该会吧。"青蛙充满期待地答道。

可是，几天过去了，那富人一点儿动静都没有。

又是云淡月轻的夜晚，蟋蟀忍不住问青蛙："你的催梦术真能奏效吗？"

青蛙也满是懊恼，说道："我的催梦术是要调动人的同情心、怜悯心和善心。应该说人人心中皆有同情、怜悯和善良，可能那富人的善心太少，我的法力太微弱，无法把它调动起来。"

青蛙和蟋蟀同时叹了口气。

青蛙又惆怅地说道："以我的法力，只可施展四次催梦术。现在已经浪费掉了一次。"

蟋蟀也有点儿难过，说道："不知伶伶现在怎样了。"

很长时间，它们都没有说话。天空阴暗，大风刮起，树叶纷纷飘落，好像要下雨了。

青蛙说道："我们再努力一次吧，就今天晚上。我知道一个养鱼人，有几十亩鱼塘，家境殷实，看面目是个好心人。"

那雨已经落下来了，噼噼啪啪一阵过后，哗哗如瓢泼——It rains cats and dogs。青蛙和蟋蟀顶着大雨来到了那养鱼人的院子里。

夹竹桃开着粉红色的花，沐浴在大雨中。两层的小楼，灯光熄灭。青蛙便在院子里发起功来。在这倾盆大雨中，青蛙使出了吃奶的劲。它连翻了一百零八个跟斗，吹鼓了一百零八下腮帮子，施展了八十八回拳脚。当它停下来，累得瘫倒在地上。

奇妙的事情发生了！那养鱼人睡眠中出现了奇妙缤纷的梦境！

他先梦到自己幼年时落水被过路人救起。那人只是对他笑了笑就走了，不求报答。那笑真是温和慈爱，那么深地印在了还是孩童的他的心里。

他又梦到，读书时，那位十分关爱帮助他的老师。他的话语和面容是多么温暖和蔼！他还原谅了他的过错，亲切地教导他。老师的温情如春雨甘甜地洒向他愧疚的心田。他多么感念他的老师！

他梦到了许许多多的人、许许多多的事，样样都让他感到温暖，让他留恋和沉醉。那都是记忆中温暖人心的事！是爱，是同情，是怜悯和帮助！

最后，他梦到星光下，微微的风，许多美丽的花朵自天空洒落，一个背上有一对白色羽翅的可爱的小娃娃对他甜蜜地笑，说道："去帮助你同村的孤苦的伶伶吧，用同情、爱和温暖。"那声音真是美妙动人，充满感染心灵的力量。

那微笑的小天使飞走了。养鱼人在花朵的翔舞、星点的微光、风的轻抚与清甜的气息中，醒来了。他扭开了灯，望着大雨初停的窗外，站了良久。

青蛙和蟋蟀是望见了那养鱼人的举动的。蟋蟀轻轻地对青蛙说："莫非你的催梦术起了作用？"

半弯的月亮也正自浮云中探出头来，水光明澈，天地澄亮。

第二天，奇迹发生了！

那养鱼人买了六大箱的礼物，带着他五岁的女儿英英去看望伶伶和她的奶奶。养鱼人所买的，不仅有日用品、营养品，还有图书和文具，甚至脚踏车。奶奶和伶伶对这从天而降的帮助不知所措。养鱼人却又拿出一个红包来，里面是三千块钱。奶奶坚决推辞。养鱼人却说："我早该来帮助你们了，真是愧疚得很。人活着只顾自己好，有什么意思呢？能帮助你们，这比什么都让我高兴。请你们收下吧。"

奶奶和伶伶的眼睛里都闪动着泪花。

那养鱼人又说："我以后会经常来看望你们的。你们不要见外，就把我当成你们的亲戚吧。亲戚来帮忙，再正常不过的。"

奶奶和伶伶的眼睛里又闪动着泪花。

可爱、乖巧的英英跑上前来，拉着伶伶的手，要和她玩躲猫猫。

伶伶开心地笑了。

这一幕，躲在美人蕉丛中的青蛙和蟋蟀是看到了的。它们也开心地笑了。

七天后，花喜鹊、瓢虫、蝴蝶带来了找到伶伶妈妈的消息。青蛙和蟋蟀乘坐十二只气球做的飞行伞去往那里，花喜鹊、瓢虫、蝴蝶做牵引。星月光下，那真是奇妙有趣的景象。它们飞过树林、草地、庄稼、河流、村庄。那满天的星星看到这景象，都抿起嘴笑了。一只夜行的白天鹅看到了它们，好奇而亲切地打招呼。

不好！一阵大风吹来，不知要把气球吹往哪里去！还好，花喜鹊、瓢虫、蝴蝶一起发力，又把气球带回了正途。

不好！青蛙打了个大大的喷嚏，眼看就要带着蟋蟀栽下去！还好，晃了几下，又坐稳了下来。

最终，半夜之前，它们来到了伶伶妈妈家的院子。

伶伶的妈妈竟然还没有睡，正在为床上熟睡的儿子宁宁织毛衣。宁宁的爸爸，去外地做工了，这些天不在家。橘黄色的灯光，照着慈母的脸庞和手中的针线。宁宁睡得甜蜜而温暖。

当伶伶的妈妈熄灯睡觉了，青蛙就故技重施，又是翻跟斗，又是鼓腮帮子，又是施展拳脚。

哈哈，奇妙的事情发生了：伶伶的妈妈做了许多与平日不同的梦！

她看到一个可爱的婴孩笑眯眯地向她爬过来，嘴里啊啊地说着话，眼睛里闪着的光芒是那么的纯稚欢喜。她看清楚了，是她的伶伶。可是一阵风乱来，一转眼，那婴孩不见了。

她又看到一个小女孩儿在给妈妈写信，已经写了很多封，却不知该寄往哪里。她把那些信一封一封地装进漂流瓶里，希望能漂到妈妈的身边。她看清楚了，那是她的伶伶。

她还看到一个小女孩儿站在高山上喊她的妈妈，那么深情、急切、悲怆。可她的妈妈却怎么也不回应。小女孩儿伤心地哭了，那么的绝望。她看清楚了，是她的伶伶。

她梦见一枝瘦弱的花苞，正被一只大青虫蚕食。

她又梦见一头狮子在追赶一个小女孩儿，眼看就要追上了，小女孩儿凄惨地喊道："妈妈，救我！……"

伶伶的妈妈在哭泣中醒了过来。她扭开了灯，仍是坐在床上哭泣。

她如何不想念伶伶！只是她这新的家庭阻止她去，她的旧的家庭拒绝她去。她和她的丈夫、婆婆曾经是怎样的水火不相容！她被逐出了家门。慢慢地，慢慢地，她把那孩子也放弃了，死心了。她也已经有了新的孩子。

今晚，她是多么的痛心，深埋在心底的愧疚全部被唤醒。并且，她直觉到，伶伶现在肯定过得不好。无论冒多大的险，她都一定要去看伶伶。无论如何不能再让这份母爱缺失。

青蛙和蟋蟀看到那夜半亮起的灯光，猜想催梦术可能已起效，拍手相庆。

第二天，伶伶的妈妈便乘车来到了伶伶家。出乎意料的是，那已经衰老的婆婆并没有怎样仇视她，而是客气地接待了她。

伶伶看到了她的妈妈——她日夜想念的、在梦中才能见到的妈妈，倚在门口呆呆地望着，眼泪顺着脸颊流了下来。妈妈跑向了她，她也跑向了妈妈。她扑进了妈妈的怀抱。妈妈还是一样地涕泪横流，打湿了伶伶的脖颈。

妈妈说道："伶伶，妈妈以后会经常来看你的，再也不让你难过。"

伶伶含着泪笑了，横在心间的冰融化了。

躲在美人蕉丛中的青蛙和蟋蟀也是看到了这一幕的。它们是多么欢喜，相互做了个手势，悄悄地走开了。

又过了七天，花喜鹊、瓢虫、蝴蝶也找到了伶伶的爸爸。青蛙也向他施展了催梦术。伶伶的爸爸也做了许多不同于平日的梦。第二天，他也来到了伶伶奶奶和伶伶的身边。

他一见到伶伶的奶奶就跪了下来，说要向母亲谢罪，说自己对不起母亲，也对不起伶伶，自己太自私，太缺德，是混账。他还自打耳光！

伶伶的奶奶吃惊地瞪大了眼睛，半天说不出话来：这哪里像自己的儿子？自己的儿子何曾如此知恩图报？

伶伶也是吃惊不小：爸爸——平时对她不管不问的爸爸，今天是怎么了？

奶奶和伶伶要把爸爸扶起来，可他不愿起来，说要赎罪，说以后一定会孝敬母亲，关心伶伶，不然天打五雷轰。

躲在美人蕉丛中的青蛙和蟋蟀嘿嘿地笑了起来。蟋蟀对青蛙诡秘地眨了下眼睛，轻轻说道："你的催梦术真棒！你让他梦到了什么？"

青蛙和蟋蟀又在菜地里玩耍了，愉快的心情使它们几乎要飘起来。它们想不到，帮助别人是如此快乐、幸福，胜过吃到蜂蜜和糖。西天嫣红的云朵，将它们的脸颊映成红色。

蟋蟀突然想到了一件重要的事情，对青蛙说道："你觉不觉得，我们最应该施展催梦术的是伶伶？改变她的思想、她的态度、她的行动，这才是关键。她是太过悲观和脆弱了，虽然造成这样的局面是有外在原因的。"

青蛙也恍然大悟，说道："是的，是的。我如果还可以再施展一次催梦术就好了。她应该变得乐观、阳光、自信、坚强。可我们只顾改变那困扰她的外部环境，却忘了赐予她自身的智慧、品性和力量。"

青蛙和蟋蟀都懊恼不已，但也无法补救，因为青蛙虽修炼了多年，但确实只有施展四次催梦术的法力。

青蛙突然又豁然开朗，对蟋蟀说道："我们也不必难过。我们刚才说到的那项最重要的工作，其实应该由伶伶自己去完成。我们不可能代替她完成一切。我们为她移去了路途中的一些障碍，她已经开始感受到爱和温暖。我想，一切都会慢慢改变的。"

蟋蟀点了点头，说道："你的话有道理。不妨一个月后我们再去看她。"

一个月后，月光朗朗的夜晚，青蛙和蟋蟀又跳上了伶伶的窗台，看到了她的日记：

多么奇怪，我感觉我现在被爱包围！爸爸的爱、妈妈的爱、奶奶的爱，像温暖的太阳，让我的心不再感到寒冷，如在融融暖暖的春日里。邻居叔叔和英英的爱，让我多么感动和心怡，是沉醉的感动！在他们的影响下，其他村人也对我友好起来！

学校新来了一位女校长，她真是我见过的最好的老师。她那么关心和爱我们，是爱我们的心灵，而不像别的老师，只要求我们考好的分数。当她注视我的时候，我真的感觉到，自己像是小树苗，沐浴在温暖的阳光下——她的目光真的是好温暖、好慈爱。她说，我们会成长为栋梁。我也有这种自信了。可是以前，我怎么会有那样灰暗的念头呢？……我以后再也不能那样想了。人生有许多的精彩和奇迹等着我去创造呢！

对了，我想起来了，以前，我的语文老师曾给我们讲过一课——发现爱·传递爱。我现在真的有能力发现爱了。接下来，我也应当学会传递爱……

青蛙和蟋蟀看到这里，如甘露流入心田，甜蜜地笑了。

蟋蟀和青蛙又走在回森林的路上了。他们决定一起去姑射山上跟从神仙学艺，然后去帮助那些处于困难中的小孩子。因为它们发现，帮助和改变小孩子，是最奇妙、最有意义的事。

蟋蟀和青蛙已经做起美梦来了：它们法力无边，何止只有催梦术！它们可以帮助许多许多需要帮助的孩子！

啊，好奇妙！它们飞起来了，在月光之下！是快乐令它们飞上天空！

3

林青婷的文学梦想就这样开张了，如开始了对一片土地的垦殖。她又以电子邮件的形式将这新写的童话投寄给几个儿童文学期刊。虽然，她已遭受了《风蝴蝶遇女巫》被退稿的打击，但还是满怀期待地将这2号作品放飞。

而关于《紫色的田野》，情节的继续发展是这样的：

春桐的父母也实在是年纪大了，又生病，无力照看那么多孙子孙女。在小虎八岁的时候，秋凤回到了家中，专心照看孩子。春桐则间歇性地去南方打工。夫妻俩经常处于两地分居的状态。

第十六章　旅途

1

　　林青婷坐上了上午八点钟开往家乡的火车。那是一趟破旧的慢车。她的座位临着过道，三人并排而坐，对面亦是三人。窗外雾霾浓重，什么也看不清楚。萍水相逢的人们，有的在打瞌睡，有的在看书报，有的在看手机。林青婷安坐片刻后，也睡意昏昏，进入半睡眠的梦乡。

　　不知过了多久，她醒来后，窗外仍是浓重的雾霾，如梨花色的深沉的梦。她注意到，对面邻近窗户的位置，坐着一位五十多岁的包着格子头巾的妇女，沧桑的面容、暗淡的眼神映着白雾茫茫的车窗玻璃。那妇女的对面，则坐着一位浓妆艳抹的女孩子，在玩手机游戏。在那女孩子和自己之间，坐着一位六十多岁的大叔，皱纹纵横的黑黄的脸上显出疲惫，一直在酣睡中。自己的对面，则坐着两个学生模样的男青年，一个在看手机，一个在看《读者》。身后一排座位，大概坐着两个孩子，传来他们的嬉闹声。

林青婷又闭上了眼睛。百无聊赖的她，陷入神游与幻想。——所练的功，好像是将思接千载、神通万里的文学思维进行日常生活式的实践。她想象自己坐在一列观光小火车上。火车在起伏的山脉上缓缓行驶，她看到了车窗外的林木、花树，看到了一大片郁金香，看到了喷薄的红日；还看到一片大湖，看到兀立湖边的白鹭……轻缓深情的音乐响起，如推门而入，是班得瑞的《爱尔兰风笛》。

又不知已过了几个小站，有人下车，有人上车，她就在断断续续的睡眠和幻梦中。她又醒来时，发现阳光已穿透白雾，透过窗纱，洒下薄黄的纹路。远近的树木、田野，也看得分明了。常有光秃秃的顶着鸟的窠巢的杨树，一晃而过。此时，她的对面已换了人，是个三十多岁的面庞发红的男子。那个看《读者》的男生，在和他轻声交谈。

林青婷有意无意地听到了几句。

"你在养猪场工作？"那男生用好奇又戏谑的目光打量着他。

"唔。"那男子老老实实地回答。

"真难想象，一个在养猪场工作的人，喜欢读诗、写诗！"那男学生慨叹道。他那语气里仍有着好奇和戏谑，如发现了宝物，或怪物。

林青婷也忍不住再去打量这位男子。——黑色的式样平常的棉衣，有些凌乱的短发，与众生浑然一体的面容……倒也看不出有什么特别的地方。或许，那气质，在来自乡间的朴拙外，还有一股清流隐现？

那男子说道："读诗，对生活来说，很重要，是一种营养和补充，也可以说，是一种悟道和修行。"

林青婷对他刮目相看了！——他的心灵，或许，有水晶的质地？

"你喜欢你的工作吗？"那男学生问道。

"还行吧。比较简单，喂猪啦，堆肥啦，种有机蔬菜啦。我们那里是山上的一个大农场。"那男子答道。

这倒出乎林青婷的意料。

那男学生也一改调侃的腔调，对他有了几分真心的敬重。

"我可以拜读一下你写的诗吗？"那男学生问道。

那男子显出谦卑的神色，说道："我写的诗并不好，最多也就在地市级的刊物上发表过。我高中没念完就辍学了。"他又明朗地笑了笑，说道，"其实，也就是一种爱好。哪里想过要做诗人？我有一朋友，是中学语文老师，最近发表了一首诗。他把那刊物寄给了我一份。我看了那首诗后，心里真是说不出的滋味。"他这样说着，便拿出行李，翻找那份刊物。

那男学生接过那刊物，认真看了起来，却是面色凝重，默然不语。

林青婷听他们这般谈话，早已生了兴趣，也提出借来一阅。

那诗却是这样的：

喝　酒

浦绍华

秋风以及阳光没有进入我们的话题
少年丧父，中年丧妻，知命之年出了一次车祸
未到老年，儿子，去天堂
照料他的妈妈
绘画终止，写作时断时续
自杀过三次，爱上了借酒浇愁
患有失眠症、孤独症、抑郁症、麻痹症
精神分裂症
怕见生人以及熟人
怕见月亮，怕别人提起故乡亲人这一类词句
怕回忆过去
怕面对现实
怕想想未来

得意是酒，失意是酒，悲伤是酒
一杯接一杯，穿肠而过
时而倒叙，时而插叙，时而补叙
他，一个人滔滔不绝

我们，接不上话，也无需接话

人生一杯酒，喝下了多少悲欢离合

喝下了几折草木秋风、山高水长

喝下了几曲九曲回肠、委婉低回

酒杯在他手里

摇晃一个不尽人意的世界

他又开始夹叙夹议

他的外套，扣错位一个纽扣

他的头发，落下几场时光之雪

他的脸，败了生活的底色

所有的问题，盛入酒杯，他已经不胜酒力

他的叙述，从一个低潮转入另一个低潮

"必须战斗，必须爱这人间，但我心里憔悴"

我们，有点不知所措

有人提议，唱一首歌，了结所有的不痛快

我不会喝酒

我也端起酒杯

我模拟一个酒徒的口气

我说

干

据后文注释，那诗的作者浦绍华是云南曲靖宣威人。林青婷看第一遍时，眼里已几乎有泪，看到第二遍，泪水真的是忍不住流了下来。她用书刊遮住脸，不想让别人看到。

她又听到那男学生和那男子的谈话。

那男学生说道："他写的是谁呀？是他自己吗？哦，应该不是。"

那男子说道："我听他说，是有一次，他和几个朋友一起吃饭，认识的一个人。"

"那这人也太惨了！人间是炼狱呀！"那男学生感叹道。

"人生，怎么说呢？谁能把握在这人世上的生活呢……"那男子也是慨叹，"或许，我们很多人的运气，没那么差吧？"他又说道。

林青婷将那刊物递还给了那男子，微笑致谢。她的笑应该很难看。——她还没有从那哀痛的情绪中调整过来。

他们已经把话题转移到在山上养猪了，并谈到一些趣事。

林青婷却仍在悲伤中。

"人生啊，人在世上的生活啊……"她不知自己该怎样想、怎样说。

"他现在怎样了呢？他会好起来吗？会有何种力量来帮助他扭转那苦痛如是的处境呢？"想到这里，她的眼睛里又有了泪水。

"青蛙和蟋蟀吗？——那到姑射山上学艺的青蛙和蟋蟀？"

想到这里，她却是要唾弃她写的那些童话了。

车窗外是昏黄的日光，昏黄的日光里似乎雨雪霏霏。她想起了那句诗："双袖龙钟泪不干。"（岑参）

2

下午两点钟，林青婷在 L 市的火车站下了车。

这个以脏乱差和坑蒙拐骗著称的地方，近几年，已很有改观。不过，她还是有意外的收获。

检票出站时，她接票的动作慢了些。那工作人员是个中年妇女，便白了她一眼，鼻子里似乎扭哼著厌恶，嘴里吐出三个字："迷瞪僧！"

"啊！什么？'迷瞪僧'！"她心里想。

她在出站口前面的广场上寻思该怎样搭汽车回县城。那扫地的大妈招呼她把行李包拿开，她动作缓了些，那大妈也是白了她一眼，眼睛里泛滥着厌恶，嘴里吐出三个字："磨蹭僧！"

"啊！什么？'磨蹭僧'！"她心里想。

就这样，轻易地，她顶着"迷瞪僧""磨蹭僧"的桂冠了。——貌似早已是个出家修行的僧尼。

"我不该因这两个白眼球就心里阴云密布、颜面尽失、斯文扫地，我当毫发无伤。"她这样想着，整理了心情，继续前行。

一位大婶向她趋来，神神秘秘地向她招手，眼神诡异又亲热，似要引她到一个地方去，有重要的事情讲给她听。

她不由得跟着她走了几步。

那大婶还要引她向前，不知要去何处。

她迟疑地停下了脚步，——想到了人贩子和迷药的新闻。

那大婶便靠近她来，哭丧起脸，诉苦道："闺女，俺的钱包被人偷了，连买个馒头的钱都没有了，连买张回家的汽车票的钱都没有了。闺女，俺一看，就知道你是好人。好人有好报，你就借给俺三十块钱吧……"

林青婷寂然地看着这表演，不顾那继续流淌的带着唾液的话语，终于转身走了。

第十七章　回乡琐笔

1

　　当站在家乡的黄土地上，站在家乡青灰的天空下，林青婷感觉如做梦一般。她微微地有点眩晕。

　　麦田仍是麦田，菜地仍是菜地，村路仍是村路，村庄仍是村庄。

　　不错，这是她的家乡！

　　坐了火车，又坐汽车，如远翔的小鸟，她飞回了温暖的家巢！

　　欢声笑语中，爸爸妈妈端上了丰盛的饭菜。奶奶紧紧地拉住她的手，问个不停，看个不停。妹妹偎在她的身旁，欢喜得像颗要融化掉的糖。

　　喜乐融融的团聚！暖意浓浓的亲情！

　　离乡的人呀，远行千里，盼望回家乡！

　　春节的农村是热闹的。在外地打工的青年，在异乡读书的学子，都像听到一声号令似的，回到这原始的家园。林青婷也算是其中的一个。这家园使她感到亲切熟悉，唤起太多的记忆，如繁密的雨，但又有那样一种时间造成的隔阂和陌生，恍若面对自己的前世。在城市中生活久了，回望她这乡村，她又觉得它是落后的、寂寞的、单调的、令人压抑的。她的乡村没有成长，离理想很远。

平常的日子里，家乡的年轻人和中年人，大都去很远的异地打工了。他们以卑微的身份，在辛苦的劳碌中，挣得那份养家的钱。村子里剩下老弱病残，担负着抚养孩子的重任。这不是理想的家乡。在精神上，她的家乡也是贫瘠的，如荒芜的野地、杂乱的败笔。

儿时的记忆却又浮现：瓜棚，夏雨，白杨树叶的沙沙声，傍晚的风，天边轻渺的闪电，小伙伴哈哈的笑声，野草花，漫天的柳絮，吃草的山羊，晨光中的飞鸟……无论走到哪里，那梦一样的过往都跟随着她，如最亲密的朋友。

她的情感和记忆，就这样纠缠在这片土地上，百感交集。但实在该有更好的乡村和家园！该有山明水净、人情温醇的画卷！可她，却无法为她的家乡效力。她感觉自己微弱不胜一只蚂蚁，无法带领它穿越混沌，迎来光亮。她感到无奈和愧疚，感到压迫得令她喘息艰难的重力。

——或许，这只是她一厢情愿的看法，以知识分子的视角。也或许，她家乡的人们安然自适，自得其乐；也或许，家乡并不像她想象的那般黯淡，而是充满黎明的亮色。谁有资格居高临下呢？

2

回乡的第三天，林青婷就遇到了云英嫂——她那正在写作的《紫色的田野》中秋凤的原型。

她们是在村口的池塘边遇上的。刚下过一场雨，满地泥泞。结冰的混沌的池水，正在薄薄的太阳光下解冻。几只大白鹅"嘎嘎"地叫着，在地面上逡巡。

云英嫂先认出了林青婷，热情地大声招呼道："青婷，听说你前天回来了。多半年都没见着你了。"

隔着薄薄的雾，林青婷也认出了云英嫂，忙走上前去，回道："是的，前天下午到家的。你今天也休息吗？"林青婷已经知道，云英嫂在县城一家饭店做勤杂工。

云英嫂笑了笑，说道："是的，今天也休息。我赶这几只鹅回家。你工作忙吗？——我看你倒是瘦了。"

林青婷呵呵一笑，回道："原来是你家的鹅将军。我的工作也不算忙。"

迷蒙的田野和远处天际线的树，像一幅写意画的远景。有风自那里吹来。

云英嫂拢了拢吹到眼前的短发，又说道："在家多停些天吧，你奶奶可是天天念叨着你呢！"

林青婷忍不住有点儿心酸，说道："是的，过了元宵节再走。你有空，来我家玩儿吧。"

…………

云英嫂说话时，一直笑吟吟的，但笑容里有掩饰不住的落寞和凄凉。她说话的声音虽大，底气却是虚弱的。

"她大概总有些羞愧和心虚吧。"林青婷心想。

在村里，她也是不被尊重的。那些风言风语，足以把一个心理不够强大的女人压垮。至少在表面上，林青婷保持了对她的尊重和热情。

又有风自田野吹来。

那幅写意画的前景，该是倒映在池塘中的一棵弯弯曲曲的树吧，——弯弯曲曲地活着。

3

涂抹着喜庆的颜色、如新嫁娘一般的新年，一天天临近了。

除夕的晚餐，各家都吃得很早。还不到五点钟，便有鞭炮声"噼噼啪啪"响起，宣告那最早的一家，已开始敬天地，拜祖先，吃饺子了。此后，鞭炮声此起彼伏，欢腾的节日喜气盈满全村。

饭后，是围炉守岁的时光。

林青婷的妈妈去邻居家串门了。林青婷的爸爸则约了三个老友来家中喝茶、品酒。

院子里传来嘻嘻哈哈的说笑声，是林青婷儿时的小伙伴们来找她玩耍。他们中的大多数也是在外地工作，近几日才回乡，个个脸上都满载闲暇和喜气。喜气见了喜气，喜气就加了倍。大家沉浸在节日的欢乐中。

闲叙几句后，他们便搬出桌子来，打纸牌，吃零食，看电视上的春节联欢晚会。

闲聊中，大家不由得说起在 D 城打工的事。南方的 D 城——那个工厂和打工者云集的地方，他们几乎都去过。

一头卷发的玲姐，虎目圆睁，跟人吵架似的嚷道："不加班咋能挣钱呢？"她又说道，"一天工作 12 个小时。可是，没有加班的厂，没有人愿意去。工资太少，顾住花销就不错了，哪能攒钱？我在制衣厂上班，那缝纫机的声音，听时间长了，真让人头疼。"说到这里，她揉起了太阳穴，好像噪音引发的头疼已经袭来。

年龄最小的李松，闪着黑亮的眼睛，播报秘闻似的说道："嘿，你们知道吗？在 D 城，打工的女孩子多，小伙子少，一个小伙子可以轻松找三个女朋友，——女朋友们情愿挣钱养活他。你说这事美不美！"

李松这洋洋得意的话，立刻引起女人们的笑骂。

大家又奚落他没出息。

李松委屈地涨红了脸，只好闭嘴不言了，手里拿着纸牌，眼睛一瞟一瞟地望向电视，嘴巴噘得老高。

林青婷忽然想起她那小说——《紫色的田野》。她一直想更多地了解事情的真相，这倒是个机会，便插空问道：“你们知道志辉哥的事吗？”

听林青婷这么一问，大家都有些意外和愕然。毕竟，那好像已经是陈年旧事，——已过去快四年了。毕竟，那是太惨烈和不祥的事。并且，也好像并无秘密可言，是早经全村人议论，弄清楚了的。

雪萍放下手中正在剥的花生糖，叹了口气，说道：“还不就是云英和她姐夫好上了，志辉受了打击，得了精神病，也没好好医治，后来喝农药自杀了。”

雪萍已经订婚了，婆家正好是云英的娘家。

玲姐说道：“志辉一直在电子厂打工，好几年了，后来，不知怎的，精神出问题了。不过，那工厂的环境，也真是压抑得很，一天到晚地埋头干活儿，干活儿，人迟早会疯了或病了的。”

老成持重的永明，把手中的纸牌抖了抖，眼睛炯炯有神地望向大家，说道：“你们可能还不知道吧，志辉后来不知怎的，进了收容站。收容站，那是什么地方？跟地狱差不多！可能是他在街上流浪，被抓进去了吧。好在，不知怎的，那里的管理人员联系上了咱村的文强——他也在 D 城打工。听文强说，他在收容站见到志辉时吓了一跳，简直不敢认，完全是一副人不人、鬼不鬼的模样：衣服脏得不成样子，头发、胡子又乱又长，目光呆滞，连话都说不清楚。文强赶快请了假，买火车票把他送回了村。云英在家里。"

林青婷眼前浮现出街边见到的流浪汉的模样，心里发怵。志辉哥原本是相貌堂堂、健康阳光的青年呀！

大家的脸色都有些难看，心里不堪承受这悲惨。

永明撇了撇嘴，皱了皱鼻子，又说道："云英真不是个好东西。不是云英，志辉死不了。"停顿了片刻，他又说道，"志辉在D城打工，辛辛苦苦挣钱，多不容易。她倒好，和她姐夫勾搭上了，——就是那个在县城开旅馆的胖子。志辉得了病，在精神病院只住了两个月，她就把他接回来了，——怕花钱！自从志辉得了病，她对志辉没有好脸色，吆喝来，吆喝去，这是大家都看到的。他家那孩子，也是不懂事，对志辉爱答不理的，——可能是觉得志辉丢人吧。说实在话，志辉常年在外打工，那孩子和他也没有多少感情。后来，那病，——叫抑郁症吧，也没啥好转。听说那病容易想不开，悲观，严重时会自杀。志辉呀，算是死在那娘们儿手里了。"

大家又是叹息，也有骂云英的。

在一旁看牌的秋芳说道："唉！我那天刚好从他家门口经过。见他家院子里乱蓬蓬围了很多人。云英也大呼小叫的。我就跑过去看。志辉脸色青紫，直挺挺地躺在他家院中的梧桐树下，眼睛瞪得圆圆的，目光直直的，口里冒着白沫，头发乱蓬蓬的，人瘦得像干柴。吓死人了！我的心怦怦地跳，都吓蒙了。过了好一会儿，救护车来了，但到底没有救回来。"

秋芳说这话时，忍不住用一只手捂住了胸口，仿佛那心脏又怦怦地跳。

大家又是叹息，心也仿佛痛极了。纸牌早停下了，撂在桌上。林青婷垂下眼帘，眼圈儿红了。

李松诡秘地环视了大家一圈儿后，悄悄地说道："你们知道云英为什么恨志辉吗？"

大家惊疑地望着李松。

李松似乎得到了鼓励，继续说道："志辉在D城打工时，有过一个女友。他可能还去过不正当场所，染上了性病！"

李松这话如同炸弹，大家被震得目瞪口呆，回过神来后，相互传递着猜疑的眼色。

永明先开口，说道："李松，你莫要败坏志辉的名声。志辉可是个好人，又实诚又正直，是非分明得很，怎会做那事？"

大家也都这样附和。

玲姐说道："李松，可不敢这样胡说呀！"

李松也有些疑惑了，说道："我家和志辉家是邻居。有一年春节，志辉从外地回来，晚上，他们夫妻吵架，我听到了三句两句，这样猜想的。"李松连忙又补充道，"我可从来没敢跟外人说过。"

大家都静默不语了，相互对望着。

林青婷宁愿李松是听错了，或猜错了。她不愿志辉哥的形象被这样玷污，她也不愿她小说中质朴、正直、善良的春桐走上这样的路途。

可是，难道，李松的话，真有可能？大家面带不可思议的神色，已经开始偷偷议论，并相互告诫道："可不能出去乱说！"

林青婷陷入激烈而痛苦的思考：

志辉在 D 城打工时，到底经历了什么？他有更复杂的遭遇和痛苦。高楼大厦、霓虹闪烁的都市，繁华时尚、充满诱惑的都市，冷漠而残酷的都市，志辉在那里，到底经历了什么？是谁在设计人生？有魔鬼和天使在搏斗吗？魔鬼擒拿住了脆弱的人？

大家又都是长长地叹气，虽然又拿起了纸牌，却仿佛各有心事。他们谈起了云英，对她仍是有谴责，但也有少许哀叹和同情。

"大过年的，干吗谈这些事呢？倒霉得很！"玲姐嚷道。

大家也都连连附和，遂转移了话题，谈起今晚将举行的放烟花活动，重回喜悦的节奏。

…………

午夜的钟声即将响起，他们已经哈欠连连。春节联欢晚会到了最后的高潮，主持人在喧天锣鼓中齐上华彩四溢的舞台，连声祝贺全国人民："在新的一年里，吉祥如意，幸福美满，快乐安康！"

村里响起了繁密的爆竹声，击破夜的寂静。

大家揉着惺忪的眼睛，笑闹着，走出了房门。黑黑的寒冷的夜空，烟花已开始绽放，——美丽耀眼胜孔雀开屏的烟花。

4

大年初一早饭后，林青婷家乡的习俗是上坟祭祖。各家提着装有酒、肉、馒头、果品、烧纸、鞭炮的篮子，来到已逝亲人的坟前。薄雾的清晨的田野里，一个个坟茔前，陆续来了祭拜的人。鞭炮响起，青烟盘旋。火纸在风中燃烧，也冒着青烟，翻飞如火蝶。远远望去，那坟茔前伫立的高矮身影，在麦田和青蓝色的天空间，像一幅幅剪影。也有伤心而哭泣上一阵子的，倾诉着对已逝亲人的缅怀和哀伤。

林青婷和爸爸、妈妈、妹妹也来到了祖坟前。他们仿佛觉得，祖先能看到他们，能听到他们的话。叔叔一家也已经来了。爸爸用树枝在爷爷的坟前画了一个大大的心形，把烧纸放在里面，又将酒、肉、馒头、果品供上，向爷爷说起话来，就如同爷爷在面前一样。叔叔也说起话来。妈妈和婶婶也说起话来，如叙家常。亲人们请爷爷来取钱，向爷爷讲述一年来家里的事情，请爷爷放心。林青婷听着听着，不由得流下泪来。

远望，自村外高岗而下的小路蜿蜒向东，小路上的行人像黑色的小影在灰黄的带子上缓缓移动。那些行人大多是老太太，步履蹒跚的，也有年轻的妇女和极少数中青年男子。林青婷明白了，这是去附近村庄聚会的信徒。大年初一，也是他们隆重聚会的日子。他们将祷告，将听讲道，将唱赞美诗，将跳舞。那信仰路上的人，断断续续，络绎不绝，更远的，像黑色的微影，在珠线上。林青婷望着这场景，不知该作何感想。

对此，她的妈妈有一番说辞："哪有什么神和救世主？从小我们就唱《国际歌》：'从来就没有什么救世主，也不靠神仙皇帝！要创造人类的幸福，全靠我们自己！'"

5

元宵节已过，林青婷也即将启程回工作地。

傍晚，在麦田边散步的林青婷，又一次遇见了云英嫂。

骑着电动车自县城归来的云英嫂，刚到村东的大路。她似乎是累了，望见林青婷，便远远地大声招呼："青婷，来，坐下歇歇。"

林青婷笑眯眯地走了过去，坐在了云英的身旁，顺手扯下了一根倒伏在地上的枯草。那枯草地上已有绿芽冒出。

林青婷搭话道："虎子开学走了吗？听说虎子学习很好。"

云英眉头舒展地笑了起来，说道："今年上初三了。学校学习抓得紧，刚过了年就开学了。成绩不错，有希望考上重点高中。"

麻雀在青灰色的树枝上叽叽喳喳地蹦跳。有两只跳到了她们的脚边来，寻寻觅觅，似在觅食。

云英却又被忧郁笼罩。她叹了口气，望着远方发呆，脸色阴暗昏黄，好久，嘟嘟囔囔地说："你说，做人，活着，多不容易！你说，做人，活着，是为了啥？你读书多，有学问，你给我说说。"

林青婷被问住了，将那枯草茎咬在嘴边，攒眉思索，却不知该如何回答。

云英仍是望着远方，喃喃地说道："是为了钱财吗？为了有个好名声？还是为了安逸享福？"

林青婷摇了摇头，说道："应该都不是。"

云英转过头来，望了林青婷一眼，又叹了口气，说道："天上的麻雀，辛苦劳碌，一天到晚找食吃。人也是这样，辛苦劳碌不停，只为了养活自己。人就是为这活着而活着吗？没有意思！还要遭人白眼，还要遭人唾沫星子！"

林青婷灵光一闪，似乎找到了答案，爽利地说道："人该为良知而活。"

可话一出口，她就后悔了：自己竟这样冒失，这无意的话，或许会戳伤到云英。

可是，她已经无法收回。

果然，云英浑身哆嗦了一下，脸色一下子变成了灰白，嗫嚅道："良知，良知……可是，有时候，事情是多么复杂，人是多么脆弱和无奈！人们都用良知的鞭子抽打我。原来，你也一样。"

林青婷连忙解释："不，不，我不是这个意思！"

林青婷简直不敢看云英那哀怨悲戚的眼睛。

云英并不愿听她解释，挥手止住，说道："这些年，我经历了许多痛苦，天天像有虫子啃啮我的心。我没有一天轻松过，心头像压着一座大山。"

难堪的沉默，令人如坐针毡。两个人都望向那遥远的地平线，那天地相接处的迷蒙与苍茫。

过了一会儿，云英好像不再怪怨林青婷了，长长地叹了口气，和缓而焦急地问道："人，都有失足的时候，那有没有被原谅的可能？有没有悔罪的可能？我就这样被压在大山底下，万世不得翻身了吗？这种煎熬，这种痛苦，我死的念头都有过！"

林青婷吓了一跳。

她注意到了云英与她年龄不相符的白发和皱纹，搜索枯肠去安慰她，但想来想去，只说出："过去的已不可挽回；改过自新，上天会看见的。"

"上天？"云英半信半疑地说道，"有上天吗？它，会看见我？"

她们二人一齐看向那青灰色的天空。

那天空，那云层的上方，是否真有一位超自然的主宰者呢？

林青婷却要为她巩固信心了，帮她守护那微弱的希望的火苗，说道："应该会的。上天是公道的，也是会给人悔过的机会的。我看书上说，人只要真心忏悔，从此过良善的人生，上天会给予祝福的。"

云英迷惘的眼神里，似乎闪过一丝光亮，但很快又黯淡了下来。最后，她像是鼓足了勇气似的，有些坚定地说："我相信你说的话。我会去做的！"

6

打工的队伍已陆续离开了家乡，学子们也背着书包出发了。林青婷也即将远行。坐在离乡的汽车上，她心里有多少不舍！

——挥手，挥手；

——再见，再见；

——珍重，珍重。

亲人间的别离，有多么心酸！

再回望，再回望，麦田仍然是麦田，菜地仍然是菜地，村路仍然是村路，村庄仍然是村庄。

再回望，再回望，将有不一样的村庄，将有更美的乡村和家园。

第十八章　思慕

1

自那样一次梅花树下的相逢后，自那样一场梅花、蝴蝶的梦后，林青婷便陷入了一潭不可救药的相思中。日里、夜里、醒时、梦中，她脑海的画面里，总是梅素白的面影和深情，总是他的举手投足、一颦一笑。是他，如电影般将她陪伴！她陷入一场一场的幻想中，然后发呆，然后痴笑。连她自己也要笑话，她这般如生了病的模样！

她一遍遍地在白纸上写下他的名字，写了一遍又一遍，感到那样温暖、那样亲切，仿佛正和他亲密地对话。

她又在灯下的白墙上，看到他微笑的模样，眉眼弯弯的，那样熟悉，那样可爱。她仿佛听见他说：我一直在这里！

寒假回乡时，在红日西坠的旷野，在苍茫广阔的麦田，在枯草伏偃的小道，她总想起他。远林灰黑而苍茫，寒鸦扇动着翅膀，山羊寻觅回家的路，她想起了他；炊烟袅袅升起，孩童笑声如铃，她想起了他；冬风呼啸而至，河水冻凝不前，她想起了他；雪花飘飞如蛾，炉火跳跃如花，她想起了他。他无时不在，无处不在。他安住在她的脑海，他安住在她的眼前。她是甜蜜的，她是忧愁的。她是健康的，她是病态的。她就在这甜蜜的折磨中度日，将他的名字和面容刻在心上，却不能给他发一个短信，打一个电话。

她愿意忍受这样的折磨，她愿意。但有时，她却真的哭了。温热的泪水沿着冬日冰冷的脸颊流下，如溪流潺潺，又被冬风吹干。她的泪水嘤嘤啜啜地流下，在睡前恍惚的迷蒙中，在相思无望的猜想中。她不知自己该怎么办。她不知道，真的不知道。

她真想对着旷野呐喊，在那苍茫的、夜色袭来的无人的旷野。她真想对着山谷哭泣，在那高高的湿雾笼罩的山顶。她呐喊！她发问！她哭泣！她是如此的迷茫和绝望。她看到黑色的痛苦，蜿蜒如黑色的河流，将她包围。她又感到自己将如疯人高歌，唱那癫狂的哂笑的歌。

他，梅素白，到底是谁？他将是自己的一场佳缘，还是另一场冤孽？他将是自己温暖的所在，还是将带来另一场伤害？爱情是什么？人可不可以离开爱情而活？假如，假如，这世上没有爱情，那该多简单，那该多好！假如，这世上没有爱情，我也可远离这甜蜜又令人窒息的蛊惑。她这样悲哀地想着，浓云笼上双眉，泪雨含在双眸。

而那理想中的人在哪里？他在哪里？他存在吗？我今生可有缘遇见他？梅素白是他吗？

2

林青婷来到了距住处三十里之远的琉璃湖。她早慕其名，梦中多次前往。这番前去，为将心事向它倾诉。——万般心事，又能向谁诉呢？

水面广阔，琉璃湖浩瀚缥缈如仙境。下午的阳光下，明黄色的耀眼的跳跃的湖水，像大片燃烧的火。阳光照射不到的地方，湖水是绿琉璃色的，被风吹得一层一层地向前堆叠、涌动。湖面上空的云，如雪山崩摧，如惊涛骇浪，但它们是安静、轻盈的，缓行在蓝汪汪的天空。

到了傍晚时分，风停了，夕阳轻柔浅淡。琉璃湖也变得宁静。它是那样地静谧、安然，如沉睡在大自然怀抱中的婴儿。青山也是静谧的，浮云也安然。夕阳的光淡淡地洒在湖面上，为它披上金纱。几只白色的鸟，在远处的水面上悠然轻翔。万般风景，竟都不如这宁静之美！

"琉璃湖呀，琉璃湖，你是在告诉我，万般心思，莫如一念不起吗？"林青婷喃喃自语道。

在相思的微云中，她轻吟自己写下的诗句：

一封情书：给我的梦想

告诉我，你是在淼渺的水天相接的天际吗？

伟岸的身影伫立，霞光映照你的肌肤，
云如水色，鸥鸟飞歌。
可有一只小筏将我向你载去？

我的眼波如秋水，衣衫如梦，
向你划去，浩渺烟水，一叶扁舟；
我的灵魂在对你热切的凝望中，
如歌声般激越、飞扬。
可，这是多么一厢情愿的梦，
你的身影映在我的心里！

我们可是相逢在那个初雪的冬晨？
在那起伏的山冈，树木披着银装，
绒花轻轻飞扬，
你的笑容温柔又俊朗，像天上迷蒙的月亮；
我们执手缓行，听得见雪花飘落的清芬细响，
在你温柔、甜蜜的气息里，
我仿佛化身一棵梅树，朵朵梅花清逸芬芳！

可，多么像邈远的梦呀，
像场电影，
像清晰又模糊的过去，

在梦中的风里！

年年，我在那山冈上等你，

年年，雪飘过，雨落过，花凋过，

不见你来过。

告诉我，你是在那淼渺的水天相接的天际吗？

我在梦里，夜夜见你光华的身影。

烟水中，可有小岛一座？

春晖照亮草木，花朵灿若星辰，

小溪睡在草间，又被鸟语唤醒。

我，可是你的客人？

亲爱的，告诉我，

可有一只小筏将我向你载去？

告诉我，窗前的鸟儿可是你派来的信使？

梅花仍映着月光，朵朵晶莹剔透，

日夜相思，甜蜜凄迷。

告诉我，你不曾将我忘记！

第十九章　聚谈

1

在早春温柔清新的气息里，林青婷开学已有三周了。远山淡淡地蒙着新绿，田野碧翠地勃发着生机。各处的桃花、樱花、海棠花开了，粉红的霞缎似的花光，创造出一个美丽惝恍的世界！

林青婷站在花林中，被脱俗的自然之美震撼！她不愿意走了。她惊喜、爱慕得不知所措。她不知该如何让时光停步，让此刻的丽景仙境永远地融入心怀。她不愿意离开。她多想变成花叶，飞上清新宁静的枝头；变成一只鸟也是好的呀！

鸟儿已日日在她窗前唱着慕春的歌。鸟儿被春天感动了！林青婷被春天感动了！她脱下了厚厚的棉袍，苗条曼妙的身姿在镜前闪现。她穿上了斗篷式的绿色风衣，要把自己变成绿色田野里的一分子！她也如花儿般装扮起自己的美丽，在圆圆的杏黄的脸颊上擦上粉粉的腮红，在美丽的眼睛上涂上绿色的眼影。她编起两个麻花辫，辫梢系上粉紫色的风铃花。当她又戴上大大的橙色的遮阳帽，穿上尖尖的绿色的高跟鞋，当她在绿野里，在碧水旁，在花树下，她可以与它们为伍了！她也已经成为春天的精灵！她成了鸟儿曼妙的歌声！

可是，这新的学期，她的教学任务是繁重的。她的畅想常常戛然而止，被拖回现实。新的学期，她要教五个班的大学语文、两个班的中国新诗鉴赏，此外，还有毕业论文指导、试讲指导。她辛勤工作，如一条蚕埋头于桑叶。只有到了周末，她才可以略看一下自己想看的书，如偷窥宝藏；才可以想一想她那正在写作的《紫色的田野》，如密会老友。她感到有些疲惫。她困倦地想要睡在这春风里。

2

这个周六的下午，她伏在稿纸上发呆，在困倦和迷蒙中，想象《紫色的田野》接下来的情节发展。她几乎是要沉入到睡眠中了。从窗帘缝挤进来的阳光，洒在地板上，如云影在飘浮，如蝌蚪在游动。——她迷蒙的眼睛却没有看见。她麻花辫发丝的影子在稿纸上跳舞，如皮影戏，如喜鹊。——她也不知道。她在这散发着青草和花朵气息的阳光里，真的睡着了。

电话铃声突然响起。她吓了一跳！她揉了揉眼睛，拿起手机一看，是历史系的黄丽彩。

"喂，林青婷，你在家吗？我和咱学校几个同事在附近看房子，想找合适的来租。他们也想看看你房子的式样。你方便吗？"黄丽彩喊话似的大声说道。

林青婷能听到黄丽彩说话时旁侧的说笑声，应该就是那几位同事了。

她连忙答道："在家。当然可以。没问题。"

她睡意全消，慌忙去整理、打扫房间。

还不到三分钟时间，楼梯间就响起杂沓的脚步声和说笑声。——他们竟然到了！

林青婷连忙热情地将他们迎入房内。

她怔住了：里面竟有梅素白！

黄丽彩走在前面，笑容可掬地向林青婷做介绍："这是历史系博士赵爱国；这是马克思主义博士李云仙；这是经管系硕士左文明；这是美术系硕士梅素白。哈哈，我给你带来的全是青年才俊。"

大家听得黄丽彩这风趣的介绍，都嘴角含笑了。

林青婷客气地向他们问好。

黄丽彩又向大家介绍林青婷："这是中文系去年新来的硕士，林青婷。"

大家都客气地向她问好，也有用热情的眼光打量她的。

大家都不知道，林青婷和梅素白原来早已认识。

梅素白客气地微笑。

林青婷也客气地微笑。

大家真是一副考察的样子，把林青婷的住处，从客厅到卧室，从厨房到阳台到卫生间，看了个遍；边看边评论：结构如何，面积如何，楼层如何，采光如何，通风如何，很是专业。林青婷也只好一览无余地给他们看。呵呵，好在没有什么秘密。

大家都赞这房子布置得雅致。林青婷又心生欢喜。

身材高大的历史系博士赵爱国，对客厅那幅字画很感兴趣，朗朗有声地念了出来：

春有百花秋有月，夏有凉风冬有雪；
若无闲事挂心头，便是人间好时节。

"真是好！"他双手一拍，大声爽朗地说道。

梅素白则盯着林青婷书桌前凡·高的画作《向日葵》，看了好一阵子。

他们也都浏览了林青婷的书柜，并略做评论。梅素白却看得要仔细些，对某些书好像很感兴趣。林青婷便陪在旁边做介绍。

梅素白的目光忽然落在了书架上的一本相册上，定了半晌，又移开，轻描淡写地说道："你的男朋友一定很帅吧。听说在读博士。"他并不看林青婷。

这话，让林青婷心里一震。——不知他从哪里得来的消息！林青婷有些哭笑不得，不经意似的说道："可惜，分手了。"

梅素白挑起眉毛，斜看了林青婷一眼，又回过头来，已经在翻看一本诗集了。

林青婷想了想，调皮地问道："你的女朋友，也一定很漂亮吧？"

梅素白却没有作声。他仍在翻看那本诗集。是他没有听到吗？也许他觉得，那是不需要回答的。

大家又在房内闲聊了一会儿，品评今天下午看到的几处小区和房子。原来，他们已先在别处看过好几家；有的要买房，有的因学校提供的周转房即将到期，想另租他处。

大家都兴奋又热情，言语滔滔，大约因平日都蜗居自家，难得一聚吧。

已是晚饭时分，历史系博士赵爱国兴高采烈地提议："今晚我请大家吃饭，去丁香公园那边！"

经管系左文明半是讨好半是调侃："莫非，你有什么喜事？"

赵爱国笑容满面，声音有点儿激动，说道："我在《中国史研究》上发了一篇论文，今天刚收到用稿通知。——这可是我们专业很权威的期刊，排名很靠前，北大、南大双核心！"

大家都知道发核心期刊的重要性和不易，而赵博士能在这般权威贵重的刊物上发文章，真是登峰造极的喜事，于是群起而贺之："恭喜！恭喜！……"

——大学教师在核心期刊上发文章，真如农民大丰收，商人赚到一桶金，挖矿者淘到宝藏……

大家在这喜气洋洋氛围中，乘公交车前往丁香公园。

左文明紧贴赵爱国坐着，仿佛一体，亲密地交流写文章、发文章的经验。

3

公交车在彩虹桥边停了下来。暮色初降，春风醉人。长桥上，鸽子造型的路灯，在沙黄色的光中，一个个翩然欲飞。远处霓虹闪烁，如开在苍茫夜色中的各色花朵。

说笑声中，大家已走在桥上。

梅素白竟然走在了林青婷身边，并肩而行！林青婷心里有点儿忐忑。

迷蒙的光里，走了一段，两个人都没说什么。林青婷却觉得如走了整整一个黄昏，心境如花盛放，又如夜色般凄凉。到那桥的中心，二人不约而同都停了下来，看那昏暗中淙淙东流的江水。

"江中的小洲们，当还在？芦苇们，当刚发芽？当有鸟儿栖息于其中？"林青婷如此漫想。春风拂面，柔如轻纱。

耳边传来梅素白的语声，清朗沉静，熟悉而又亲切："我想起刚才在你那里看到的几句诗：'春天，就这样来了。/ 寂寥的水面上，/ 写满期待和鸟鸣。/ 桃花还小，青杏刚结。'"

林青婷不禁莞尔。这是她抄在那本《当代诗歌选》扉页上的一首诗——徐红《这是我安静的样子》。她喜欢这首诗。

林青婷也记起了其中的几句，朗诵道："新鲜的阳光，滴落在暖瓦上。/燕子飞时，我静静地在这里。"

二人都笑了。春暮突然变得温暖而明亮，像有橙黄的阳光将空气涂抹，将四围涂抹。

梅素白又说道："这首诗给人的感觉很特别，是一首让人一看就动心的诗。"

他已经拿出手机，看能否从网上查找到它。

他惊喜地笑了，说道："你看，我居然找到了！多不可思议！后面的几句是：'一切才刚刚开始。'/春日微凉，洁白而美。/听得见梦里的水声。/感觉到爱，这水里痛苦的黄金。/方寸之间，/可以铭记。可以歌。可以惜。"

林青婷笑吟吟地打断了他，说道："我记得最后几句：寂夜落在脸上，/青草绿满山坡。/安静地，这一生。/爱到情深意切，省略了所有语言。"

诗带来的美沉落在他们心底。他们变得轻盈、安静而美丽。世界变得轻盈、安静而美丽。如有洁白的羽毛在四围轻舞，如有玫瑰花瓣轻舞。但似又听见音乐般的轻轻的咏叹，如轻轻的叹息。

梅素白从这梦境般的美中醒了过来，问林青婷道："这首诗到底写的是什么？我似懂非懂，只是觉得动人。"

林青婷略微思索了一下，答道："写的大概是……"

她正要说下去，前面黄丽彩他们，已经在大声地向他们打招呼：她和梅素白大大地"落伍"了。

林青婷和梅素白放下了这话头，披拂着橙黄色的美丽的灯光，向桥头黄丽彩他们跑去。

4

丁香公园里，绿色的地灯将绿树照得犹如翡翠。丁香花初放，是羞答答的模样。杜鹃花和迎春花，盛放在大道旁。多少花木，繁茂竞秀，暗夜中芬芳！人影晃动，语声相闻。好一个幽美的春之花园！

赵爱国在前面引路，将大家带入一家餐馆。

林青婷惊奇地发现，去年国庆节，她和于美泽相约的茶室，就在对面，绿藤中闪烁着霓虹。那过往的事，不由得在她眼前一晃而过，心中生出些许感叹和哀愁。

这家餐馆是一样的雅致，只是布置略有不同。长桌是朴拙的原木，椅子也是朴拙的原木，木地板也是原色的，让人生出几多依恋。白折纸做伞的玲珑小灯，各处优雅地安放，橘黄色温暖的光晕让人如置身星河。爵士乐慵懒优雅地抚摸耳朵，让人更不知身在何乡。

大家都赞赵爱国挑选了个好地方。笑闹中，大家落了座，又点了餐。

左文明嚼了几颗白瓷盘中的炒豆子，半认真地说道："我是安徽凤阳人，是朱元璋的后代。"

黄丽彩哈哈一笑，逗他道："你并不姓朱呀！"

左文明不急不忙，说道："我妈妈姓朱。"

黄丽彩更是乐了，说道："原来不是嫡传，是外孙之类的。"

大家都哈哈大笑。

左文明也笑了起来。

林青婷说道："我是林冲的后代。"

赵爱国便说："我是黄药师的后代。"

黄丽彩指着梅素白和李云仙说道："他是梅超风的后代。她是李寻欢的后代。"

大家又是哈哈大笑。

左文明问黄丽彩道："那你是谁的后代？"

黄丽彩眨巴眨巴眼睛，说道："我也是黄药师的后代。"

"哈哈，两个黄药师，真假黄药师！"左文明取笑道。

"哎，人家说的是黄药师的后代。"梅素白纠正道。

赵爱国便一副大侠的模样，说道："我们各路英雄儿女齐聚猫耳山下，是为创建一番伟业。……"

李云仙插话道："是为夺宝？——兵器，还是秘籍？"

黄丽彩道："《葵花宝典》《辟邪剑谱》，都值得一夺！"

黄丽彩又道："这些，都只适合男人们练。"

李云仙捂嘴笑道："那要练成什么？"

林青婷笑道："练成女驸马！"

大家又是哈哈大笑。

赵爱国大手一挥，止住大家道："越说越不像话了！侠士风度何在！"

赵爱国谨慎地从他的黑色帆布包里取出了论文录用通知单。

左文明的眼睛立刻变得像探照灯或大鸡蛋，拿在眼前紧盯着看，嘴里发出"啧啧"的赞叹声。

通知单传来传去，大家嘴里都发出"啧啧"的赞叹声，眼睛泛光。

赵爱国又如释重负、功德圆满地喟叹了一声后，不由得讲起他这篇论文写作与投稿的曲折过程。其中的诸多幸与不幸，大家自然是洗耳恭听。

李云仙尤其用倾慕的目光注视着赵爱国，黑框眼镜下的瓜子脸如熟透的红杬果。她随着赵爱国的讲述，不住地点头，偶尔恰到好处地插上三言两语，眼睛专注到几乎不眨一下。

赵爱国是三年前远道而来，应聘到此猫耳山宝地的，如今将近四十岁了，仍是单身。李云仙则是两年前蹈远而来，如今三十五岁了，也是单身。有些博士常常会因追求学问而忘记终身大事，这大约就是证明。

赵爱国又说道："我对历史研究非常感兴趣。'历史'中隐藏着许多秘密，过去的、现在的、未来的，把它们梳理、研究、总结，告知天下，后人可以避免走很多弯路。这是造福后代的大事。"

"读史可以明智。"左文明快速地补充道。

"以人为鉴，可以明得失；以史为鉴，可以知兴替。"李文仙微笑着相和，眼睛仍是一眨不眨地望着赵爱国。

"可是，"赵爱国眼睛瞪得大大的，用手拍了一下桌子，很是激动地说道："我这献身学术的理想，现在遇到了瓶颈！"

大家都吃惊而饶有兴致地望着赵爱国，听他接着讲下去。

"当今的环境，学术的腐败和功利化，如司马昭之心——路人皆知。发论文和申请科研项目，金钱、权力、人际关系在其中翻云覆雨。我们在这地方上的小学校搞科研，有多难！学校的层层考核却是一丝不苟，常常还有恫吓和要挟！我感觉自己简直被倒悬在了空中！我热爱'历史'。我为这理想是抱了独身主义的。本想在这清静的风景优美的小地方，修身养性，醉心学术，现在我的感觉却像是被放在火架上烤！"赵爱国慷慨激昂地说道。由于激动，他的脸涨得通红。

林青婷来这里虽然只有半年，但对于科研的紧张氛围早已感觉到了。她很诚恳地对赵爱国说道："你这感受，我能体会。理想总是会被庸俗的现实打扰。"

黄丽彩快言快语道："听说，前几年我们系引进了一个博士。他的科研任务总是完不成，学校领导的脸色就很难看。他压力非常大，据说整个人都变得神经兮兮的，像得了精神病。后来辞职了。"

赵爱国的话，已引得群情激昂，黄丽彩的此番言语，更是火上浇油，引得大家对当今的科研体制一番轰炸。那科研的压力，那"被放在火架上烤"的滋味，大家都是深有同感的。牢骚如决堤的洪水，漫漶淹没了他们的世界。

喘息的片刻，左文明凑近长桌，有些神秘兮兮地对大家说："我现在经常收到各种代发论文的邮件和短信，很诱人。去网上查期刊投稿地址，竟查不到，搜出来的净是些五花八门的代发论文的中介。据他们自己讲，核心论文，他们也有能力操作。一问价格，贼高！你们说，这些中介可靠吗？"

左文明这番遭遇，大家全都有过。林青婷也正在疑惑中呢。

大家热烈地讨论，热烈地交流经验，最后的结论是：鱼龙混珠，有真有假，小心上当受骗！

李云仙则讲了一起中学教师发论文受骗的事件。两位中学教师为了评职称，合凑了一万块钱，请网上中介操作发一篇论文。几个月后，刊物寄来了，与正刊一模一样，里面刊载了几十篇文章，他们那篇正跻身其中。二人甚是欢喜。评职称时，交学校审查，才发现那刊物是冒牌货：封面各方面与正刊相同，就是里面的文章完全不同。两位教师哭笑不得，打电话向那中介讨要一万块钱的版面费，自然是毫无结果。

这出现代社会的科研闹剧，惹得大家哈哈大笑。笑后，大家又同感辛酸，同感无奈，便同骂那丧尽天良、趁火打劫的中介骗子。

梅素白做了总结，说道："现在是一个想安心做科研而不能的时代。我们这里是这样，别的地方也是这样。那些著名大学和科研院所，恐怕也是这样。我们也不可能放弃，只有在夹缝中求生存。心态要好，纯粹向学，宁静喜悦。我们不能被这所谓的

'科研'扰得食不知味、夜不能眠。我们还是应有享受人生、发现美好的心情。'一蓑烟雨任平生'！"

对梅素白这席话，大家频频点头，鼓掌称赞。

林青婷对这一席话也很赞赏，说道："你这态度既务实又超脱，既现实又浪漫。"

梅素白冲林青婷会心一笑，眼波中又似有无穷意味。

大家的紧张与抱怨，因梅素白的话而消散了不少。美食也已端上桌面，大家的话题变得幽默轻松了。

大家对赵爱国刚才所言"独身主义"产生了极大的兴趣，都劝他放弃这荒唐的痴心妄想，并都尽力破坏他这"独身主义"，而且就在这饭桌上为他撮合起他与李云仙这对最恰当的伴侣。

"真是天造地设的一双！"

"真是再合适不过了！"

"从年龄到相貌到专业！"

"真是踏破铁鞋无觅处，得来全不费工夫！"

大家一致发出这样的惊叹。

并且，李云仙对赵爱国的情意，大家都看在眼里。侠肝义胆的朋友们很愿意帮她这个忙，于是，七嘴八舌地起哄。

左文明巧舌如簧，演说家似地站起来，摊开双手，说道："马克思主义可以指导历史研究；历史研究，可以进一步证明、检验马克思主义。马克思主义＋历史研究，是完美的组合！"

大家哈哈大笑，纷纷举杯表示赞同。

赵爱国面红耳赤，想解释、躲避，却毫无机会。李云仙也是涨红了脸，一再害羞推脱，眼睛里却似有欢喜的光芒。

连林青婷也加入到了这调侃和起哄中，她举起酒杯，祝他们早成眷属，欢喜人生。

左文明却话锋一转，把言语的机锋指向了林青婷，说道："你这位神仙似的妹妹也是单身吧？我们系里有一位男士，才貌卓绝，恰好配得上你。赶明儿个我给你介绍介绍。"

大家又是哈哈大笑。

林青婷也笑得几乎将杯中的酒洒落，回道："好的。"她心里的眼睛却在悄悄地看梅素白。

热闹的谈笑声中，大家释放着生活中的沉闷和压抑，不知不觉间，话题已转向对这座城市和学校的评论。有的抱随遇而安的态度，有的自足自适、颇觉安逸，也有心怀大志而"玉在椟中求善价，钗于奁中待时飞"的。林青婷心中升起一片茫然。自己的未来在哪里？一切如浓雾中的小路。她感到一种惆怅和不安。命运掌握在谁的手中？命运向何处？想到这些，她更是愁雾笼罩了。

5

不经意间，林青婷看到了餐厅东北角一张小长桌旁的两个人，不由得怔住了！仔细一看，——确实是陈思明和李娆！

陈思明穿一袭黑色的长风衣，头顶几绺稍长的卷发，半是棕黄半是黑，戴一副金丝边眼镜，赔着小心赔着笑，很着急很痛惜的样子，像是在哄李娆。

　　李娆呢，——那个林青婷在元旦时见过的时髦又傲慢的女孩儿，此时完全是一副颓废、放荡的模样。她手指间夹着一支烟！她的头发剪短了，也染成了棕黄色，妆画得很浓。她的粉红色外套敞开着，露出里面黑色的吊带背心和丰腴的胸脯；藏青色的皮短裙下，是镂空黑丝长袜。

　　李娆一直在气急败坏地说着什么，此时正把一大杯酒往嘴里灌。陈思明满脸堆笑，伸手抢过她的酒杯，嘴里在说着什么，似是在劝慰她，又往她碗里夹菜。李娆生气地直拍桌子，眼睛里似乎满是泪水。陈思明亲热地凑近李娆，搂住她的肩膀。李娆却将他甩开了，低头拭泪。陈思明又满脸堆笑，去哄她……

　　餐馆的音乐早已换成了梁静茹的《崇拜》：

　　…………

　　　你以为爱，就是被爱，

　　　你挥霍了我的崇拜。

　　　我活了，我爱了，

　　　我都不管了，

　　　心爱到疯了，恨到算了，就好了。

　　　可能的，可以的，真的可惜了，

幸福好不容易，

怎么你却不敢了呢?

我还以为我们能，

不同于别人，

我还以为不可能的，

不会不可能。

…………

这幕哑剧，把林青婷看呆了！多少个念头在她心里打转，多少个感想在她心里生发！她明白了，震惊了！

正在这时，陈思明眼角的余光从林青婷这一桌滑过。他看到了林青婷，也怔住了！两个人几乎是四目相对，又都极快地闪开。

林青婷不再去看陈思明和李娆，但心里的眼睛却如侦探，一刻也没有离开。她发现，没过多久，陈思明就去结账了。他和李娆一前一后离开了这家餐馆。

林青婷的念头却仍然萦绕在这件事上，简直没有再听见赵爱国他们又在谈论什么。她不住地寻思：我该不该将今天看到的一幕告诉韩雨烟?

不知是谁把旁边的窗户打开了，夜里寒凉的春风吹进来，林青婷打了个大大的喷嚏。

第二十章　雨夜

1

韩雨烟的巨大悲痛，林青婷的沉沉忧愁，如漫天的积雨云，如层层叠叠的山，如深深的大海，岂是借散步可以排遣掉的？这已经是三周之后了。

林青婷从韩雨烟家走出来时，已是黄昏。那如帘幕般下了一天的雨停了，雨气与湿气却浓密如织。林青婷心里很是愁郁。或许，她本该回家，却如被风吹刮的落叶，漫无目的地散步。

何以解忧？唯有散步。

寂寂的长街，昏沉的路灯，忧思重重的一个女孩子的背影，走在地面泛起的空明水光里。路边的山崖是昏暗的，林木也是昏暗的。她的影子被拉长，又慢慢缩短。几处路灯又坏了，如闭着眼睛睡在雨夜里。——也当有泪水长线般地滑落吧。建筑物和树木的暗影更加浓黑，犬牙交错。当真没有月亮，也没有星光。当真是昏暗又寂寥的雨气湿重的夜！又有星星的雨点自空蒙的天空落下。她抬头仰望，凉凉的细细的雨点，如小小的手，轻轻触摸她的眼眉、脸颊。她的心里却只有悲凉。她怎能得到安慰？她总听见韩雨烟哽咽的哭声，如扯碎的布匹、剪断的丝绸。她深谙韩雨烟的痛苦。她憎恨这世间所有的薄情与背叛。这似旧又新的残酷游戏的重演，如刀刃滑过她的心间。可她却没有办法帮助韩雨烟，如同自己曾陷入悲愁而无法自救。

2

这天下午，林青婷正在她的田地里耕作——批改学生的作业，韩雨烟忽然打来电话。她的声音听起来很不好，喑哑低沉，仿佛在泪水中浸泡过。她说：她已经好几天没睡着觉了；陈思明一直在骗她；那个"荼蘼花"是李娆。林青婷心里一惊，但又想：她是应该知道的！

韩雨烟便又急急乱乱地讲起这些事来：

一周前，她又收到了匿名邮件，告知她，陈思明和一个年轻女孩子在杜鹃山风景区游玩。她如五雷轰顶，赶到时，发现果然如此，而且那女孩子竟是李娆！她也看到了他们的开房信息，竟是以夫妻的名义！她简直气昏了！三个人的关系就此挑明。陈思明却支支吾吾，不愿做出选择。李娆还说，她为陈思明打过一次胎，她决不会放弃这段感情。一切的一切，都令她撕心裂肺，无法接受。这几天，李娆又频频给她发短信，催逼离婚……

林青婷听了这一切，也是震惊无比。她也一五一十地讲起三周前在餐馆看到的陈思明和李娆的一幕。韩雨烟并没有怪怨林青婷没有及早告诉她，也许她是理解林青婷的踌躇的。

"那你打算怎么办？"林青婷小心地问道。

"我不想离婚。我已经离过一次婚了。"韩雨烟带着哭腔说道。

半晌沉默。

"离了婚，我没法活！"韩雨烟迸出哭声说道。

林青婷忽地想起，韩雨烟曾为陈思明的婚外情服药自杀，心里一凛，拿起伞，奔下楼梯，冲进了雨幕。

她恨透了那个该千刀万剐的陈思明！可到底该怎么办呢？

韩雨烟的脸色，苍白中透着青灰，乌发蓬乱，深陷的大眼睛闪着绝望的泪光。一身青灰色的睡袍，更使她如一团青灰色的烟，瘫卧在玫红色的大沙发里。

那优雅而华丽的客厅，此时是凌乱的，显露出很久没打理的芜杂。墙壁上的玉兰花静默地开着。

林青婷想起了那个她们曾热烈讨论的秋天的下午。一样的雨天，可那时，她们是多么地充满热情和希望。现在，韩雨烟只是有气无力地扬手招呼了她一下，两颗大大的泪珠沿着眼角滑落在了石灰岩般的脸颊上。

林青婷不由得挨近她，坐了下来，恳切地说道："你千万要想开些啊。你至少要为悦悦想想。没有过不去的坎。"

韩雨烟轻轻地点了点头，清了清嗓子，微弱地应道："我不会再做那样的傻事了。"

林青婷总算松了一口气，又鼓励她道："不要这样折磨自己，要爱惜自己的身体。大不了离婚。离了婚，咱照样可以过得好。"

韩雨烟却神经质似的弹跳起来，带着哭腔说道："不，我不要离婚！我离过一次婚了，再离婚，人家会怎样看我！我都过四十岁了，不是二十多岁的时候，可以再有选择。我一定不能离婚，我没法想象再次离婚后怎么生活。我害怕……"

林青婷再也不敢提"离婚"两个字了。或许，这样鼓动人家，原本就是错误的：宁拆十座庙，不毁一桩婚。

她痛恨生活的风暴再次折磨蹂躏这个善良无辜的女子。

林青婷小心地问："陈思明是什么态度？"

"他还没有拿定主意。但我感觉，他也是不愿意离婚的，但他又无法给李娆一个交代。"韩雨烟愁苦地说道。

"千刀万剐的陈思明。"林青婷又在心里诅咒道。她诅咒的应该也不只是陈思明这一个人，而是这一类人——衣冠楚楚地混迹于人群中的失去道德、放纵自我的虚伪、奸诈、无耻之徒。这样的人，现在是何其多！这简直就是一个滋生和培植这类毒菌的社会和世界。她也想到了范嘉骏。

"这样僵持着多痛苦，到底是该有个了结呀！"林青婷叹道。

"陈思明说，给他一段时间，他会做出选择的。我想争取他。为了孩子，我也要这样做。"韩雨烟擦了擦眼泪，抽着鼻子，说道。

她们两个人又谈了很多：男人的可厌，社会风气的败坏，爱情的令人失望与虚空，人生的悲哀，女人应当自强……

但"女人的自强"在遭遇这样感情的彻底背叛和伤害时，显然是瞬间就被瓦解了的，被脆弱、虚无、悲哀攫取了余生，似乎再也看不到希望和明天。

"也许，这只是眼前的韩雨烟，她会慢慢好起来的。"林青婷心想。

林青婷又想：

如果自己遇到这样的事，在这样的年龄，自己会怎么办呢？

自己会遇到吗？自己能承受这样沉重的打击吗？

她不敢再多想。刚从感情的伤害中走出的她，不敢再窥探深海悬崖。

当她离开时，韩雨烟并没有从悲痛中走出来。被最亲爱的人如此猝不及防地捅伤，怎可能立马爬起？但她已摆脱了轻生的念头，这是让林青婷略感放心和安慰的。

3

为了排遣内心的愁闷，林青婷在这雨夜里漫步。她不知自己已走了多远，走过多少寂寥、热闹的街。明暗的夜，来往的行人，疾驰的汽车，花坛里的落红，滴水的梧桐树，窗户里的灯光，突然的笑闹，远逝的琴声……可忧愁怎能被排遣？反而更是重如大山，浓如黑夜了。

她的眼前总是出现韩雨烟痛苦的面容：乌发如飞蓬；脸色是那样的苍白中透着青灰；大眼睛深陷，大大的泪珠从绝望的深潭中慢慢滚出、滑落……她也总是听见韩雨烟呜呜咽咽的哭声，那哭声似乎就潜伏在这夜色里，在树梢上，在凉风里，在雨的迷蒙里，在夜的天空上……

当她肚子饿了，去一家餐馆吃饭，恍惚中却似看到陈思明和李娆在角落那桌调笑，又似看到了范嘉骏和一个陌生的女子。她食而无味，起身离开了。

当她又走在这夜色中的街道时，便觉得自己仿佛就是韩雨烟，自己到中年时，必将遭遇韩雨烟式的不幸。她便越发地悲哀了。在这迷蒙的思绪里、悲哀的心境里，她不知自己又走了多远。

4

回到家后，她累极了，几乎是摔倒在床上。她的头脑混沌一片，又隐隐作痛。她躺在床上，辗转反侧，无法入眠！烦躁与痛苦中，她打开灯，取出一本书来看——《如何做女人》，却是一行字也看不下去。呆望中，迷惘中，哀愁，她听到窗外又响起沙拉拉的雨声，窗玻璃也叮咚的响。过往的事，现在的事，都在她的眼前显现，却都汇聚成矛盾和痛苦。对于未来，她更是感到迷茫和害怕。与那雨声相和，泪水沿着她的脸颊悄悄滑落。夜是那样的安静，只有雨声，只有在她脑海中上演的纷繁杂乱的人间事。她的心绪在痛苦中纠缠，头越发又闷又痛了。

又躺下了半晌，她仍睡不着。她擦了擦眼泪，索性坐了起来，索性不睡了。昏昏沉沉中，她打开了平日她最爱听的花乐系列音乐。

第一支曲子《正月梅花——花神寿阳公主》悠悠响起。

"清淡的古筝，悠扬的曲笛，沉静的洞箫，交织出一片梅花枝影横斜的天地，犹如仙境。钢片琴穿梭其间，宛如飞雪，宛如梅香，恍惚中，恰似有寿阳公主翩翩而至。"伴随着动人的音乐，她听到了这样的解说词。

在这清丽脱俗、花香扑鼻的音乐声里，她亦想起了那动人的诗句："影斜清浅处，香度黄昏中。"

第二支曲子《二月杏花——花神杨贵妃》款款而来。

"箫与筝的交替中，隐隐如杏花飘雪；浅淡的音乐，如杏花临波照水，花瓣在微风中似雪般缓缓洒落；似雪花瓣，化作杨贵妃倩影随风而逝。"那解说词如是说。

在这优美典雅的旋律、幽渺动情的和声里，林青婷眼前仿佛出现了一片杏花林。她仿佛来到了那杏花林……

第三支曲是《三月桃花——花神息夫人》。

第四支曲是《四月牡丹——花神李白》。

…………

这样听下来，她的心渐渐地安宁了许多。繁杂的思绪、悲郁的情怀，变轻变淡了。渐渐地，花香满屋，花枝摇曳。她强硬而悲伤的心，也变得温柔而清婉了。

第九支曲子《九月菊花——花神陶渊明》飘然而至。

"古琴的淡雅之音，写出菊花独立秋霜的傲景。笙乐飘飘如秋风阵阵，古朴而典雅的旋律，形容出菊花淡泊独立的精神与陶渊明隐世而清净自得的情怀。"那解说词如是说。

当听到这支曲子，她如释重负，已在蒙眬的睡意中了。斜倚着枕头、闭目休憩的她，心神已与音乐一起远飞。在明媚如画的桃花林，在国色天香的牡丹丛，在花红如霞的石榴树，在碧波莲花的小舟筏，又闻桂花飘香，又见山茶吐蕊……

她的睡意更浓了，似在梦中，又不似在梦中，她看见清幽雅丽的花神们在花林中翩翩起舞，羽衣如梦，发髻如云，芳姿窈窕，仙袂飘飘。不知何时，那花神又变幻成了戏剧舞台上花旦的模样，一身华丽的戏服，面如芙蓉，唇如樱桃，咿咿呀呀做唱，或娇憨俏丽，或英姿飒爽。又不知何时，那戏剧舞台上的花旦，又变幻成现代女子的模样，意气风发地、丽姿秀拔地活跃在各种场景。

朦朦胧胧中，她似又听到那清幽的音乐，听到明媚的鸟鸣声、潺潺的流水声。她来到了月光下的花丛。花神们在歌唱！笙箫轻奏，檀板轻敲，歌喉婉转！

箫声咽，秦娥梦断秦楼月。秦楼月，年年柳色，灞陵伤别。

乐游原上清秋节，咸阳古道音尘绝。音尘绝，西风残照，汉家陵阙。

——李白《忆秦娥·箫声咽》

似花还似非花，也无人惜从教坠。抛家傍路，思量却是，无情有思。萦损柔肠，困酣娇眼，欲开还闭。梦随风万里，寻郎去处，又还被莺呼起。

不恨此花飞尽，恨西园，落红难缀。晓来雨过，遗踪何在？一池萍碎。春色三分，二分尘土，一分流水。细看来，不是杨花，点点是离人泪。

——苏轼《水龙吟·次韵章质夫杨花词》

原来姹紫嫣红开遍，似这般都付与断井颓垣。良辰美景奈何天，赏心乐事谁家院？

朝飞暮卷，云霞翠轩，雨丝风片，烟波画船，锦屏人忒看的这韶光贱！

——汤显祖《牡丹亭·惊梦》

几支凄美动人的古曲之后，那光彩照人的花神之王走上前来，笑呵呵地说道："姊妹们，我们何必再唱这思妇哀怨之曲呢？我们当唱一首豪迈的《风雨彩虹　铿锵玫瑰》！"

众花神拍手称快。

——这究竟是梦境呢，还是林青婷迷蒙的思绪？

半梦半醒的她，耳边响起了那首《风雨彩虹　铿锵玫瑰》(田震)：

一切美好　只是昨日沉醉

淡淡苦涩　才是今天滋味

想想明天　又是日晒风吹

再苦再累　无惧无畏

身上的痛　让我难以入睡

脚下的路　还有更多的累

追逐梦想　总是百转千回

无怨无悔　从容面对

风雨彩虹　铿锵玫瑰

再多忧伤　再多痛苦　自己去背

风雨彩虹　铿锵玫瑰

纵横四海　笑傲天涯　永不后退

思绪飘飞　带着梦想去追

我行我素　做人要敢作敢为

人生苦短　哪能半途而废

不气不馁　无惧无畏

桃李争辉　飒爽英姿斗艳

成功失败　总是欢乐伤悲

红颜娇美　承受雨打风吹

拔剑扬眉　豪情快慰

…………

在这样一首歌曲之后，林青婷感到了些惬意和安心。她关掉了音乐，关掉了灯。她的嘴角扬起了弯弯的微笑，坠入甜甜的睡眠中。

第二十一章　潦倒

1

林青婷的小说《紫色的田野》，已进行到重点部分：秋凤出轨；春桐因工作压力大、秋凤出轨而患上抑郁症。

难道是春桐打工期间出轨在先，秋凤出于报复才出轨？经反复考虑，林青婷放弃了这样的情节设计。因为她的主人公春桐是正直的、善良的、诚实的，也因为并不是那些进入都市的农村青年都必然要堕落。

那犯错的应当是秋凤？林青婷从报纸等各方面听说过不止一个这样的事例。她的小说采用了这样的设定。在这部小说中，秋凤是爱说笑的，活泼的，爱热闹的，也有点贪图享受。秋凤的原型云英嫂，也确实是这样。结婚几年，秋凤觉得春桐虽然老实巴交，但木讷无趣，已对婚姻生活心生不满，后来又聚少离多，使得他们之间的情意淡薄。这也是林青婷听到的志辉哥（春桐原型）与云英嫂夫妻关系的情形。在小说中，秋凤的姐夫是个开旅馆的商人，有钱有势，风流有趣。对于他的几番引诱，秋凤有过犹疑和挣扎，在一个风高月黑的夜晚，到底是越过了道德的防线。

小说的难点是如何描写秋凤出轨。这使林青婷很犯难。难道要借鉴当下的某些小说吗？在这样的关键节点，一定要大书特书。情色描写的泛滥已经成为当代小说的一大恶习。

林青婷，这个幼稚的写作者，最终处理得甚是巧妙：轻轻带过。

她那种处理，相较于"凤头、猪肚、豹尾"，或许可称为"蜂腰"——只是那么轻而薄地用极少的文字带过。

她为自己做这样的处理而得意。她大约还没有领悟到，当下的一些图书和影视剧，是要靠这样的内容来吸引眼球，卖个好价钱的。她其实也不必担心评论家的口诛笔伐，因为许多文学知识高深、写作技巧精湛的评论家，往往会下这样的断语：这些描写是必要的，看似腥膻，实际上删不得一字，因为它们正是小说的必要组成部分，无此，不足以推进情节发展，不足以塑造人物，不足以凸显个性，不足以表现小说的精魂——人性！她读文学评论常常读到这样的语句。文学年龄尚浅的林青婷，她的作品是注定要惨败的。

在她那小说中，对于秋凤，虽未明写，却是包含了深深的谴责的。秋凤错在哪里呢？她那样的错误该如何防范呢？除了对于人性的分析，对于优良道德与风俗的提倡，她便黔驴技穷、语焉不详了。

2

关于抑郁症，林青婷查了些资料，惊恐地发现：据近期的世界卫生组织报告，全世界抑郁症患者已达两亿多，成为"二十一世纪的流行病"。

资料中又提到：在全球的国民死亡原因中，自杀已经排到了第五位。导致患抑郁症的原因主要是工作、生活压力大和人际关系紧张。

她不得不感叹，这是一个物质上高度现代化，但却危险的时代！它导致了人们的抑郁、焦虑、心理亚健康！

她又查得一份资料：

广东省精神卫生研究所统计数据显示，广东每年有2万人自杀身亡，超过10万人自杀未遂；自杀身亡的2万人中，七成为抑郁症患者。而目前广东省的抑郁症患者达200万人。深圳每年至少有2000人自杀身亡，人数已超过交通等意外伤害造成的死亡。

文中写道："随着城市化进程的加快，城市外来人口逐年增多，由于文化背景不同，语言上与当地人难以沟通，经济上收入较低，社会地位也不高，一些外来人员在生活中遇到难以解决的问题时，容易产生心理问题，如果得不到及时的调节和治疗，很容易造成行为扭曲。"

林青婷心痛地想：春桐就是这样的！

她在小说中大声疾呼：警惕抑郁症，关爱劳动者！

她是在为春桐鸣不平，也是在为像春桐那样遭遇不幸的人鸣不平。是那样高强度的劳动、紧张不安的生活、恶劣的人际关系，夺去了他们身心的健康！她呼吁国家、社会、企业给予他们关爱和救助！他们为了生活，背井离乡，辞别父母、妻儿，把生命贡献于劳动。他们是国家建设的有力组成部分，但却是如蚁群般的存在。他们缺乏关爱，最无助！

她把这些都写进了小说，希望能对改善现状有作用。她也相信，随着社会各方面体制的完善，一切都将会好起来，春桐的故事将成为明日黄花。

3

神志失常的春桐，流落街头。

林青婷写到了这样的情形：

春桐爬行在地上，匍匐在他人脚下，看到各种各样的鞋子和腿，听到各种各样的声音。在马路边，他也看到那些正在被浇灌的花草。

一个小孩子看见了他，吓得尖叫着，躲得远远的。

意识清醒时，他这样想：

我现在该有多丑陋！

我现在是一只丑陋的爬虫，庞然大物的爬虫。

有人将口水吐到我身上，有人将鼻涕甩在我身上。

他看到街边的乞丐，受着伤。他想起了那些可怕的故事，——那些人将健全的人捉去，打成残疾，命他们乞讨，在背后获利。

自己和他们一样了。——有人把一块钱丢在了他的面前。

自己或许还不如他们。自己将死去，死在这异乡。他迷蒙地想。

夜晚是多么冷，露水滴落。月亮是多么凄清。这是自己曾经见过的月亮吗？儿时的月亮，少年时的月亮，新婚时的月亮……自己将再也见不到月亮，自己将被埋于泥土之下……

他的泪水缓缓流下，流在满是污渍的脸颊上。

饥寒交迫中，他昏迷了过去。

在老乡的帮助下，春桐被送回了家乡。

林青婷又写了春桐回到家后的情形：

坐在院中的梧桐树下，春桐有气无力地想：

她怎这样待我？对于她的过错，我未说一句。是因为我病了吗？人人都厌弃我。人人都鄙视我。人人都把我当成个大笑话。就像小时候，我们对待疯子那样，他们都那样对待我。他们拿小石子丢我，拿树枝、棍子赶我，然后笑得很开心。她厌弃我是对的。我算什么呢？唯有拖累。我是她的一个耻辱，是她的一个伤疤。太阳是那样的小，小得像个光斑，发出冷冷的光，像牙齿的颜色。鸡还在庭中散步，看我一眼，似乎也是冷笑。我活着还有什么意思？这个混沌的、麻木的、冷漠的、尘土飞扬的人世，我活着还有什么意思？它又有什么可留恋？

写这些片段时，林青婷的内心是悲痛的。她像春桐一样痛苦。秋凤是可恨的，周围的人是可恨的，但又奈之何？为什么这世间不是人人都有爱和同情，为什么多的是冷漠和麻木？如果说，这个世间是缺乏爱的，春桐此时的感受和体验，是到了极致的。他的故事从最初的明亮色一点点暗下去、沉下去，暗到最深黑的颜色，沉到深渊——没有救赎和救助的深渊。如果说这世间有各种颜色，那么春桐就是最黑暗、最疼痛的颜色。可是，有谁能拯救他呢？

在现实生活中，志辉已逝。在作品中，林青婷想让春桐活下去。

第二十二章　美愿

1

关于《紫色的田野》，林青婷已写到春桐患病回乡后接下来的情节。

按原计划当是，秋风对春桐冷嘲热讽，也不舍得为他花钱看病，致使精神、肉体备受创伤的春桐饮农药自尽。但林青婷很不愿让故事沿着这个方向发展。她要给它一个光明的尾巴。可是，又有什么办法呢?

她绞尽脑汁地想了一段时间，毫无结果。这个天真的梦想家只好以浪漫主义为武器了。她别出心裁地创造了许多招式!

2

第一式: 写作如降妖除怪!

这个春天的午后，春桐像往常一样萎靡不振、浑浑噩噩地坐在院中。他目光呆滞，心情晦暗。明亮的阳光从梧桐树的绿叶间漏下。金色的光斑在他的脸上、衣服上跳跃，他却觉得周围阴沉昏暗，是一种怪异的感觉。他的头脑如灌了铅，如压了石头。他隐隐约约地感到恐惧和害怕，有一种不祥的预感。这悲抑不安且难以摆脱的可怕心境，使他忍不住流下泪来。是的，这艳阳的晴天，在他感觉起来是怪异的，是使人害怕的，是灾难！他的头沉重地垂了下去，泪水一颗一颗地滴落在裤管上。

秋凤看到他这副模样，气不打一处来，不耐烦地斥责道："哭！哭！哭什么哭！有什么难为你的了！你还像个男人嘛？"

虎子听了妈妈这话，也白了春桐一眼。

这话语落在春桐身上，如落在阴弱的湖里。他连反抗、辩驳的心力都没有，只是眼泪更快地落下。他觉得自己真的是脆弱得很，还不如地上的蚂蚁。你看那些蚂蚁，爬得多快，多忙碌，又停得多果决。它们是有目标的，是有生活的朝气和信念的。可自己呢？却像抽去了灵魂的空壳，像木僵的泥像。他已经几个月都没有睡过一个好觉了，这也是可怕的。他每天都像是活在恍惚、阴沉的梦里，连看东西都是迷蒙、昏花、异样的。

"你整天这副样子，丢不丢人！"秋凤又唠叨道。

春桐不敢看秋凤一眼，更加呆若木鸡。自己已经成了这世界上最懦弱、最无用的人，活在这世上只有痛苦，又何苦成为别人的累赘呢！这些念头在他的脑海里盘旋不止。

自己的人生怎么到了这步田地？怎么就到了这步田地！可又有什么办法呢？他又想。

就在这时，一位背着降妖剑的红衣女侠，风驰电掣般地飞进了春桐家的院落。她一路寻寻觅觅，嗅嗅闻闻，已发现那妖物的所在。果然，病患之魔和人性恶疾之妖，正附于院中那一男一女身上，肆意地诡笑。它们都是黑乎乎、毛茸茸的样子，有无数个长角的头，唯牙齿闪着亮白的光，眼睛闪着黑黄的光。——当然，凡夫俗子的眼睛是看不见它们的，唯有经过修炼的道人和仙人，方可看见。为害人间的正是它们！它们有无数的朋友、祖辈及子孙！这女侠就是奉师傅真仁道人之命，来降妖除怪的。

那两个妖魔看见了红衣女侠和她寒光闪闪的宝剑，立刻吓得缩头缩脑，浑身发抖如筛糠。它们闪着鬼眼，正要狡黠地逃去。女侠蛾眉高挑，杏眼圆睁，只见剑光一闪，妖魔皆丧魂毙命，化成一撮灰土。这一切发生得那么快，只不过几秒钟工夫。

春桐和秋凤只觉得眼前红光一闪如落霞，白光一闪如闪电，身体突然就变得无比清爽，如被清泉洗涤，心地变得无比亮堂，如被阳光普照。他们俯身一看，身旁各有灰土一撮。他们讶异无比，不知发生了什么。

他们两个人却已成了新人，如同脱胎换骨一般。春桐的病完全好了，完全成了一个健康、刚毅、正直、善良、智慧的男子，秋凤完全成了一个温柔、贤惠、善良、勤劳、聪慧的女子。他们都胜过原来的自己。他们相视一笑，如同从未曾有过那些恩怨。他们走向对方，如热恋中的情人。他们从此和和美美，过上了幸福的生活。

写下这几段文字，林青婷心旷神怡，身心如被清泉洗涤过了一般。但如此轻易地克敌制胜，她心有不甘，于是有了第二式。

3

第二式：写作当浪漫感人。

春桐和秋凤走在春日田间的小路上。

春桐痴痴恍恍，愁郁麻木。他已经变得很消瘦，宽宽的肩膀如扇面，细腿伶仃如稻草人。现在是春天，禾麦青青，暖风阵阵。可他心中只有昏黑的忧愁，昏黑笼罩住了他的世界。他和人家感受的好像根本不是同一个世界、同一个春天。他的世界仿佛被魔鬼施了毒咒，凄凄郁郁，悲哀无望，是死死一潭的世界。他完全被钳制住了，没有一点办法改变。他就这样痴痴恍恍地走着，如冬天里的最后一棵芦苇。

对于身边的秋凤，他麻木到几乎感觉不到她的存在。他也是不愿多理睬她的。开口又有何益？言语又有何用？她不理解他，如同鸟不能理解鱼，夏阳不能理解冬风。

她的心中又何曾有爱？俺们俩走到今天，真像是冤家仇敌被捆绑在了一起。他想。

秋凤也是满脸忧郁。她心中充满了悔恨。

身边这个人是谁？——是俺的丈夫，是俺曾深爱的春桐。他怎成了这个样子？是因为病了吗？是俺害的吗？俺们俩怎到了这步田地，隔膜得像仇人！俺们还该像仇人一样地生活下去吗？都是俺的错，都是俺该死……可是，一切难道真没有了转机？她这样想。

那田间的黄土小路曲曲弯弯，绿草长在路的两旁，杂花开在绿草间。两个沉默慢行的人，各怀忧愁的思绪，不曾看到蝴蝶飞来又飞去。

乡村广播突然放出一首歌来，从那木头杆子上的喇

叭里，从许多喇叭里。春天的绿野，远远近近地充满了
那感人的歌声，那是《想起》（韩雪）：

回到相遇的地点
才知我对你不了解
以为爱得深就不怕伤悲
偏偏爱让心成雪

我独自走在寂寞的长街
回忆一幕幕重演
我告诉自己勇敢去面对
就算心碎也完美

想起我和你牵手的画面
泪水化成雨下满天
如果我和你还能再见面
就让情依旧　梦能圆

我们在不同的时间
想着每一次的误会
好想再一次依偎你身边
偏偏你有千里远

…………

　　在大路上玩耍的小男孩，抬起头，惊奇地四处张望。锄地的青年，互望着，笑眯眯地，窃窃私语。老奶奶把羊拴在了树桩上，轻轻地叹了口气，笑容像菊花一样绽放。骑自行车的行人，停下了他的自行车，在春风里，惬意地休息。

　　春桐和秋凤也忍不住停下了脚步，倾听、凝望。他们像是看到了很远的过去，昨日玫瑰般的温暖梦境。

　　多么奇妙，他们沿着那条小路，正来到他们最初相逢的那片瓜田，而不远处，又是那棵李子树！瓜田里，秧苗青青，黄花初开。李子树，绿叶碧翠，青果刚结。两个人不由得相互对望，眼睛里有惊疑，更有复杂的味道。

　　可有鸡笼？
　　可有红冠的大公鸡，凤尾的小母鸡？
　　可有满地蹒跚的绒毛鹅黄的小鸡仔？
　　有的，都是有的，
　　在他们心中，在他们眼里。
　　还有那时的他们，

豆蔻年华，青葱岁月，

浪漫的云天像朵朵玫瑰花。

秋凤的眼睛先湿润了，喉咙干涩。春桐的眼睛也湿润了，心间汹涌着热流。两个人的目光不由得又碰撞到一起，再没有分开。

秋凤走上前去，惭愧又难过地说道："春桐，对不起。"

春桐难过又热烈地说道："秋凤，没关系。"

两个人的眼里都闪着泪光。他们的双手紧紧地握在了一起，他们又紧紧地拥抱在了一起。他们在对方的肩头痛哭在了一起。那泪水像滔滔的江河，所有的委屈和仇恨都被冲刷走了。那哭声像初春的暖阳，所有的冰雪都消融了。

不知何时，他们身旁围了许多人。有在大路上玩耍的小男孩儿，有锄地的青年，有放羊的老奶奶，有骑自行车的行人……大家都惊喜地望着他们，眼睛里是温暖的祝福。

那个脱落掉几颗乳牙的小男孩儿先大叫起来："他们和好了！他们和好了！真是好笑！真是好笑！"他跳起脚，拍起手来，奶声奶气地这样说。

大家也七嘴八舌地议论起来，话语里是有欢喜的。

春桐和秋凤不好意思地低下头来。他们的脸红了，发烫。他们像一对害羞又欢喜的新郎和新娘，牵着手，回了家。

从此，他们过上了和美的日子。他们都更爱对方，宽宥对方。在温暖而和谐的家庭氛围里，在医药的调理下，春桐的病也慢慢地完全好了。

写完这一幕，林青婷也是欢喜地笑了。她像是饱饱地吮吸了一口清新甜润的空气，又徐徐吐出，像是在绿色大森林里，在海边，在瀑布旁。她当是如在人间仙境了。

林青婷不愿让故事向悲剧方向发展的心仍不满足。于是，她又设计了第三式。

4

林青婷受吴师姐所介绍那一思想体系的影响，遂有了这一幻想性想象。

第三式：教堂的钟声。

那是一个清冽的早春的上午，走了十几里的路，面容忧郁、心思徘徊的春桐和秋凤，终于站在了县城西郊的教堂前——那个据说医治人的灵魂，也医治人的肉体的地方。那是一幢红黄色的哥特式建筑，像来自童话世界，尖顶上高高地矗立着十字架，显得宁静肃穆。春桐和秋凤相互犹疑地对望了一下，跨进了教堂的门槛。

…………

奇怪得很，经过漫长的祷告，经过心灵的倾诉，他们的心情变轻松了，变明亮了，杂质和污垢被清除，他们的心河里只有纯净和善良。此时，正有一绺金黄色的阳光从高窗上淌落下来，拂洒在他们的衣服和脸上。也正有教堂的钟声传来，悠扬而肃穆，洪亮而庄严，如来自天国一般，醍醐灌顶般穿透他们的灵魂。他们都不由得抬头仰望。

…………

现在，他们重建了他们的婚姻和爱情。春桐的病，在造物主的慈爱和医药的调理下，渐渐地完全好了。如获新生的他们，也改善了和周围一切人的关系，婆媳和睦，翁婿交好，皆大欢喜。他们一天天走在光明的路上。他们过上了幸福的丰盈美满的生活。他们是多么感激神圣的造物主啊！

5

林青婷的想象力，如热气球，在幻想的天空飘荡；也如骏马，在虚拟的草原疾驰。一切都畅快淋漓，一切都心想事成。

那热气球也有气尽着地的时候，那骏马也有跌折了脚蹄的时候，于是，她只好去乘坐现实主义的火车。

第四式：我们各自反省吧！

——在一个雷电交加的暴风雨之夜，本性善良的春桐和秋凤，各自深刻地反省、检讨了自己。

——他们的眼泪如瀑。他们的悲哭如雷。

——他们重新规划了生活的道路。

——从此，他们携手勇敢地面对各种困难，百折不挠地与困难作战。

——他们渐渐地走出了人生的低谷。

6

林青婷倾囊而出，执意要扭转故事的结局，用心何其良苦！

可是，她的思维又如远游的蜜蜂，总是止也止不住地要回到问题的原点：该让春桐和秋凤走向爱和宽恕呢，还是让故事在仇恨中发展？林青婷的愿望当然是前者，可是，根据事实，根据小说的逻辑，应当选择后者。她左右犹疑，可到底还是拿不定主意。写作也因此陷入了停顿。

7

几日后，林青婷不经意地打开邮箱时，发现了 2 号作品《青蛙的催梦术》的退稿信。

那信件只简单写道：不合我刊使用，请另投他处。

这或许已是不幸中的万幸，因为很多刊物在拒稿后是连这告知信也没有的。

但她受到了很大的打击。因为三日前，她才刚刚经历一次这样的"万幸"：她的宝贝论文《美丽光晕下的丑陋真相——论萨特、波伏娃的契约式爱情》的退稿信。

她感觉自己面前有很多堵墙壁。她在电脑前闷坐了半天。

第二十三章 《遇见》

1

又收到拒稿邮件，对于林青婷来说，是不小的打击。

1号作品被拒，2号作品被拒，论文也被拒。她是连遭白眼，连吃闭门羹。因为她的作品和论文，每次都是同时寄给六个刊物。这些打击，对于她来说，不可谓不大。她又联想起，自己以前写作尝试的失败、论文投稿的失败，痛苦更是加深，已完全由别人对她的拒绝和否定，发展成自己对自己的怀疑和否定。她问自己：我有写作的天赋吗？这些失败难道都是偶然的吗？我还有必要写下去吗？我播下的究竟是龙种还是跳蚤？

这奋斗中的挫伤和失望，是那样地让她感到极端黑暗和疼痛。被否定，被拒绝；无人欣赏，无人赞同；找不到出路，被困。怀疑自己，否定自己。原来自己是一块丑石，原来自己根本就是一个臭鸡蛋！那些黑暗和悲痛，那些自我怀疑，无限的深，无限的悲凉，如世界和人生之末日。她终于明白了，梦想有多烂漫，现实就有多悲伤。

她的眼前总是出现一个缩在墙角哭泣的女孩子的形象。她的面容是菜色的，她的头发是那样凌乱。她又是那样的消瘦和单薄，她的浅白的衣衫也是单薄的。薄白的阳光从高处的仄窗洒落下来，她坐在那墙角的地板上，那样伤心地、绝望地、浑身颤抖地哭泣。她宛如寒风中哭泣的水仙花。

有时，她又想起那美人被疏、宫女见弃的古典幽怨。"回眸一笑百媚生""三千宠爱在一身"，说的是谁？而自己是被文艺之神抛弃了的。文艺之神青睐的是他们，——他们，花见花开，人见人爱。而自己，根本是被文艺之神抛弃的蚊子，而自己又是苦恋得如此之深。

在一个星愁月悲的夜晚，怀着难以排解的委屈和幽怨，她写下了她的3号作品：《遇见》，隐喻自己对文艺之神的热爱、迷恋和自己被置之不理、视而不见。然后，她烟笼愁眉地找了两个刊物的电子邮箱，发了过去。

2

遇见

在绿色大森林的边缘，有一个很大很大的园子。去了那里，真会让我们忘记现实的所在。那园子像是画里出现的，——比画里的还美！园子里有丛竹，是杜甫诗里的"种竹交加翠";园子里有桃林,是杜甫诗里的"栽桃烂熳红"。园子里有池塘,有青草,有柳树,还有很矮的山,有鸟,有人,有鱼。空气是那样清新,园子是那样安静,经常能听到的是轻轻的风声,还有小鸟的鸣啭。或许能听到一只羊在咩咩地叫。它在思慕着什么吗?它叫了一阵,又停了下来,眼睛凝神,耳朵像在谛听什么。它在沉思呢,它的眼睛是那样大。

我要讲的是园子里一只兔子的故事:小灰兔。兔子过着快乐的生活,该吃草的时候就吃草,该睡觉的时候就睡觉,玩耍的时候,就在地上挖出许多洞。有时,它也去池塘边照镜子,对着水中的倒影说上许多话。兔子不知道这世上有忧愁。这样的日子不知道过了多久,桃花开了又谢,谢了又开;柳叶黄了又绿,绿了又黄。

一天,兔子在草丛里睡觉,睁开眼睛,吃惊地发现,身旁站着一个漂亮的小男孩。小男孩腼腆而害羞,是清秀而娇气的那种,就像我书桌上的那个布娃娃。兔子看得失了神,恍恍惚惚中,不知道这是梦醒了,还是在梦中。就那样,兔子呆呆地望着小男孩儿,迷离中,忘却了自己是在尘世,眼前仿佛是雨丝风片、水晶帘幕,是落英缤纷,是洁净的空气,是芬芳的苹果花的气息。兔子看见一朵苹果花儿飘过,落在了小男孩儿的衣领上。兔子看着他纯真稚气而忧郁的眼睛,又羡慕又心疼。兔子看着他张着的可爱的小手，真想上去轻轻地挠一下。

但是小男孩儿没有看见兔子，他在看一只蝴蝶。蝴蝶停在兰花上，双翅翕动，像在喘息。这真是一只美丽的蝴蝶，美丽得让人落泪。它的翅膀的每一次扇动，都让人的心跟着起伏。时空好像停滞了，周围的一切好像都不存在，只有蝴蝶在一片虚无中扇动着翅膀，轻轻地摇着触角。它的姿态是那么优美，像花朵。它真是美的精灵，天地的秀韵。

蝴蝶飞动了，停滞的时空又被唤醒，周围恢复成芳草萋萋的春天。那草间到处开着小野花，蝴蝶在花与草间翩翩起舞。小男孩儿就放轻脚步，跟随着蝴蝶。兔子就放轻脚步，跟随着小男孩儿。小男孩儿好像氤氲着一种独特的气息。兔子感受到了，心被带走了。小男孩儿的一举一动都是那种气息，兔子为他的一举一动，心惊得都要停止跳动。兔子就这样在他的脚边轻轻地跟着，轻轻地抬眼睛望一望他。每一望，它都希望时间凝固在这无比珍贵而令人心动的瞬间。它愿意变成一尊塑像！小男孩儿凝视的却是蝴蝶。他的情感漫染于蝴蝶，世界上好像再无他物。兔子跟随了小男孩儿一个下午，小男孩儿却不知道这园子里有一只兔子。

日暮总要到来，蝴蝶越飞越快，小男孩儿越追越快。夜晚总要到来，天上有星星，有月亮。蝴蝶不知道飞到

哪里去了，小男孩儿不知道跑哪里去了。兔子在树下望望星星，又望望月亮。兔子虽然可以跑得很快，但有心事的时候，兔子是跑不快的。蝴蝶不知道飞到哪里去了。小男孩儿不知道哪里去了。兔子望望月亮，又望望星星。夜里，兔子没有睡着；白天，兔子也没有睡着。兔子在园子里走来走去。它趴在昨天睡觉的地方，等待小男孩儿的到来，但小男孩儿没有来。它在那里趴了一天又一天，小男孩儿始终都没有来。它白天也睡不着，晚上也睡不着。它一天一天忧愁，一天一天在园子里走。

兔子在园子里走，只希望着遇见。它想：我下一秒或许就能遇见他了，但没有。它想：我或许明天就能遇见他了，但没有。它到池塘边又照它的镜子，它想：我要是只小白兔就好了，或许他就会喜欢我了。它又往池塘里望，便望见了那小男孩儿的影子。它抬头望池塘边的柳树，又望见了那小男孩儿的身影：长长的睫毛，稚气而害羞的眼睛，穿了件红毛衣。它又望草地，又望见了那小男孩儿的身影：他的脸红红的，渗出了点儿汗，是被太阳晒红的。空气里竟无处不是小男孩儿的影子。兔子闭上眼睛，闭上眼睛仍看到小男孩儿的影子。兔子一天天忧愁，一天天只能睡很少的觉。它的所有幻想都和小男孩儿有关。它的所有忧愁都和小男孩儿有关。欢喜是因为他，忧愁是因为他，彷徨是因为他。地上落满黄花，黄花被风吹去，它没有遇见他。树上停着飞鸟，飞鸟又飞去，它没有遇见他。树上结满桃子，桃子熟了落下，它没有遇见他。它忧愁地想：我到底有没有曾经遇见过他？我遇见他，究竟是梦还是真？

一个月光淡淡的夜晚，兔子在一堵白墙上看见了个影子。那影子多像他！兔子用手摸了摸那影子，摸了摸他的手，还有他胸前那朵可爱的蝴蝶花。兔子就开始对他说话了：人们都说我得了怀乡病，可我的家乡在哪里呢？我踯躅在我的道路上想遇见你，想遇见你的心情让我站也不是，坐也不是。你捉住你的蝴蝶了吗？蝴蝶将停在你的手上，像停在一朵花上，是这样的。可我是一只兔子，灰兔子。可我却不能不想你，你的影子像空气一样在我身边。可我是一只兔子……

自言自语中，兔子睡着了，枕在小男孩儿曾待过的草地上。它抱着一束草，像抱着温暖。它梦见秋叶落了，梦见天上下了雪，自己变成了一只小白兔，在山丘的拐角处，遇见了他，惊喜不可掩饰地浮现上它的脸颊。它说："我们初相识的时候，地上落满白色的花，我们一见如故，不忍离去。"鸟儿叫醒了它的梦，太阳照醒了它的梦。它睁开眼睛迷惑地看，站起身来四处地找，却不见那小男孩儿的影子。它又去看那墙，明白了昨夜墙上的影子，是身旁一棵树桩的影子。它把那树桩摸了摸，眼泪便止不住地流了下来。

兔子一天天地走，一天天地忧愁，到池塘边，又到桃树下。它晚上不能入睡，白天也不能入睡。它只记住了一句话："我们初相识的时候，地上落满白色的花。"它想：我究竟是在现实中遇见过他，还是在梦中？他是雾里的轻纱，梦中的灯盏吗？是朦胧的月，桃色的花？依稀的灯盏的微光里，它又看见他腼腆、稚气而害羞的脸，是那样真实。它又轻轻地叹气，怀抱着一棵草，有风儿从它耳旁轻轻吹过。

兔子有没有再遇见那个小男孩儿呢？我也不知道。也许又遇见了，也许没有。

3

真是奇妙如天落陨石，林青婷还来不及有足够的怀想和徘徊，投稿后的第三天，她就收到了拒稿邮件。这个闭门羹是如此的及时和猛烈，她感觉自己的鼻子被那猛烈关闭的门扇碰扁了，出了血。

自这一打击之后，她的写作就宣告停止了，连阅读也停止了。她浑浑噩噩，痛苦度日。她一遍遍地听那首名叫《蓝眼泪》（陈冠蒲）的歌曲，一遍遍地听，一遍遍地听，如醉酒，如酗酒。她的痛苦，她的滴血的心，就如那歌中的旋律和情境。

我已经好几天

深夜不能眠　都为了谁

我只是心疼你

哭肿的双眼　多可怜

如果情已决裂

你伤心欲绝　他没感觉

他早已空了心

对你的深情都看不见

取一瓢深蓝色苦苦的湖水

化成一滴蓝色的眼泪

滴落在你眉间能解开情结

还会让你　心如止水

你不再对他痴恋

苦守整个夜　魂萦梦牵

深蓝色的眼泪

也让你失去　爱的感觉

…………

第二十四章　洗礼

1

林青婷沉浸在写作失败带来的不快乐中。

在备课凝思的间隙，在课间的热闹时段，在搭乘公交车回家时，在早晨洗脸时，在拿起扫帚扫地时，在上床睡觉时，在望着窗外的星光时，她总是思虑沉沉，愁绪漫漫。

系里又在提醒本学期听课任务的完成情况了。

这天下午，林青婷上完课，一查课表：隔壁一间教室第七八节课是人文素养。她便背上书包，随着去上课的学生，来到了这间大教室的后部，拣了个临窗的座位坐下。讲台上已经站着一位白衬衣、蓝裤子的中年男教师。课表显示，他来自马克思主义学院。他正微笑而若有所思地扫视着教室，观察到来的学生。

林青婷对这课并不感兴趣。她还沉浸在她的哀伤中。她无精打采，神思恍惚，心不在焉。耳边语声喧嚣，她眼睛看向的，是窗外棉絮般的云朵。

上课铃声响过。授课老师报上了今天要讲的内容，是分享两篇文章：居里夫人的《我的信念》和爱因斯坦的《我的世界观》。林青婷略有些惊异，神思从棉絮里收回了一些。

授课老师在循循善诱地演示着他的导语了，目的在于引起学生对授课内容的兴趣。林青婷的耳朵和心灵没有理睬这些，她仍在哀伤。幻灯片中的一段话，却在无意中引起了她的注意。那是居里夫人《我的信念》的开头：

生活对于任何人都非易事，我们必须有坚韧不拔的精神。最要紧的，还是我们自己要有信心。我们必须相信，我们对每一件事情都有天赋的才能，并且，无论付出任何代价，都要把这件事情完成。当事情结束的时候，你要能问心无愧地说："我已经尽我所能了。"

这话，让林青婷震惊！她自语道：居里夫人是世人当之无愧的偶像，也是我的偶像。她的这些话语是多么郑重、真切的指导啊，简直像是专门讲给我听的！相比之下，我是多么浅薄、脆弱、浮躁。

林青婷对自己感到羞愧。

随着讲课内容的深入，幻灯片上又出现了这样的句段：

望着这些蚕执著地、勤奋地工作着，我感到我和它们非常相似。像它们一样，我总是耐心地集中在一个目标上。我之所以如此，或许是因为某种力量在鞭策着我——正如蚕被鞭策着去结茧一般。

林青婷在心里又说话了：我又怎有这般的执着与勤奋！我是既无执着、勤奋，又无信心，更无坚韧不拔。

林青婷的心里开始升起感激。因为见到这些话语，她如见到一片光明。她知道路在哪里了，心里的黑暗被照亮。她看到了博大的天空和浩瀚的海洋。她的心中汹流着感激的喜悦。

后面的话语，也是那样地句句激动她的心：

我在生活中，永远是追求安静的工作和简单的家庭生活。为了实现这个理想，我竭力保持宁静的环境，以免受人事的干扰和盛名的拖累。

……诚然，人类需要追求现实利益的人，他们在工作中获得很大的报酬。但是，人类也需要梦想家——他们受了事业的强烈的吸引，既没有闲暇，也没有热情去谋求物质上的利益……

我年纪渐老，我更会欣赏生活中的种种琐事，如栽花、植树、建筑，对诗歌朗诵和眺望星辰也有一点兴趣。

我一直沉醉于世界的优美之中，我所热爱的科学也不断增加它崭新的远景。我认定科学本身就具有伟大的美。一位从事研究工作的科学家，不仅是一个技术人员，而且是一个小孩儿，在大自然的景色中，好像迷醉于神话故事一般，迷醉于大自然的景象。这种魅力，就是使我终生能够在实验室里埋头工作的主要原因。

林青婷在心里感叹道：这才是人类精神思想的高峰和圣地！这才是不辜负造物主创造人的初衷！人在这尘土飞扬的世间生活，会遭逢多少歧路，心灵会蒙上多少灰尘，许多人也因此变得庸俗和麻木，人生从此陷入灰暗。我如今幸得听闻这篇至文，身心真是如受洗礼。居里夫人是我心中永远的无上的圣者，以后，她将引领我的生活和脚步！

现在，林青婷是多么感激这堂课，感激生活意想不到的安排和恩赐。

授课老师又讲起爱因斯坦的《我的世界观》。那一开始的段落，仍是让林青婷震惊：

我每天上百次地提醒自己：我的精神生活和物质生活都依靠着别人（包括生者和死者）的劳动，我必须尽力以同样的分量来报偿我所领受了的和至今还在领受着的东西。我强烈地向往着俭朴的生活，并且时常为发觉自己占用了同胞的过多劳动而难以忍受。我认为阶级的区分是不合理的，它根植于暴力。我相信，维持简单淳朴的生活，无论是在身体上还是在精神上，对每个人都是有益的。

文中又有这样的段落：

在这方面，我从来不把安逸和享乐看作是生活目的本身——这种伦理基础，我叫它猪栏的理想。我的理想——照亮我的道路，并且不断地给我新的勇气去愉快地正视生活，是真、善和美。要是没有志同道合者之间的亲切感情，要不是全神贯注于客观世界——那个在艺术和科学工作领域里永远达不到的对象，那么在我看来，生活就是空虚的。人们所努力追求的庸俗目标——财产、虚荣、奢侈的生活——我总觉得都是可鄙的。

林青婷发现，爱因斯坦文章中的观点和居里夫人文章中的观点，是相通的：不求个人利益；过简朴的生活；对科学的深挚兴趣和热爱；觉得世界是优美庄严的，自己的研究对象是优美庄严且令人沉醉的。林青婷想，人间的至理或许原本就是相通的，这也就是所谓圣人所见略同；他们洞悉了人世的真理，如今也引领我去看见。

两位科学家的两篇文章，同时为林青婷呈现了人类精神世界的星辰浩瀚和优美庄严。她看到了人间无上的美景。她再次感激，她竟有幸来到这样一个课堂，知闻这两篇文章。

2

第二节课，当授课老师继续阐发这两篇文章时，心灵受到巨大启迪的林青婷思绪联翩。

"没有私欲"，这当是人类的最高境界。"追求真善美"，这当是人类生活大道至简的可贵真理，也是人类生活所必要的。我如果写作，内容就应当是追求真善美。我如果写作，也应当是没有私欲的，不斤斤计较于得失成败。如果是这样，我又怎会有悲伤和痛苦！无我，无私欲，是战胜痛苦的一大法宝。

这样想着，林青婷就更加释怀了，更感觉到明亮的阳光在心间的拂洒，也闻到草香的气息，听到潺潺的溪流声。

她又想：由于专业的关系，我平日总是在读小说，也算是手不释卷，为何总觉得吸收到的精神营养寥寥寡寡？我如淹没在池塘里一般，淹没在那些小说里，今日忽探出头来，恍然发觉，那许多小说，在精神上原来平庸至极，且常把一些负面的、消极的东西塞进我的头脑和心灵，增加我的苦恼和烦躁。这真是一大发现。

这究竟是怎么回事？她扪心自问。难道小说这种文体，本身就无甚营养，我不该抱太大期望？也或许应该说，中国当代的许多小说是缺乏精神营养的，而我接触的小说主要是它们。或许，应当是，读书需有选择，不然就虚掷了光阴，污染了心灵；对于同一本书，也总是仁者见仁、智者见智吧。但有一个问题是很明显的，即当下无论是世界范围的文学，还是中国的文学，很多作品并不是面向崇高、优美的写作，有时，相反的东西甚至成为一种习气、一种风尚。我是在这种小说风气里住久了，在这种社会风气里住久了，被濡染，被同化，今日得遇居里夫人《我的信念》、爱因斯坦《我的世界观》，才如此震惊、如此欣喜、如此感激。我像在迷途中看见了光，看见了方向。我今日确实如得洗礼。

3

回家的路上，青山悠然，彩霞满天，飞鸟在黄昏薄纱一样的光里鸣啭。

林青婷又想到了一个问题：究竟什么是成功？

这一刹那，对于这一如魔鬼般困扰她、给她带来无限痛苦的问题，她有了最好的答案：尽自己最大的努力，做到自己能做到的最好，并且，一直探索下去，不放弃。她庆幸自己终于有了这样的了悟。

她终于可以从困境和悲伤中走出来了。

她终于可以继续前行了。

她的心中终于又能吟诵陶渊明的诗句"采菊东篱下，悠然见南山"了。

第二十五章　春风十里

1

最是人间四月天，春风十里，油菜花绚烂绽放！

师范学院竟在油菜花海的包围中！远处，层峦叠嶂里，绿墨挥毫处，片片金黄，如黄色的云朵；近处，人则如潜游于花海，——满目蓬蓬的花团，满目碧玉般的叶茎。粉黄的玲珑的花朵摇曳，清逸的芬芳的气息扑鼻，人在此景中，此生复何求！人在此景中，心魂欲沉醉！

在这最美的春日的一天中，林青婷上完一、二节课，骑着自行车在春天的旷野里漫游。昨夜刚下过一场小雨，为醉人的春风又添几多温润与柔和。在这美好的春景里，她的身心如被洗沐，眼睛明亮，心怀温柔。她也装扮着这美好的景色：乳白色的亚麻布上衣，浅青色的长裙，头发上系着淡紫色飘带。她也是春天的孩子了！

她骑着自行车，在微湿的花径上慢行。光影又流转。有时，油菜花海，在阳光的照耀之下，明亮净朗。有时，一片云飘来，将黄色的花海笼罩在薄淡的影里。风吹云动，光影流徙，瞬息变化。这真让她如在梦里。

一辆载着风筝的三轮车从她身旁经过。她便买了一只五彩的燕子风筝，挂在自行车上。此刻，关于风筝的诗句，在她心头吟诵：

村　居

高鼎

草长莺飞二月天，
拂堤杨柳醉春烟；
儿童放学归来早，
忙趁东风放纸鸢。

怀潍县

郑板桥

纸花如雪满天飞，
娇女秋千打四围；
五色罗裙风摆动，
好将蝴蝶斗春归。

2

突然，林青婷停下了她的自行车，因为她看见前方有一位青年，正在油菜花田中写生。仔细看时，却是梅素白。她心中又惊又喜，有百般滋味在心头。她不知自己该假装没看见，向前行去，还是悄悄折转。她脸颊微热地停驻在那里寻思，她能听见自己的心怦怦乱跳。

正当她轻手轻脚地调转自行车，梅素白却发现了她，大声招呼道："林青婷，这么巧，我们又遇上了，是上天的安排吗？"

林青婷怡颜悦色、心思平静的样子走上前去，说道："是呀，狭路相逢。"

她尽量使自己显得漫不经心，毫不在意。

梅素白已经放下了他的画笔。白衬衣和卡其色的裤子，使他显得英俊挺拔。他那生气勃勃的面孔，林青婷不敢直视。

随意的交谈，风轻云淡。

原来，梅素白在油菜花田写生已一个月有余了。原来，从花苞未结时画起，一直画到花海漫天。原来，他主要画国画，有时也画水彩。这些画油菜花的作品，是水彩画……

交谈忽然停顿了下来，片刻的静默后，梅素白有点艰难地说道："上次，你曾问起过，我的女朋友……"

林青婷有点儿愕然，但立即想起那天梅素白与几位同事在自己住处的情景。

梅素白的声音低了下去，说道："上个月，她和我分手了。"

林青婷又是愕然，不知是否该为他惋惜和难过。她见梅素白的表情是平静的，自己的心思也就暂复归平静。

梅素白又说道："她是我读研究生时的校友，外语专业。毕业后，留在了省城。上个月，她告诉我，她有了新的男朋友，就要订婚了，是厅长的儿子……"梅素白的声音里有浓重的感伤。

林青婷听到这里，宅心尚欠仁厚的她，在心里，却忍不住想大笑。她虽尽力克制，仍不免喜形于色。

梅素白发现了她这奇怪的表情，诧异地问道："你，今天，好像很高兴？"

林青婷收敛了笑容，抿了一下嘴，很认真地说道："我今天上课，效果比较好，忍不住，心里有些欢喜。"

梅素白慨然一乐，说道："是呀，春光这么好，当然应该欢喜。何必再去想那些过去的事呢！"

林青婷嘴角又含笑了。她歪着脑袋，想了片刻，说道："可不可以借你的写生簿一看？"

梅素白连忙从画架上取下写生簿，递给林青婷，恭敬又调皮地说道："请指教。"

林青婷便从第一页慢慢看起。确实是花苞未结时青碧一片的景色。几幅画中，还有雾气，还有露水，当是画于极早的清晨。那幽幽的碧色，亭亭的枝干，茫茫的白雾，很有一番情致。再往后翻，有些景致，林青婷觉得似曾相识，当是画于她曾经路过的地方。那些写生画，又有近景、中景、远景的不同，大多是纯粹画油菜花，嫩黄的花朵已渐渐从碧色的花苞中吐露、绽放，直至盛放，也有间杂画上几棵花树、一条小溪的，诗意益然。今天那正在创作的一幅，是在一片花海中，点缀似的画上了养蜂人的白色帐篷。对着这些诗意流泻的作品，林青婷不禁倾心莞尔。

梅素白见林青婷看得认真，是那样一副喜欢的样子，说道："我不妨把今天这幅画画完，送给你。"

林青婷欢喜万分。

林青婷便看梅素白作画。只见他用大小不同的刷子式的画笔，蘸了颜料，在画纸上以不同的技法涂抹着色，很是专注。色块形成了，形状出来了，有天上的浮云、地上生机蓬勃地迎向天空的大片柔黄色花丛、碧绿的丛林般密密的枝叶……

看了会儿梅素白作画，林青婷又去看天上的云朵。朵朵云团如白絮，立体地飘浮在深蓝色的天空，被风改变着形状，林青婷觉得自己如在仙境中了。朵朵云团，又如形态各异的银鱼，浮游于空中，林青婷觉得自己如在海底了。

梅素白的作品已经完成。他又在天空中画了两只飞翔的云雀。

林青婷的眼睛里透出敬慕。

梅素白又用小楷在画纸左上角的空白处题写道："猫耳山春色，赠林青婷女士芳存，梅素白。"

林青婷更是欢喜了。

他们静待风将颜料吹干。

坐在油菜花田里闲聊，梅素白突然问道："你是文学专业的，有没有写作品？"

本来神采正飞扬，林青婷一听这话，立马坠入沮丧。她说起了最近三个童话被退稿，也说起了那个正在创作中的中篇小说《紫色的田野》。

"《紫色的田野》，恐怕也是失败之作。"林青婷难为情地说道。

"我的自信心已经降到了极点。"林青婷的话语里满是酸涩。

梅素白却是哈哈大笑，然后又认真地说道："你应当我行我素，坚持探索，不要太在意别人的目光，不然，你将常陷入痛苦且一事无成。"

梅素白这番话让林青婷颇为吃惊，但又感觉恰是警醒了自己，很是赞同和佩服。

梅素白又说道："我可否有幸拜读您的作品？我虽是美术专业，但平时也是喜欢读文学作品的。"

林青婷当然是求之不得，爽快甚至感激地答应了。

画纸已干，林青婷很珍重地收下了梅素白所赠画作《猫耳山春色》，并再次道谢。

要走了，林青婷忽然想到，可以将挂在自行车上的燕子风筝送给梅素白，也算是一种报答吧。

梅素白含笑接纳了。

林青婷又骑着自行车徜徉在花海里了，心里的欢喜如遍野金黄的油菜花盛放。那自行车如快乐奔跑的小鹿，竟误入小水洼中，但在林青婷看来，那自行车车轮溅起的是泥色的花和水色的花，如闯入泥色的梦和水色的梦。

3

晚上，林青婷把自己的作品通过电子邮件发给梅素白，是《风蝴蝶遇女巫》《青蛙的催梦术》《遇见》三个童话，还有正在写作的《紫色的田野》。

她却又陷入迷惘和惆怅中。

窗外淅淅沥沥地下起雨来。雨点滴答滴答地落在玻璃窗上，也落在她的心上。

她拥被而眠时，又做起了许多美梦：星光、细月、尘沙、旖旎的音乐、飘落的硕大的玫瑰花瓣……

第二十六章　又访猫耳山

1

林青婷在慧宁宝塔辉照的猫耳山之地，已生活有八九个月之久了。她亦或独自一人，亦或与同事、朋友，几番登临猫耳山，怡心赏景。那猫耳山仿佛已成她心中之景，熟悉、眷恋，感情更深。今日受韩雨烟之约，登山拜佛，却是第一次。

一路上，韩雨烟烟锁愁眉，步履匆匆，既不看三春树，也不望四月花，只一心往山顶寺庙赶。林青婷便知道，她和陈思明、李娆三人的事，仍未解决。看韩雨烟愁肠百结的痛苦表情，林青婷也是叹息，便想到讲笑话逗她开心。

笑话未讲，她自己先是哈哈大笑了一阵，弄得韩雨烟莫名其妙地望向她。

林青婷这才说道："我最近看了一个小故事，很有意思，讲给你听。"

韩雨烟便稍稍放慢了脚步，听她讲。

林青婷使出了在课堂上讲课的本领，字正腔圆、绘声绘色地讲道：

呵呵，故事的名字叫《小房子变大房子》。

从前，有一位小老太太，独自住着一间房子，房子里有桌子和椅子，架子上放个瓷罐子。

她对聪明的老先生发牢骚："我家地方真是小。聪明老先生，请你帮帮忙，我家实在挤得慌。"

把你的母鸡抱进屋。聪明老先生出主意。

"把我的母鸡抱进屋？这个主意真稀奇。"

母鸡走上小地毯，下了个圆圆的大鸡蛋。它还扑棱扑棱到处飞。瓷罐子掉下来，摔成了一堆破烂儿。

小老太太大声叫："我该怎么办才好？一个待着已经小，两个待着可就更加小！我的鼻子直痒痒，想打个喷嚏也没地方。"

韩雨烟没有笑，林青婷倒是又笑了起来。

林青婷接着讲：

后来，在聪明老先生的建议下，小老太太又把山羊牵进屋，又把小猪推进屋，又把奶牛赶进屋。山羊咬破了窗帘，踩碎了鸡蛋；小猪见着好吃的就塞进嘴；奶牛跳上桌子大跳踢踏舞……

小老太太大声叫："我的妈！哎哟哟！四个待着已经更加更加更加小，五个待着可就一团糟！我已经烦得不得了，想把头发都扯掉。我的房子实在小得不能够再小。"

聪明老先生最后的建议是："你把它们都放出来。"

小老太太最后开心激动地说："看啊，我的房子现在大得很。"

林青婷忍不住又笑了起来，说道："韩老师，您说这位聪明老先生是不是确实很聪明？"

韩雨烟并没有作答，而是一副低头凝思失神的样子。林青婷这才发现，韩雨烟根本没有听她讲这故事。

又在林木葱茏的山间走过一段，韩雨烟叹了口气，说道："我单独去找过李娆，劝她放手；她无论提什么条件我都能答应。可她说，感情是无价的，没有什么可以买到；说我的婚姻早已破裂，没有挽救的可能。"韩雨烟说这话时，并不看林青婷，好像是忧愁地讲给草木、山水听。

林青婷的心情也黯然一片，替韩雨烟分辩道："她那是什么感情？是邪情！她走上邪道，还不自知！"

韩雨烟又说道："我们三个人又在一起谈过。陈思明那不做抉择的样子，简直要使我疯掉！他觉得，有两个女人在争夺他，很骄傲吗？为什么我就下不了决心放弃他？我太懦弱，可我却无法战胜这懦弱。"韩雨烟已经是泪潸潸了。

林青婷竟无言以对，只能默默地陪她走这山中的路。这天并不是周末，上山的游人甚少。晨时的暖阳也隐去了，层叠的灰云将天空遮蔽。风吹树叶沙沙作响，青藤扶摇，地面湿苔斑驳，竟似秋日的凄寂了。她们这般心境，纵有万般良辰美景，也只能黯然失色了。那"江碧鸟逾白，山青花欲燃"，只能化作"芳树无人花自落，春山一路鸟空啼"。

"我只有烧香拜佛了。"韩雨烟悲声说道。

2

相伴无言中，她们走最近的道，来到了山顶上的一座寺庙。

寺门两侧那黑底金字的对联赫然显现于眼前：

里面清清静静，安安闲闲，无非妙谛；
到头圆圆团团，活活泼泼，便是如来。

林青婷每经此门，都在心里将它默念一遍，似为压服那杂念浮沉的心。

进得寺门，穿廊入院，韩雨烟来到大雄宝殿前侍奉香火。她请了大号的香柱燃上，那拜佛的动作极虔诚——双手合十，低头弯腰，五体投地，连拜二十下，才缓缓起身。她又在香炉前低头闭目，合掌站立良久，隐隐约约似有泪水滑落。

林青婷眼前忽然映现出她第一次来猫耳山偶遇韩雨烟的情景。也是在大雄宝殿这尊香炉前，她虔诚地烧香礼拜，泪光盈面。

林青婷心里不由得痛惜伤感，祈祷道："请保佑韩雨烟吧，让她渡过这一难关。"

韩雨烟又逐一去各宝殿、各佛像菩萨像前烧香礼拜。心愿的倾诉完成，她才略显轻松了些。

3

她们来到寺庙外的桌椅处休息。青松翠竹环绕，清风怡人。临高眺远，烟云浓密，猫耳山的双耳也只隐约可见。

林青婷忽然想起，那日在这里听梅素白讲的猫耳山的传说。

为逗韩雨烟一乐，她说道："韩老师，关于猫耳山，我听到过一个美丽的传说。你肯定喜欢听。"

韩雨烟微笑地望向了那云海中的山峰。

林青婷煞有介事地讲起来：

> 女娲造人后三万年，玉皇大帝和王母娘娘生了一对双胞胎女儿：一个是光明女神，一个是黑暗女神。这两位女神虽一母同胞，却生性迥异，处处对立。那光明女

神最仁慈，心中最有爱。她见凡人多愚痴，多妄想，多贪婪，就炼制真善美的种子，撒向人间。那种子生根、发芽，长成大树，结出真善美的果子。人吃了这果子，就成圣贤，成智者，心中清净寡欲。人间从此多太平，多和乐。那黑暗女神，内心最漆黑、恶毒。她觉得人是卑贱的动物，本应愚弱，不配见到向上的光。于是，她向人间撒播欲望、恶念的种子。

光明女神和黑暗女神终有一战。

那大战持续了七天七夜。那时，天上出现各种奇观：彩虹满天，又立刻消匿；狂风呼啸，忽又停息；雷电忽停忽作，大雨忽下忽止；云朵被攒成球状，滚来滚去；太阳被吞没，又吐出；月亮被吞没，又吐出，云层如排山倒海……天上的飞鸟都吓得贴伏于地面——肚子贴地，腿爪做划水状定型。人也吓得躲在房子里，哪敢外出！那不小心出去的，被高高地吸附到天空中，有的被轻轻地放了下来，有的则被摔了下来。人们从窗户里还看见，一只大猫和一只黑鹰在天空中打架，那分别是光明女神和黑暗女神的宠物……

玉皇大帝知道了这件事情，命她们休战。那天帝也不明辨是非，只将光明女神的神猫打下天庭，当替罪羊。那神猫就被打落在这里，化作了这座猫耳山。那山上有一种树，常年开晶莹如水色的花朵，是光明女神为

她的神猫流下的眼泪。那神猫耳朵上，也常年停歇许多
鸟，是来安慰和陪伴它的。每到端午节，人们提着篮子，
装上鱼、粽子、雄黄酒，来纪念它……

韩雨烟听了这故事，倒是轻轻笑了几声，拿起一根松枝在石
桌上写画。

过了片刻，她眯眼望向那猫耳山山峰，说道："我这里也有
一个故事，讲给你听。"

林青婷当然是欢喜得很，兴致益然地聆听。

韩雨烟慢慢讲道：

在很久很久以前，说不清是哪个朝代了，也可能就
是你故事里的上古时期，有一对神仙眷侣隐居在这里。
他们已结为夫妻，很恩爱。他们也都是大侠义士，以天
下为己任。在他们的孩子三岁时，那孩子的父亲——侠
之大者，有一项匡扶正义的伟业要去践行。他依依不舍
地离开了妻儿老小，投入艰难的充满浩然正气的征程。
那妻子带着孩子，天天在家里守望。十年了，思念丈夫
的妻子，在石壁上刻下了无数他的雕像，却不知他的消
息。有一天，他终于回来了，却是带着一个年轻貌美、
蛾眉蜂腰的女子。三个人见面，情何以堪！那妻子是何
等撕心裂肺！她本也是性情刚烈的侠女，拔出剑来，先

刺向那大侠，又刺向自己。他们的身体就化作了对面那两座山峰。看，是相对向后倾倒的样子。"

韩雨烟讲完这故事，微微一笑。

林青婷也不禁莞尔，继而体味到了那故事中的辛酸，微微叹息道："你也很会讲故事。"

韩雨烟眉毛一扬，问道："抛开结尾不说，你觉得那遭遇这般窘况的侠女，该如何办才好？"

林青婷托腮想了片刻，说道："我觉得她不妨去高山做隐士，远离尘嚣，兀自清静。"

韩雨烟眉头一皱，觉得好笑，说道："做隐士？她可是有孩子的，还有许许多多世间的事不能了结。"

林青婷又想了想，说道："那她不妨在市井中做个隐士，于万千声音不闻，于万千人不见，心中独自芬芳清凉。"

韩雨烟却是长长叹了口气，那叹气声不知有几多艰难与哀伤。

4

两个人最终在说笑中下了山。

韩雨烟已不似上山时那般愁苦，心情好了一些。两个人欢天喜地地追踪驮着枝叶爬上桉树的松鼠，观看安闲吃草的黑山羊、白山羊，又在树林里采了小野花，编成花环戴在手臂上，还捡了树枝、竹条，做拐杖和长剑。她们完全像开心的游人或山林中的小仙女了。

在一处郁金香花盛开的池塘边，她们坐在一块大青石上休息。

野鸭在水面上游弋，芦苇在风中歌唱。

韩雨烟突然问道："青婷，你说女娲造人时，是不是没有把人造好？这样地充满七情六欲！"

林青婷哈哈大笑起来。

韩雨烟又忽有所悟似的说道："孔子讲克己复礼，佛法讲修行，原来是相通的。"

林青婷为这领悟称赞，也有所感悟似地说道："或许也不应该说某个人坏，男人坏或女人坏，应该是坏在人性。所以，人活在世上，看管好自己的心是多么重要啊！应该有什么制度或举措，帮助人们去保护自己的内心。可现在这个世界，多的是诱惑和怂恿。"

韩雨烟陷入沉思中。池水被风吹皱，如捋弯一方碧锦帕。

过了一会儿，韩雨烟笑了笑，说道："我想起了一个故事，小时候听大人讲过，《千江有水千江月》那本小说里也有讲到，很有趣。"

林青婷很期待地听着。

韩雨烟含笑讲道：

那故事说，人，一岁到十岁时，才是真正的人，体现出的是人真正的性情；十一岁以后，都掺了别的东西。

天生万物，三界六道的各种生灵，都有它们本来的寿元。人被查访、派定，只能活十年。人在阴曹、冥府，听到判官这样宣判，就在案前哭，极是伤心。猴子呀，狗呀，牛呀，等等，看人哭得可怜，就各捐出它们的十岁，给人添上……这以后，十岁以上的人，再难得见着人原先的真性情……"

林青婷听完这故事，忍不住笑了，直赞这故事讲得妙！

"那小说中还说：'至人有造命诀；世上仍有大圣贤、大修为者，下大苦心的，还是把他们真正的十龄，作了无止境的提升与延伸。'"韩雨烟又说道。

林青婷听完这话，是肃然起敬，心生庄严了。

5

她们两个人说说笑笑，沿着下山的路走，已渐至山脚。远处的市声逐渐入耳，逐渐有人声鼎沸之势，也已能见到许多各种各样的人。她们两个人感觉竟如重返人间。韩雨烟脸上又现忧愁之色。她狠力拽折道旁的柳枝，折断又抛下，竟折下十几枝之多！

林青婷看出她心中翻滚的大烦恼，却无计可施，不知如何劝慰，只能默默地跟着。

韩雨烟将一条柳枝在脚下狠力踩了踩，说道："青婷，你还记得我们曾谈起的李莫愁和美狄亚吗？有时，我真想学她们。"

林青婷吃了一惊，连忙说道："千万不可以这样想！千万不可以！"

韩雨烟懊然一笑，说道："我也只是随便说说。佛教主张宽赦，哪里有杀生之说！"

林青婷这才放下心来，安慰道："别胡思乱想，一切都会好起来的。"

又走过一段路，林青婷忍不住向韩雨烟说道："你可以考虑离婚的。"

韩雨烟只是惨然一笑——那表情让人看了不知有多难过，然后低头不语。

又走过一段路，林青婷搜索枯肠，总算又想出一句话来，劝慰道："人家说，市声听得觉清闲。只要我们心不乱，一切都会好起来的。"

韩雨烟轻轻地应了一声。

6

这天傍晚，林青婷打开电子邮箱，看投稿的论文有无意外消息，却惊异地发现了一封来自绛珠草的邮件！时间显示是昨天发送的。林青婷真是讶异得很！

"绛珠草？她为什么要给我发邮件？"

难道她又有什么新的事情要炫耀？难道她的醋罐子还没倒完？林青婷心潮起伏地想。

——这个范嘉骏的现女友，曾在元旦前后，给林青婷发过一封邮件，夹酸带醋的羞辱，将林青婷气个半死。林青婷当时受了吴师姐传道的影响，倒是客气地给她回复了邮件，并祝福她和范嘉骏。

我要把这封邮件打开吗？难道要再忍受一次她的针砭和羞辱？林青婷犹豫不决地想。痛苦的阴云已经袭来。

好奇心无敌，几分钟后，林青婷还是把这邮件打开了，却是大吃一惊！只见那信文写道：

林青婷：

想不到我会给你发这样一封邮件！想不到我会是这样的下场！可我，为什么要给你发邮件呢？要你笑话我吗，还是觉得你和我最是同病相怜，假想你是个好心人？你和他相识七年、相恋六年而分手，你受的伤不比我轻。不！只有我受的伤最重！剜心割肉，摧魂裂魄，也不过如此！

杨，那个贱人，已经和一个卑鄙的女艺术家搞在一起。可惜，我为他怀孕，宫外孕，手术才两个月。这个薄情寡义的人，我真想杀了他！多少次，我都这样想！我爱他，把自己宝贵的身心给了他，他却玩弄我的感情后，丢入泥淖！这样的痛苦……这样的痛苦……我还有什么脸面在这世上活着？

只有我负人的，岂有人负我的！我一定要杀死他，报仇雪恨！

他还用某人的话堵我的嘴："并不是在一起就是责任，或死死地必须和一个人在一起就是责任，否则就是不负责任……世上唯有爱情，唯有想在一起的两个人，两个想在一起的人，便是最大、便是最正，他人皆是第三者。"一群浑蛋男人！全是浑蛋！

林青婷，当杨和你分手，你后来的日子是怎样渡过的？你的痛苦有多深？持续了多久？但你没有我有勇气，我要杀死他。我爱他，但我更恨他！我想起了那句话："深情是一种悲剧，只能以死亡来句读。"

怎样地伤心……

泪流成河……

绛珠草

林青婷看完这封邮件，大惊失色。一切是那样的不可思议，出乎意料！她简直来不及幸灾乐祸，来不及去猜想那情变的波谲云诡，就被拖入到巨大的忧虑中。只略思索了片刻，她就凭本能，快速地给绛珠草回复了邮件，极尽宽慰、劝解之能事。她言述自己走出情伤之过程，还引用了几日前所看文章中"感情伤害的停损点"等理论，还说人生有更美好、更有意义的事，可去追求。邮件发出去了，她的心仍在忐忑中。

她几乎无法去做晚饭了，心神被这巨大的乌云惊扰着。她眼前出现一个复仇女神的形象：黑发散乱披拂，嘴唇是紫色的，手持利刃。她耳边又响起李莫愁的歌声和碟碟的笑声："问世间，情为何物？直教生死相许。"

她又想：范嘉骏竟已堕落至此！

她心里很不好受，痛惜得几乎要流出泪来。

她又想：该不该将绛珠草这伤心到疯癫、要报复的情形告诉他呢？

一个声音立马回答她：范嘉骏岂有不知的？谁知他们是真的交恶，还是一时胡闹？自己夹在中间又算什么？

她的心还是无法安宁下来，在厨房里走了几步，又出来，洗了菜，又放下。她忍不住去找范嘉骏的联系方式，才发现，从电话到邮箱到 QQ，早被她删光了。这天的晚饭时间，她只吃了几块饼干。

几天过去了，林青婷并未收到绛珠草的回复邮件。那心中焦虑的弦，就一直在林青婷心中绷着。该怎么办呢？她也并无绛珠草的电话号码。左思右想，她忽然想起，吴师姐曾提起，自己在北京一处妇女权益保障机构兼职，该机构常举办婚姻、情感辅导方面的讲座，帮助感情方面受困扰的人。林青婷很兴奋，连忙拨打吴师姐的电话，竟然打通了。

林青婷将她所忧虑的事情讲给吴师姐听。吴师姐爽快地答应：可以帮忙！

林青婷又将绛珠草的邮箱、所在学校及专业年级、真实姓名为宁珊珊等，告知了吴师姐，心中的一块大石头才算略略落了地。

第二十七章 噩梦

1

自从与韩雨烟同登猫耳山，回来又收到绛珠草言称要弑杀的邮件，林青婷夜晚睡觉就总是做噩梦。梦影浓重，驱散不开，鬼魅剑光，魂魄战栗。她在恐怖中醒来，恍惚中，不知是幻是真，静坐良久，神魂才缓缓归位，眼里却满满是泪水。

有一天夜晚，大风吹得树木变换自己的形状，在风声中沉入睡眠的林青婷好像梦见韩雨烟举剑刺向李娆。多诡异的梦境呀，那举剑的人好像并不是韩雨烟，那另一个好像也不是李娆。

那个中年女人，一袭黑袍曳地；黑发如黑线，散乱地披在脑后、背上；脸白如敷了厚厚的脂粉，露出一双月牙似的哀怨凄楚的眼睛；一张嘴巴红艳如花。暗冥中，她蹑足弓腿，一阵紧走，一阵慢行，如一阵风，又停停踏踏，像在寻觅什么。她又凄楚地将双臂弯向天空，凄楚地摇头，凄楚地抖动那惨白如石灰的细长双手。泪水从那幽隐着万千委屈的眼睛滑落，将脸颊上的白色脂粉冲刷出两道弯弯曲曲的溪痕。地上竟有一个白色的绳套——上吊用的！她浑身发抖如筛糠。她惧怕地远远躲开它，如躲避黑白无常。她弯腰躬背，如狐狸般远远地偷睨着它，蹑足绕行。

不知怎么回事，一个年轻的女人又出现了，戴着凤冠，一袭红装，如新娘。她的皮肤却是黑的。她如黑纸折成的薄薄的纸人。她的嘴巴也是黑的，看不清眉目。她虽走路不稳，举止却是倨傲的，不可一世，仿佛是天底下的女王。她好像也在寻觅什么，很是着急。夜却是那样的黑。

也不知怎么回事，地上有一把亮闪闪的剑。中年女子急步向前，把剑捡拾了起来。她悄悄地尾随那红装的黑色纸人，像个鬼魅。趁那纸人不注意，她举剑用力向她刺去。那剑投射在白幕上的黑影是那样高大，竟如树干一般，加之那剑又是锋利的，立刻便有鲜血喷射出来。中年女子浑身成了红色，地也成了红色。红装纸人倒下了。天空下起了红雨……中年女子颤抖着双手，又将那剑刺向自己，红色的血液又喷涌而出……

地面的红色如洪水漫溢……

呼呼的风似乎吹熄了所有的灯盏，也吹熄了月亮和星光。黑暗中，林青婷是惊颤着从那可怕的梦境中醒来的，仿佛那剑刺向的是她，仿佛红色正在她的居室里漫溢。她颤抖着手，打开了灯，颤抖着手，穿上了衣服。她在那居室里来回行走，如惊恐的仓鼠，直到鸟儿啼颂黎明的到来。

又有一个夜晚，睡前静谧、安宁，空气中有栀子花的香气，梦中的景象却同样令人惊恐。林青婷似乎是梦见绛珠草举剑刺向范嘉骏，但又好像是韩雨烟所讲猫耳山传说中的情景。

一位系着红披风的紫衣女侠，英姿飒爽，用剑怒指一米远处那英俊伟岸的男侠。他们似乎是站在地平线上，西天漫漫绯红色，脚下漠漠白衰草。他们似乎是石头做的雕像。

绯红色铺天盖地。

不知从哪里来的光，闪烁在那剑锋上，像水银在流淌，像音符。

那女子的声音伴着风声传来，是气急败坏的："你这负心汉，为何这般待我？为你那一句誓言，我断绝父母兄弟亲情，跟随你浪迹天涯。风也罢，雨也罢，雪也罢，霜也罢，我都不惧。常言道：'有情饮水饱，无情金屋寒。'可你为何引诱我，又抛下我？为何一时甜言蜜语，今又冷若冰霜！你行的是将我推向深渊的道！今天，你一定要说清楚，这究竟都是为什么！"

那男侠只是嗫嚅，脸孔一改英武，变得猥琐鄙陋了。

女侠将剑更狠狠地指向他，同时泪如泉涌，说道："难道，都是我前生欠你的吗？"

那男侠又只是嗫嚅，脸孔却更是丑陋龌龊不堪。

那女侠目光坚定，挥袖拭泪，悲声说道："今日不除掉你，更待何时！"

说罢，她举剑便刺。

那男侠闻听此言，抱头鼠窜。女侠跨上她的枣红马，飞驰追摄。男侠在马前东突西奔，却突然变成了一头獐子，逃窜得更快。

那女侠啐道："果然是獐头鼠目的东西。"

她手中的宝剑也变成了弓箭，她张弓搭箭，对准了那獐子。

漫漫天空绯红，漠漠衰草枯白。

箭矢已出，就在这时，那獐子却回头从口中吐出毒液，喷向那女侠的面部。

獐子中了利箭，倒地又化为人身，鲜血从颈部箭伤处缓缓流出。女侠中了毒液，从马上栽下来，鲜血从口中缓缓流出。两条血流如小溪漫延开来，染红了草地。红色的血液漫溢，如洪水，铺天盖地……

栀子花香仍在，林青婷却是惊悸地从梦中坐起。她捂住双眼，却依然看见一望无际的血色。她心跳如擂鼓，连忙打开了灯。她惊惧地在居室里来回行走，直到黎明之神带来光明。

有时候，林青婷的梦境是混乱的，如串场的戏。她竟梦到过绛珠草刺向陈思明，还梦到范嘉骏向李娆道歉。但到最后，总是漫天的红色，没有一个梦是安宁的。她不知自己该念阿弥陀佛，还是唱哈利路亚。她很害怕每天晚上睡眠时间的到来，如害怕充满恶意的导演的恐怖片。她更害怕的是，自己的梦会应验。她总是有事无事地打电话给韩雨烟探知情况，又诚心安慰她。她也怀疑，是自己太过紧张和担忧了，神经出了问题。

2

又是一个夜晚的到来，林青婷一点点挨着时间，躲避睡眠。她先去楼下跑步，跑到筋疲力尽，又坐在桌前看书，又去洗衣服，又做大扫除。已经十二点了。噩梦的魂体已经在窗口窥探了吗？她忍着困倦，又在居室里散步，假装来到一个阳光明媚的花园。已经一点了。她终于支撑不住了。她不敢躺下，只靠着床头，微闭眼睛。那音乐和灯，她也不关。就在那迷蒙的恍惚中，一个奇怪的梦又移步潜入。

她梦见一片绿草地上，有一棵很高很高、很大很大的树。那树枝枝杈杈，蓬蓬勃勃，绿叶间密密匝匝地开满粉色的花。这棵树是那样的高大，花是那样的众多，枝杈纷繁、横展，天空都像在花荫之下。天空像缀满花的美丽房子。天空像花枝招展的美丽拱廊。

它是凤凰花吗？——每朵花的姿态都像展翅欲飞的凤凰。是美丽的凤凰落满树！

远望，又似绯色的云朵停落树上，白云则如江流，青天则如空山。

那树的姿态是怎样的婀娜美好呀，朵朵笑靥浮动在春风里！

可是，不知从哪里，突然卷来一阵狂风暴。所有的花叶都被吹得东飞西摇，纷纷坠落。

那花叶离枝时，都发出叮叮的声响，仿佛是疼痛，仿佛是叹息。叮叮的繁响次第交叠，成为天地间巨大的音响。

所有凤凰一样的花，所有蝴蝶一样的叶，铺满树下的草地，堆积成悲伤的厚毯。

那风暴更剧烈了，竟将所有的花叶吹得无影无踪。那所有的树干和树枝也都被吹得变了形，光秃秃的，弯伸向风吹去的方向，像无数悲伤的手臂和手指，要讨回它们失落的美丽的花和叶……

天空是灰羽毛。天空是灰絮……

这一次，林青婷是在怅然中醒来的。灯光亮得耀眼，音乐寂寥。她动了动酸痛的肩膀，寻思那梦是何意。良久，她只听见窗玻璃上雨声沙沙。

第二十八章　安静

1

林青婷收到吴梦洁师姐的短信："青婷，我们已联系上宁珊珊，晤谈过两次，她一切安好，心绪也渐平稳，你勿挂虑。"

林青婷这才舒了一口气：看来，所有的梦都是虚惊一场。

她又回到正常的生活秩序中来，上课、准备期中考试、批改作业，忙得不亦乐乎。

这日，林青婷又收到梅素白的邮件。一看见那发件人的姓名和邮件标题——"林青婷，你好！作品已读过"，她的心便怦怦直跳。

她眼前浮现出梅素白的样貌，还有在油菜花田那美好的晤见。

"你好"，这是怎样的声音？是客套的问候，还是有动人的情意？他看过我的作品，又会怎样想？会觉得很差吗？会进而轻视、取笑我吗？林青婷这样想。甜蜜瞬间化为不安和疑虑。

她打开了那邮件。

林青婷：

你好！

谢谢你发作品过来，我已经看过，觉得不错，也很喜欢。

那三篇童话——《风蝴蝶遇女巫》《青蛙的催梦术》《遇见》，文字很美，所寄寓的思想和情感也是美和善的。你有一颗真心，引领人进入文学的优美境地。它们或可称为《大森林幻想曲》。呵呵，阅读时，我被打动了。不过，这三篇作品虽说是童话，但并不是真正的童话，恐怕是适合成年人或少年看的。真正的童话长得是什么样子？呵呵，你可以想一想。或许，你也并不真想写那样幼稚的故事。或者可以这样理解：你想写的故事，表层是简单的、儿童的、有趣的，深层是深刻的、成人的、复杂的，老少皆宜。这是不错的追求。请加油！一项工作刚开始而不成熟，是正常的。

那篇《紫色的田野》，我虽未看到完稿，但已大致洞悉。我觉得它有很强的现实意义。春桐和秋风的悲剧，可以说是写给中国城市化进程中受伤害的乡村年轻人的一曲挽歌。这是社会的悲剧，还是人生的悲剧？春桐患病回家，并没有得到善待。患难时，夫妻中的一方不去照顾另一方，给予对方的却是精神、心灵上的更大伤害，这是多么令人心痛的事。人心与人心，总有那么多的矛盾和纠结，这是人生在世的必然，还是悲哀？你的写法虽略显幼稚，我阅读时，还是被打动了。盼知后事如何。

林青婷，不要惧怕，要抛弃一切顾虑，安然前行。你的作品是有价值的，你的心意是充满真善美的。我愿意做你作品的忠实读者。

即颂夏安。祝心情愉快！

梅素白

林青婷看完这封邮件，真是喜不自胜。那欢喜的心情，使她的眉毛几乎要飞扬到云彩上去。她的心里贮满甜蜜温柔的花香，眼睛里满是幸福情意的荡漾。倘若她是一只兔子，那统摄全身的幸福和甜蜜，一定会使它在草丛中飞奔、乱跳、翻跟斗。倘若她是一只猫，一定会激动地飞爬到树上，又飞快地爬下来，上上下下几十遍，不知所往。

他竟然是肯定我的！他竟然在鼓励我！多像黑暗中送来了一盏灯！我本来已沉到谷底，心如死灰。他说的对，我应当把写作坚持下去，应当清心寡欲，排除一切顾虑和干扰。也不必计较能否成功，只需把这自己喜欢的事做下去。林青婷激动地想。

她又悄悄思忖："也或许，他对我的印象是好的，甚或是喜欢我的。"

她的心里更是盛满了蜜。开心和幸福，使她如一片薄纱，轻柔到可被风吹起。

她充满感激地、客气地回复了梅素白的邮件。

2

接下来的几日，林青婷开始写作《紫色的田野》的结局。她原本有许多祈愿式的想象，企图以此形成思路，扭转小说悲怆的结局，但实际上，故事只能沿着悲剧的方向发展。故事的原型也本就是如此。

她那小说已写到：春桐在外打工时，因长期超负荷劳动及闻听秋凤的丑闻等复杂原因，而致抑郁症；流落街头的春桐，被同乡送回家；但在家里，他并未被善待，他的抑郁症未得到很好的医治；秋凤因与他心有罅隙，为这病而轻视、侮蔑他……

林青婷现在要写的，便是这小说的结局：春桐的自杀。春桐是因抑郁症而自杀，也是因不愿拖累他人而自杀。他是喝农药而死的。

林青婷无数次地想象过这个场面。她也在寒假中听村人讲过他们目睹的那一幕。该用细描的手法，如工笔画，展现人生的这一惨烈场面吗？该用自然主义的手法，琐碎地呈现那自杀者心理学、生理学上的感觉吗？

但她却想回避，只写下了无力的文字：

> 这个春天的上午，院中的梧桐树正开满紫色的喇叭状的花。村落和田野里的棵棵梧桐树都正盛开这种紫色的花，没有声音的小喇叭。
>
> 潦倒如野人的春桐，在恍惚中摸索到了家里的农药，那是他早已找到并藏好的。他跟跟跄跄来到院中的梧桐树下。他颤抖着手，举起了那农药，泪水横流，滑落到嘴角……
>
> 人生的一幕幕在他眼前晃过，但他只感到苦涩、麻木……
>
> 他举起了那农药……

可是，不知为什么，一首完全不搭调的沙哑咆哮又狂欢悲怆的歌，在林青婷耳边响起，是汪峰的《春天里》：

> 还记得许多年前的春天
> 那时的我还没剪去长发
> 没有信用卡没有她
> 没有 24 小时热水的家

可当初的我是那么快乐
虽然只有一把破木吉他
在街上 在桥下 在田野中
唱着那无人问津的歌谣

如果有一天 我老无所依
请把我留在 在那时光里
如果有一天 我悄然离去
请把我埋在 这春天里

还记得那些寂寞的春天
那时的我还没留起胡须
没有情人节 没有礼物
没有我那可爱的小公主

可我觉得一切没那么糟
虽然我只有对爱的幻想
在清晨 在夜晚 在风中
唱着那无人问津的歌谣

也许有一天 我老无所依

请把我留在　在那时光里

如果有一天　我悄然离去

请把我埋在　在这春天里　春天里

凝视这此刻烂漫的春天

依然像那时温暖的模样

我剪去长发留起了胡须

曾经的苦痛都随风而去

可我感觉却是那么悲伤

岁月留给我更深的迷惘

在这阳光明媚的春天里

我的眼泪忍不住的流淌

…………

又有歌声在她耳边响起，她停下了手中的笔，是汪峰的《北京，北京》，继而是少年广播合唱团演唱的《我爱北京天安门》。

我爱北京天安门

天安门上太阳升

伟大领袖毛主席

指引我们向前进

我爱北京天安门
天安门上太阳升
伟大领袖毛主席
指引我们向前进

我爱北京天安门
天安门上太阳升
伟大领袖毛主席
指引我们向前进

…………

还有豪放自在、充满英雄气的刘欢演唱的《大河向东流》。
是因为感慨于春桐窝襄的一生，她的耳边才响起这首歌曲吗？

大河向东流哇
天上的星星参北斗哇
嘿嘿嘿嘿　参北斗哇
生死之交一碗酒哇

说走咱就走哇

你有我有全都有哇

嘿嘿嘿嘿　全都有哇

水里火里不回头哇

路见不平一声吼哇

该出手时就出手哇

风风火火闯九州哇

该出手时就出手哇

风风火火闯九州哇

嘿儿呀　咿儿呀　嘿唉嘿依儿呀

嘿儿呀　咿儿呀　嘿嘿嘿嘿依儿呀

………………

这些歌声，完全不搭调的歌声，使林青婷哭泣，哭泣到不能停止。

良久，她才又写道：

那时，家里没有一个人，好安静。

村里也没有人，好安静。

他们都看戏去了。

世界好安静。

只有紫色的花，紫色的喇叭花。

忍不住，她的眼里，又噙满泪水。

秋凤呢，她会怎样？林青婷在心里问自己。

她会浑浑噩噩地活着，还是心里有痛苦和后悔，并以行动赎罪？

林青婷没有再写秋凤。她的小说到此结束了。

第二十九章 《兔子和天堂鸟》

1

几天后，林青婷又写下了她的第四个童话:《兔子和天堂鸟》。是为了回应梅素白的鼓励吗? 是为了向文艺女神致敬吗?

2

兔子和天堂鸟

在自然的山水里，居住着一只粉黄色的兔子。它毛茸茸的，很可爱。它品尝百草的味道。它搭建木房子。它举着自制的网，追捕蝴蝶。它在月桂树的影子里，梦幻般地睡下。它是只普通的兔子，采摘春天的野花，拥抱夏天的凉风，收集秋天的落叶，探看冬天的飞雪。过了一年又一年，不知多少个春秋。它是一只普通的兔子，快乐又可爱的兔子。

有一天，兔子在树影里打盹儿，长长的哈欠如白色的飞网。忽然，它听到美妙的扇动翅膀的声音，睁开眼睛一看：一只美丽无比的大鸟，飞翔在浮现彩虹的天空下！这奇迹般的美，惊心动魄！兔子不禁直立起来，不禁向那大鸟挥手。它那毛茸茸的小手不停地挥动，如风中圆圆的蒲公英球。

不可思议的事情发生了！那美丽无比的大鸟向它飞来，轻轻停落在眼前的草地上。那是多么动人的鸟，兔子从来没有见过：优雅的头部，高贵端庄，色彩明丽；矫健、优美的身形，披着七彩蓬松的饰羽；那羽毛如锦似缎，映现虹彩；长长的尾羽，蓬蓬松松如优雅的锦扇。兔子完全看呆了！

"这是怎样的神鸟！世上竟会有这般美丽的鸟！"兔子感叹道。

"难道，它是从天堂来的？"兔子忽然想起天堂鸟的传说。

直立起来的兔子，不禁向前走了几步，却又停下了脚步。这般美丽高贵的鸟，它不敢太靠近，怕那是一种亵渎。

兔子仰起脸来，天真又有礼貌地问道："请问，您是天堂鸟吗？我听说有一种鸟，叫天堂鸟，又叫极乐鸟。再没有比它更美丽的鸟了。"

那神鸟引颈发出动听的鸣叫，是何其悦耳！如清泉，如月光，如风吹花飞。

兔子开心地笑了，手指向天空，比画着，又问："请问，您住在哪里？我听说，天堂鸟住在别的星球。"

那神鸟又发出动听的鸣叫声，如清泉，如月光，如风吹花飞。

兔子又开心地笑了。

兔子犹豫了好一会儿，害羞又腼腆地说道："请问，您愿意在这里停留吗？我……可以……和您交朋友吗？"

神鸟又发出鸣叫，清亮的眼睛里有温柔的光，如秋天慈爱的湖。

兔子多么欢喜！

可是，天堂鸟飞走了，飞翔的姿态是那么优美，几串清脆的鸣叫声如悠扬的音符，洒落在碧净的天空。

兔子目送天堂鸟的远去，怅然若失。它低下头来，却发现，那神鸟羽翼下的草地上，有一个心形的紫色水晶盒，熠熠闪光。兔子疑惑地捡起了那水晶盒，轻轻一摇，里面传出风铃般动听的音乐声。兔子又开心地笑了。

奇怪得很，兔子虽然只见过天堂鸟几分钟，但天堂鸟的身姿和神韵却像种子一样在它的心里生根、发芽，长成蓬勃的参天大树！

　　兔子竟然像害了病般地思慕那天堂鸟！它怀着敬重之心，思慕那只天堂鸟，如思慕一位珍贵的朋友！当它想念，它就听那音乐盒里优美的乐曲，如风铃，如月光，如天堂鸟清澈的眼神。

　　兔子一天天思慕，一天天聆听，好像感觉到天堂鸟的陪伴，好像听到它的声音，好像它是自己最深切的知己，能听懂自己心里的每一句话，深切交谈。

　　兔子在幻梦中欢喜，在幻梦中忧伤。在月夜的星空下，在月桂树的枝丫下，它仰望星辰，不知天堂鸟居住在哪个星球，不知那滑过的流星带来的是什么讯息。

　　可是，怎样才能再见到它呢？可是，为何我一见到它，就被它吸引呢？

　　为何，我觉得我此生的意义，就在于再见到它？

　　可是，我是一只普通的兔子。

　　这样想着，兔子又感到忧伤，又感到黑夜来临。

　　它确实再也没见到那只美丽的天堂鸟，也不知寻它的路。

　　有一天，一只蓝色的精灵飞过兔子的窗前，那精灵如蜻蜓般轻盈，如智慧般聪明。它瞥见了兔子忧愁的面容，扇动一下翅膀，停在了雕花窗棂上。兔子叹着气，将自己的心事全都讲给了精灵。

"我还有可能再见到它吗？"兔子垂下眼睑，用低弱的声音问。

那聪明的精灵，歪着脑袋想了一会儿，说道："办法，倒好像有一个。"

兔子立马打起了精神，眼睛瞪得又圆又大，将那精灵捧在手掌心，侧耳聆听。

"你可以把这里的山水建造得天下第一等美丽，或许，你就可以吸引天堂鸟再度来到这里，与你相见。"那精灵说道。

兔子思索了一下，立刻明白了，心里满是喜悦。它亲吻了那可爱的精灵，从此开始伟大的工作。

兔子要将它所在的蛮荒之地，开辟成美丽的庄园！

——兔子开始做一个美丽的梦。

它在一片山坡上植满紫罗兰，又在另一片山坡上植满玫瑰和薰衣草。

它拔掉各处的野草，撒下各种花籽，一绺绺、一片片、一带带——它精心搭配花的颜色和样貌。

它在山上种植松树、枫树、银杏树，种植各种美丽的树——美丽的树与云天作邻。

它驾着小船，打捞湖里的沉渣和枯草，湖水变得澄明、清澈。

它疏通溪流，潺潺的溪水唱着回环曲折的歌，穿过两岸的花丛，映出花的容颜、云的衣裳。

——兔子开始做一个美丽的梦。

它将它的居所也修葺得更加美丽。室内淡淡的紫色，是那水晶盒的淡紫。木屋上攀缘着紫藤萝和绿萝。屋外是茵茵芳草和延伸向远方的波斯菊。

雨天，它用七彩的画笔，画下许多美丽的画：粉色的春野；盛夏的花园；碧空下的静湖；晨光中的鸟雀；璀璨的星空。它也在想象中画出天堂鸟的姿容。它把那些画挂在墙上。

也有风雪毁坏它的花木，害虫吃掉蔬菜，飓风掀翻屋顶，它没有气馁，也没有忧伤。

——那梦是多么美丽。

每一天，兔子在劳作中都是开心的，虽然也艰辛，也劳累。当它在花海中徜徉，它是一只散发着芬芳的兔子；当它俯观湖水，它是一只眼睛清澈的兔子，如月亮、月光，如清溪、溪流，如桂花、桂香，如诗如画，如歌如赋。这是在美的创造中，改造自己心灵的兔子吧。每一天的劳作，兔子也都感觉到天堂鸟的陪伴。

——美丽的梦或许会成真？

兔子仍是常常仰望星空。可是，天堂鸟并没有来。兔子也发现，它的庄园，其实很普通。那只是在一只兔子力量范围内的美丽。它又感到忧愁和苦涩。

一个苹果花飞的下午，那蓝色的精灵又轻轻地飞过兔子的窗前。它又听到了兔子的叹息。

那精灵又停在了雕花的窗棂上，却是嘻嘻一笑："即使天堂鸟没有来，你这样做，已经是在得到最好的馈赠。"

兔子举目望向窗外，只见一片浓春烟景，美丽山色，心里不禁豁然开朗，不胜欢喜。

——仍然是梦。

在开满杜鹃花的湖边，兔子听到云层里传来轻灵的声音，并感受到隐秘的光。它喜悦的心，如欢笑的浪花；它的安静，如风在水里。

第三十章　惊闻

1

　　两周后的一个晚上，饭后，林青婷在楼下散步，远远听到歌声飘荡，知道那是小区的阿姨们在跳广场舞。歌声如此悠扬迷人，她不由得循声而去。《地老天荒》《走西口》《披着羊皮的狼》……一首首唱来，竟都是情苦得令人落泪。人家在那里翩翩起舞，她就在旁边徐徐散步，品味那动人歌喉里火辣辣的痴情和苦痛。其中最打动她的，莫过于这首《西海情歌》（刀郎）：

　　　　自你离开以后
　　　　从此就丢了温柔
　　　　等待在这雪山　路漫长
　　　　听寒风呼啸依旧

　　　　一眼望不到边

风似刀割我的脸

等不到西海　天际蔚蓝

无言着苍茫的高原

还记得你

答应过我不会让我把你找不见

可你跟随

那南归的候鸟飞得那么远

爱像风筝断了线

拉不住你许下的诺言

我在苦苦等待

雪山之巅温暖的春天

等待高原

冰雪融化之后归来的孤雁

爱再难以续情缘

回不到我们的从前

…………

　　林青婷被那歌声牵动着，如同梦游，心魂飘荡在那歌喉里，如痴如醉，欲哭。

音乐戛然而止，林青婷也从梦中惊醒：原来广场舞已经结束了。

　　阿姨们停歇下来，喘气的喘气，聊天的聊天。朦胧的夜色里，林青婷发现，有几位阿姨聚在一起，低声议论着什么。旁边有人听见了，也凑了进去，惊诧地问东问西。

　　林青婷听见了一句半句，很是惊骇，不由得挪步靠前。

　　那位穿绿衬衣的阿姨说道："没有错，是韩老师。楼梯上滴的都是血。那天晚上，你们没有听到救护车的声音吗？"

　　另一位阿姨说道："就是那位在一中教书的韩老师？我有印象，挺俊秀的。到底是怎么回事？有没有危险？"

　　最知情的当属那位穿绿衬衣的阿姨了，她好像和韩雨烟住同一个单元。

　　面对大家的询问，她低声说道："看样子像是外伤。也不知道脱离危险了没有。那天晚上，十点钟左右，我先听到救护车的声音，又听到楼梯上很大的响动，就开门去看。有医护人员，有韩老师的丈夫，好像还有一个女孩子，前前后后的，搀扶韩老师下楼。第二天早上出门时，我看到楼梯上滴了很多血，一直到一楼。"

　　那听的人又议论纷纷。

　　林青婷完全蒙了，心扑通扑通地跳。她想起来了，几天前的一个晚上，她确实也听到了救护车的声音，而她也确实有好几天没和韩雨烟联系了。

到底发生了什么事？她惊惧地想。

她连忙拿出手机，到僻静处，给韩雨烟打电话，可是却被告知手机已关机。她忍不住又拨打了几次，都是同样的回应。她更加忧惧了，不由得想起自己曾做的那些噩梦。可是，她梦到的并不是这样呀！

林青婷不由得向韩雨烟所住的单元楼走去，心情慌乱地上了楼，小心地敲门，敲了又敲，却没有回应。她仔细观察：那屋里当是无人，灯并未开。她疑虑重重地下楼，注意到楼梯上并无血迹——当然，那肯定是早已打扫干净了的。

到底发生了什么事情？韩老师没有生命危险吧？她疑虑不安地想。

2

此后几天，林青婷总是忍不住拨打韩雨烟的电话，却都是被告知已关机。她又去过韩雨烟的住处两次，也都是房门紧闭。她又无陈思明的电话，只有在心中为韩雨烟祈祷了。

一直到第四天，林青婷又打电话：这回竟然通了！

韩雨烟的声音很微弱，她告诉林青婷，她在医院，已经由重症监护室转到了普通病房。

林青婷获知病房号后，一路飞奔去了医院。

韩雨烟在病床上躺着，正在打点滴，失血的脸，蜡白中又有青灰，人憔悴、虚弱得脱了相。林青婷忍不住掉下泪来，到床边握住韩雨烟的手。她真是心酸得很：韩雨烟该是受了多少罪呀！韩雨烟也落下泪来。

在韩雨烟声音低微而虚弱并伴随着咳嗽的讲述中，林青婷明白了事情的原委：

那天晚上，陈思明、韩雨烟、李娆，三个人又约谈，在韩雨烟他们家中。李娆咄咄逼人。但最终，陈思明向李娆道歉，选择回归家庭。盛怒之下，李娆拿起茶几上的水果刀向陈思明刺去。韩雨烟发现了李娆的举动，眼疾手快，去拦阻，水果刀就刺向了韩雨烟，导致她重伤。手术后，韩雨烟在重症监护室躺了一个星期才脱离危险，转到普通病房。李娆现在看守所里。

林青婷听得是这般情况，又惊又叹，更是心疼韩雨烟。好在韩雨烟现在已脱离了危险，不然，那是多么不可想象的悲剧！她替韩雨烟拭去了眼角的泪水。韩雨烟冲她微微笑了笑。林青婷更是感到心酸，几乎流出泪来。

那在旁边陪护的是韩雨烟的婆婆。她看出林青婷和韩雨烟关系不一般，所以对林青婷很热情。

她说，陈思明去医院食堂打饭去了。她又絮絮叨叨地谈了很多：陈思明的第一段婚姻；韩雨烟是多么好的媳妇，打着灯笼都难找；她责怪、痛恨自己的儿子。

她很是激动，说道："他爸爸听说思明做下这样的事来，简直给气疯了，抄着个棍子来医院打他——那时雨烟还在重症监护室。思明情知理亏，也不躲。他爸爸狠命地打了五下，棍子都打折了，气得高血压也犯了，瘫倒下去——现在也在医院里躺着。"

韩雨烟的婆婆忍不住眼圈儿红了，掉出泪来，骂道："都是这畜生愚昧惹的祸！好好的日子不好好过，自己找罪受！"

林青婷又来安慰韩雨烟的婆婆。

就在这时，陈思明端着饭盒从病房门口进来了。他一看见林青婷，脸上立现尴尬羞愧之色。之前，他如华丽、威武的大公鸡，现在完全失去了鲜艳的色彩和神气，是一只蔫鸡！

他客气地和林青婷打了个招呼。

林青婷心里对他有怒气，很想对他说："陈大哥，你好幸运！"但看到他是这般模样，估计他心里也不好受，便把那"幸运"二字收了回去。

陈思明的妈妈去食堂吃饭了。陈思明照顾韩雨烟吃饭，倒也细心、周到。

林青婷第一次听到陈思明说这么多话。他是当着林青婷的面说给韩雨烟听的：

他真心后悔，后悔极了；他骂自己混账、糊涂；他恨不得打自己耳刮子，就真的打了；他请求韩雨烟原谅他，再接受他；他会一辈子对韩雨烟好，弥补自己的过错；他明白了，自己身在福中不知福……

韩雨烟却有点儿无动于衷，只轻轻地叹气。

"悦悦呢？她知道吗？"林青婷小心地问道。

韩雨烟摇了摇头："她什么都不知道。我也希望她永远都不要知道。周末，亲戚把她接去了。"

林青婷是多么希望，这个家庭经由这番大波折，能走上正途，过上幸福、快乐的生活。

3

几天后，林青婷又去看望韩雨烟。韩雨烟的精神状态明显好了一些，但如经霜雪的禾木，虽凛冽的寒冬已过去，春阳渐暖，但那阴郁和噩梦还残留着。她笑的时候很勉强，只薄薄地，浅浅地，仿佛稍不留神便会有眼泪进溢。

林青婷到病房时，韩雨烟的妈妈正坐在女儿的床前掉眼泪。她上午刚从乡下赶来。

一望见这位面容沧桑、双鬓染雪的阿姨，林青婷就想起了韩雨烟所讲她妈妈在婚姻上的不幸。而如今，女儿重蹈覆辙，甚至比她更凄惨，她怎能不心酸！

陈思明羞愧地坐在旁边的板凳上，头发凌乱，神色仓皇。

两个小护士站在门口，用手比画着，在讲悄悄话：韩雨烟妈妈赶到病房，听说具体情形，直接气昏过去了；被救醒后，拿扫把去打陈思明，扫把却没有落下，只是哭。

韩雨烟向她妈妈介绍了林青婷。

林青婷也坐在了床边，握住韩雨烟的手，冲她调皮地笑了笑，想逗她开心。韩雨烟也笑了，像小孩子一样单纯。

韩雨烟妈妈便擦了眼泪，和韩雨烟、林青婷说起话来。那话音里仿佛随时可以拧出泪水来。

"唉，最近几天总是做梦，全是好梦。梦见你又生了个娃娃，是个男娃娃，胖嘟嘟的，笑眯眯的，不知道多招人疼。陈思明也是喜欢得不得了，抱着不撒手。

"又梦见一棵枯了的桃树，发芽了，开的花有多漂亮！又挂了果，稠密得喜人。一个个桃尖红扑扑的，弯弯的，像红鹦哥。

"菜园子里的菜，今夏真是长得好。自己种的，没有打农药，全是有机肥。我就想，也该去看看你们了。早就想悦悦了，摘上一筐子菜带去。家里的兔子下崽了，把那只最好看、最调皮的灰兔子也给悦悦带去。

"谁知，我打了电话，你吞吞吐吐，不让我来。我就知道，肯定有事！细问才知道，你在医院里。我心里一下子就有点慌：生了什么病？赶快就搭车来了。来了才知道，原来是这档子窝心的事……"

韩雨烟妈妈讲着讲着，忍不住又掉下泪来，难过地抽鼻子。韩雨烟也淌着眼泪，内疚又心疼地望着妈妈。连林青婷都嗓子痒痒的、辣辣的，有泪水濡湿眼睛。

陈思明坐在稍远处的板凳上，头埋得很低，眼睛盯着脚尖。

这时，一位和蔼、敦厚的五十多岁的大伯走了进来，戴一副黑框眼镜，很有知识分子宽和、儒雅的气质。韩雨烟连忙和他打招呼——原来是韩雨烟所在学校的萧校长。他带来了鲜花和水果，也带来了学生们亲手制作的祝福卡片，还有几个毛绒玩具。韩雨烟很感动，眼睛里又噙着泪水了，但又有喜悦的光。这当是她开心的时刻吧。萧校长怜惜地安慰她，又嘱咐她好好养病，不要担心学生的事情，一切都安排得很好。韩雨烟郑重地点了点头。

萧校长又和韩雨烟闲谈了片刻，起身向陈思明走去。他轻轻地拍了拍陈思明的肩膀，叹了口气，拉着陈思明的手出了病房。

林青婷听到萧校长和陈思明在走廊里谈话。萧校长语重心长，但林青婷并不能听得真切。她听到了包含着无限意味的几个字："要惜福呀！"

4

林青婷最后一次去看望韩雨烟，是在韩雨烟出院的前几天。她气色好了很多，精神状态也不错。只有韩雨烟的妈妈在病房陪护。

林青婷像往常一样坐在了病床前，还带来了几个小泥人。韩雨烟把小泥人拿在手里，翻来覆去地看，忍不住笑了。

韩雨烟好像有话要对林青婷讲。她的眼神有点犹疑，看得出内心有矛盾。

她终于开口说道："青婷，你知道吗？我想离婚。"

林青婷很是吃惊，说道："现在一切都好了，你怎么会想到离婚呢？我看陈思明也是真心后悔。并且，你对他有恩。"

韩雨烟叹了口气，说道："我也是想了很久。这些天，一直在想。以前，我总怕这怕那，觉得离了婚以后的路，是黑暗可怕的，阴风和邪怪会随时到来，让人不寒而栗，头皮发麻。离了婚以后，好像要蹚过一个个黑暗的陷阱，我只想想，就两腿发软。所以，在以前，我说什么也不愿意离婚。"

林青婷若有所思地点了点头，她是理解韩雨烟的这些想法的。

韩雨烟接着说道："可是，现在，我和死神都打过交道了，还会怕那些吗？当我在手术室里时，感觉我的灵魂飘浮了起来，在天花板上，俯视那个正被医生抢救的自己。在昏迷中，我又像做梦一样，看到一个长长的隧道。我飘走在那个隧道里，感觉好轻好轻，看见远远的地方有一线光，我向那光走去。这就是和死神打交道的体验吧。现在，我回来了，突然觉得一切都没那么可怕了。我有信心走自己以后的路了。不论再遇到什么，我都有信心，勇敢面对。我感觉，我有勇气做我自己了……"

韩雨烟说这些话时，眼里忍不住又含着泪，但那泪光中的面容是坚定的、动人的。

林青婷感动地点了点头，说道："我能理解。"

"李娆呢，我也主张轻判。她也不容易。"韩雨烟说道。

林青婷很是吃惊，问道："你不恨陈思明和李娆吗？"

韩雨烟缓慢地摇了摇头，说道："不恨。"然后，她靠着被子，闭上了眼睛。

讲了这么多话，她也许是累了。

望着休憩的韩雨烟，林青婷的心里却是波涛翻滚。

多么高贵的灵魂，她竟然原谅了李娆，也原谅了陈思明。好像经历了一场冰雹，柔弱的小树反而长得更加茁壮了。她找到了自己，将灵魂里的怯懦挫骨扬灰。可是，她真的应该选择离婚吗？林青婷这样激动地想。

韩妈妈见女儿闭上眼睛休息，悄悄地将林青婷拉到一旁，轻声说道："你都听到她说的话了，多糊涂的话！你是她的好朋友，你要劝劝她。那个李娆，抢了她的丈夫，又把她伤成这样，咋不该重判？陈思明诚意悔改，她又替陈思明挨了一刀，差点丢了性命，陈思明真得要感恩报答——这是遭多少罪换来的光景，怎能离婚呢！我们的话，她听不进去。你们两个最投缘，你可要好好劝劝她。"

林青婷认真地点了点头。

林青婷离开病房，下楼时，正遇上从单位赶来的陈思明。他满头大汗，气喘吁吁，看到林青婷，如遇救星，忙将她喊到了一旁。

他喘息甫定，急急地说道："林青婷，雨烟把一切都告诉你了吧：她想离婚！你一定要帮我劝劝她。我是真心悔改，悔得肠子都青了。不管她提什么条件，我都答应。我是真心要弥补自己的过错。求求她，让她别再提离婚。并且，她也应当为悦悦着想……"

林青婷向来是讨厌陈思明的，见到他，如闻到一股令人恶心的气味，看到一团灰黄的丑色，但今天，至少是在表面上，她答应了他的请求。

5

一个星期之后，林青婷上完课，去会议室休息。那会议室里已有三五个老师在喝茶、聊天。

正在看报纸的女教师杜老师惊叫起来："你看这故事有多离奇：男子与原配、小三约谈，男子决定回归家庭，小三盛怒之下举刀刺向男子，原配拦阻，不幸被误伤，差点丢了性命。"

正端着茶缸喝水的男教师赵老师，不由得走上前，凑过去看。看完后，他抿了一口茶，说道："这也不应当是故事吧。登在本地报纸的社会新闻版，该是咱们这里发生的事，也说不定。"

大家便有些散散的议论。

林青婷有些疑惑：难道这报纸上写的就是陈思明、韩雨烟、李娆的事？

刚走进会议室，听了个话尾巴的男教师唐老师，也凑到报纸前去看。看完后，他哈哈大笑，说道："这写的不就是我表弟吗？唉，做下那种事来，现在还上了社会新闻版的头条，真是光彩！这就叫'种瓜得瓜，种豆得豆'。"

大家都越发好奇了，追问个不停。那唐老师便将事情的原原本本讲了出来——和林青婷所知完全吻合，确实是陈思明、韩雨烟、李娆的事。

　　唐老师叹了口气，说道："现在，我那表弟已被单位处分；那小三已被开除，现在还在看守所里；我那弟媳虽然已经出院，但不知会不会落下后遗症。他们的女儿到现在都不知情，那段时间，周末都是接到了我家，只说她爸妈都出差了。要是她知道了，该是多大的伤害！"

　　便有老师附和道："这不就是好好的日子不好好过，瞎折腾嘛！"

　　大家都发出感叹，不免又议论一番，且联系自己听悉的其他事情，叹惜当今世风日下，道德伦理败坏。

　　唐老师又说道："我那弟媳，你们可能还有印象，叫韩雨烟，一中的高级语文教师，曾来咱们学校做过中学语文教学示范。"

　　杜老师惊叹道："哦，原来是韩老师。我太有印象了。去年九月她来咱们系讲示范课，讲得真是好，内容是王家新的诗歌《在山的那边》。韩老师相貌气质也真是好。唉，这就叫好人不被好待。她那个丈夫，也真是造孽！"

　　其他老师也有听过那次教学示范课的，议论有了具体的对象，更是谈说不止。

　　年轻的女教师孟老师说道："我最近倒是看到一篇琼瑶的文章，名字叫《握三下，我爱你》，讲的是她的好朋友刘姐介入到董哥家庭的事情。后来，董哥与他的妻子、刘姐，过着三人行的生活，很多年，情深义重、其乐融融。尤其是刘姐得了重病后，他们悉心照料……真是太感人了。你们自己去看看这篇文章吧。"

便有老师接道："哦，我也看了这篇文章。真的是很感人！后来，董哥的妻子和董哥商量后，两个人还办理了离婚手续，在病房为刘姐和董哥举行了婚礼。因为，他们不愿刘姐离世时，有遗憾。董哥的两个孩子和刘姐感情也很是深厚，如同亲生……"

听到这里，林青婷也疑惑了：难道，现行的婚姻制度，真的是有问题的？难道，婚姻对人的情感、心灵真的是桎梏，将人陷于无生机的地步？究竟什么是人性化？难道，应该让人的情感、心灵享受充分的自由，如草原般广阔，如花海般浪漫？那，身体呢？……

林青婷正在思索、疑惑不定。那坐在角落沙发里的老前辈男教师铁老师，咯咯大笑一阵，用沙沙拉拉如混凝土搅拌车发出的嗓音般说道："也不是什么新鲜玩意儿！不过是一夫多妻！还以为很时髦呢！"

第三十一章　自足

1

一周之后，林青婷收到了吴师姐的邮件，邮件讲述了她与宁珊珊见面的情形。

青婷：

你好！

你委托我安抚宁珊珊之事，至今日已算完成，给你一个交代，请你安心。

我和我们心理咨询部的冯老师一起去看望过她两次。

我们第一次见面是约在学校的足球场。正值上课时间，开阔而安静的足球场也算是谈心的理想之所。不瞒你说，我第一眼看到宁珊珊，是有点吃惊的：她丰满偏胖，有一种剽悍之美，是摔跤运动员的感觉——当然是一位美丽的摔跤运动员了。她的五官忧郁地扭结着，或者说是表情扭结着，说话的声音却是轻细的，如风吹过细草。对于我们的到来，她感到很意外，也非常不欢迎。当听说我们是受你委托，她更是感到不可思议，并惊恐于她的事情竟已扩散至此。她虽然外表强大，内心却是脆弱和悲伤的。

冯老师是专业的心理咨询师，很有沟通经验，善良且体恤他人，循循善诱地和她谈了很多，抚慰她……后来，她忍不住哭了，哭了很久，声音里的凄切，令人心颤。这哭泣对她疏泄内心的悲伤和仇恨是有益的。我们引导她慢慢地将过去的事情忘掉，把注意力放在开心快乐的事情上去，慢慢地振作起来，度过这一段时间，一切都会好起来；人生总有暗淡的时光，熬过去了，就会迎来光明；劝她不要有偏激的想法，那样只会陷自己于更大的困境……宁珊珊讲，很多次，她产生报复的念头，并且要置对方于死地。她觉得自己被欺骗得太厉害，她从未受过如此欺辱。对于爱，她的热情与诚挚如站在高高的山巅，毫无保留，全身心投入，可后来，范嘉骏却亲手把她推入悬崖下黑暗的谷底。"他埋葬了我！""只有我负人的，岂有人负我的！"宁珊珊性格中是有偏激的成分的。我们也谴责了范嘉骏，但有什么用呢？这一切还上升不到法律的层面，只能说是道德的问题。对于无道德的人，道德的威力何在？这也是此类问题令人头疼之处。我们也问及她身体恢复的情况，还算幸运，她恢复得不错。我们的到来是有益的，她由对我们的抵触，变得有点愿意接受，彷徨无助的心似乎找到了一点依靠。后来，她的心情平和了一些，愿意重新审视自己的生活，做出积极的努力。我们约好三周后再见。

第二次见到宁珊珊，她的心理和情绪已比较稳定，面容上也有些微阳光的明亮，但阴郁仍在不经意间浮现，使人如窥见浓荫下的古井。她向我们讲了她近日的生活和思想转变。她在尽力从悲伤和仇恨的泥潭里挣扎出来。上次分别后，我们也多有电话、邮件沟通，冯老师早已把她当成了自己的辅导对象。冯老师向她讲起人生路上难免会遭遇挫折，吃一堑，长一智，在磨炼中增长智慧；她还有广阔的生活前景，要充满希望地去拥抱它，去创造自己的价值……我们一起在学校的餐厅吃了午饭，宁珊珊热情地为我们服务。看得出，她对我们是心怀感激的。看到我们的努力已见成效，我们也很是开心。

前几天得知，她的情形又好了许多，已经找到一份不错的工作，正准备毕业后以积极的心态迎接新的环境和生活。

本来我们也想去见一下范嘉骏，但又想到，以他的骄傲怎会接受我们的劝诫，便作罢了。这世上总有许多人和事是我们所无法影响和改善的。这也很无奈，但我想，他总会在某个时候得到惩戒的。

青婷，你该放心了吧。

祝你一切安好！常联系！

吴梦洁

林青婷看过这封邮件后，心里是非常感激，但想到自己给吴师姐她们添了这么多麻烦，又有些不安。吴师姐回信说，这本来就是她们的工作职责之一。林青婷真是感到开心！

既是吴师姐的工作范畴，林青婷又向她谈起韩雨烟的事，并问及韩雨烟该不该离婚这一使林青婷犯难的问题。吴师姐的回答是这样的："我其实是主张韩雨烟离婚的，离婚后的路也许难走，也许好走，这主要看韩雨烟自己了：有没有精神、情感、心理上的独立和自足，是不是足够强大，可不可以自己创造爱和温暖。也看一下陈思明有没有真正地悔过吧。悲剧已经酿成，若陈思明真心悔过，或许也可以原谅他，不应再增添伤痕和悲剧。"关于"自足"，吴师姐介绍了社会学家李银河在一篇文章中的观点："一个完美的人生必须是自足的，所谓自足是指：在物质上不依赖任何人；在关系上不依赖任何人；在精神上也不依赖任何人。只有自足的人才是人格完整的人，才是快乐的人，否则只能是人格残缺的人，痛苦烦恼的人。"林青婷对这段话很是信服。

吴师姐又谈起女性的教育、女性的精神成长、中国传统文化对女性的压抑和束缚等，都使林青婷获益匪浅。当看到吴师姐这样的话——"人生中要花很多精力去面对和处理的是人际关系，而能否妥善处理爱欲、与所爱之人的关系，是恒久的考验和难题"，林青婷陷入了沉思。

2

这段时间，林青婷仍在关注吴师姐先前介绍的那一思想体系，觉得其人生观、婚恋观颇可羡……

人该怎样活着呢？那一思想体系认为，人活着当反映造物主的形象，具有仁爱、喜乐、和平、忍耐、恩慈、良善、信实、温柔、节制等品质；当为荣耀造物主而行；与造物主同工，管理世界万物；经受各种试炼，最后得胜回到造物主身边。

该怎样看待婚姻制度呢？那一思想体系认为，婚姻制度是造物主设立的；造物主设立婚姻，就是要婚姻中的男女相互关爱、相互陪伴、相互帮助，同心同德经营婚姻家庭；婚姻是一夫一妻制的，是一男一女的，是一生一世的，是一心一意的。

但同时，这一思想体系里一些她不太能适应和接受的东西，使她头脑感到难受，如未融化的冰凌在水中，未消化的硬物在肠胃。或许是她感觉到了一种束缚和控制，感觉到了一些荒谬的东西。那些难解的问题，如许多飞翔的大鸟，搅动她的天宇，晨昏不息。她无法找到正确的答案。但有一种声音在说服她全盘接受——"那都是真理！"她在尝试全盘接受。

第三十二章　自性

1

林青婷对那一思想体系的某些东西，仍是感到困惑，既难以信服，也难以接受，尤其在她切身实践、体验之后。

她曾晨昏祷告，揣摩造物主的旨意，却旨意难觅。似真似假、若有若无的见证，令她迷茫。她几乎是在艰难地摸索前面的路，每一步都祷告并试问对错，却并无回应。

那一时期，她也正陷入肉体和精神的苦痛中，如跌进一个个大泥潭。她多么希望能体验到造物主的救助，尤其在她最绝望时，但好像并没有。她不知这是造物主的试炼，还是魔鬼在捣乱。她堕入无应答、难取舍的虚空中。

她想到了很多很多……

她最终对所有这些予以了清理和否定。像曾沉醉于一种佳酿，她最终决定决然地离开。

但这一思想体系中的美善成分及有益思想已深入她的内心并

生根、发芽，成为她质素的一部分。她仍然觉得那是世间极伟大的善良和极难能可贵的智慧，如宝石在这昏昧不明的世界闪着光。它们校正、平衡着这个功利世界的价值观，安慰、扶持着处于困难中的无助的人们。她觉得那是世间宝贵的存在。她感谢它们的存在。

她曾想向吴师姐告知她的这些思考和体悟，但最终放弃了。

她告别了这一段曾走过的路，让它淹没于茫茫雾海中——白雾是挂起的无边的帘子、模糊的呓语，又如告别曾热恋过的人，怀着隐秘的伤痛，不愿再回想和提起。

2

对于宇宙与人世间真理的探寻，林青婷探寻的范围可谓遍及古今中外、东南西北，以她微小的智慧，寻求生命之光。

关于那一思想体系，一日，她读到了印度著名瑜伽大师萨古鲁的文章，大致观点如下：

有多少人真正了解那一思想体系开创者的名字所包含的实质？今天，在宗教的名义下，人们甚至愿意互相残杀，在我们追求神圣的抱负之下，我们正在失去自己的人性。他只是在最初的"营销阶段"说过将人们带入天国的话，一旦足够多的人已经聚集在他周围，他就开始告诉人们"天国就在你们的内在"。"天国就在你们的内在"是这一思想体系的核心和基石。既然说天国是在我们的内在，那这就是一种灵性修行。灵性修行不意味着参加教会、祭仪甚或课程俱乐部活动，它指的是个体的探寻……

林青婷更愿意接受萨古鲁的观点。

她又阅读了更多的萨古鲁的文章：

体验真正的幸福的唯一方法就是向内。

如果你想要你的身体、头脑、情感和能量以你需要的方式运转，你就需要做点内在工程。

我们不需要信仰体系——我们需要清晰。信仰体系给了你没有清晰度的信心，这是一个灾难性的过程。
……

她体认到，这是一种生命的智慧。

3

而之前，她也知"自性"之说。此番，寻寻觅觅，兜兜转转，她又回到了这里——原来殊途同归、万道之源乃"明心见性"！

"千江有水千江月，万里无云万里天"！（《嘉泰普灯录卷十八》）

每日的生活和环境是修炼的道场。她不由得写下这样的词句：

洒扫住处，是修炼；

日常饮食，是修炼；

与人交接，是修炼；

潜心工作，是修炼；

烦恼是修炼，欢喜是修炼；

顺境是修炼，逆旅是修炼；

春景中可修炼，冬凛中可修炼；

竟无处不是修炼，无时不可修炼！

锄地的农人可得道，

卖豆腐的小贩可沐光；

居庙堂之高者，若无修持，如置火宅，

处江湖之远者，勤心修持，人在胜境。

她又想：修炼须有淡泊出世之心，不可迷恋世俗名利、得失过深，正所谓"非宁静无以致远，非淡泊无以明志"；每日生活改过自新、精进努力，终至"华枝春满，天心月圆"之境。

如此一想，林青婷的心境更是开朗了，眼前如出现无垠广大的秋湖、无垠广阔的晴空，白鹭飞翔，羽毛洁净、轻盈。

4

离开那一思想体系后，林青婷的心中也常有形象做她指引。

当她读柳宗元的《始得西山宴游记》《江雪》而欣欣然有所得，那形象便是柳宗元。

当她读苏轼的《赤壁赋》《定风波》，揖拜于其间的豁达雅韵，那形象便是苏轼。

当她读文天祥的《正气歌》《过零丁洋》，感佩于他那"浩然之气"，那形象又是文天祥。

…………

那形象有古代的、有现代的，有中国的、有外国的，随她的阅读而感发，都是优秀而令她感动的，给她激励和引领的……

更多的时候，那形象是白须白发的老者，如道家仙翁，带她在云岭、彩霞间漫游，在花丛、清风中打坐，教她以是非取舍，让她修行悟道……

他具有无限的智慧和能量。他所教的道是天地间最正大、最光明的道，不受尘世间灰垢之染污。他也最亲切慈爱，最能接纳她、宽恕她、鼓励她、欣赏她。和他在一起，她是多么的欢喜自在！他是她的师父，她是他的弟子。是的，他们就在仙境的栖霞山修行悟道！有时，在她的想象中，那山上也有她亲爱的师姐师妹、师兄师弟。大家怡然悦然，其乐融融，同修大道。

那是一片无以言喻的圣地，具有世间及超世间的一切美好、喜悦、智慧……

这是人的"良知良能"的呈现吗？

她不能回答。但她觉得如找到了精神皈依之所，感到欢喜、自在，并自信，充满力量。

她一扫往日的纠结和愁苦，变得舒朗、飘逸、自在，身心第一次感到全然的解脱和释放，如渴倦之鸟栖息于甘泉之地。

5

而关于生死焦虑的问题，她似乎也找到了答案。

死亡是人生的下一站，是另一种形式的延续。火车将在那里停靠，温暖朦胧的灯在雾夜里照着，下车的人们踏上新的旅程。

人生如候鸟，这是无法改变的宿命。但是，依然要感恩天空和大地，感恩曾飞翔过的山川、河流、森林和花草，感恩那些实现和未实现的梦想，甚至感恩那些曾有的艰辛、苦闷和疼痛。

罗曼·罗兰说过："世界上只有一种真正的英雄主义，那就是认清生活真相以后，依然热爱生活。"

6

有一天，她听到街上的商店播放《西游记》的片尾曲《敢问路在何方》：

你挑着担，我牵着马；
迎来日出，送走晚霞。
踏平坎坷，成大道，
斗罢艰险，又出发，
又出发。
啦啦——
啦啦啦啦啦啦啦啦，
一番番春秋冬夏，
一场场酸甜苦辣；
敢问路在何方？
路在脚下。

你挑着担，我牵着马；
翻山涉水，两肩霜花。
风云雷电，任叱咤，
一路豪歌，向天涯，
向天涯。
啦啦——
啦啦啦啦啦啦啦啦，
一番番春秋冬夏，
一场场酸甜苦辣；

敢问路在何方？

路在脚下。

敢问路在何方？

路在脚下。

她又想，人生或许就是如此吧，在生活的每一天、每个季节、每一年里，战胜困难，经受历练，一直向西，取到真经。人生就是这样酸甜苦辣、战胜困难的旅程，一颗真心当永在，修持和操守当永在，幽默心和欢喜心也当随行，不折不挠，一定要取到真经。

在看到人文领域里一些壮美、朴素、卓越的创造及创造后的虔敬精神后，在无比激越的心情下，她又写道：

我看到了"真金"！

我将踏上追寻它们的路，
并用此生创造"真金"！
虽一次次看到这世界的虚伪，
也一次次感到失望和迷茫。

它们是最崇高、优美的存在！

它们是希望，真谛！

它们是最令人感动的方向和质地！

它们也许寂寂无闻，

它们顶天立地！

它们虽在这灰尘漫天的世界里，

却如另一个太阳，另一个世界！

有"真金"，便有"真人"，

不管天地昏茫，

要做一个"真人"！

7

　　一个夜晚，她夜半醒来，月光皎洁地照拂，照在她的床上，照在地板上。她惘然起身，四顾、凝望。她看到地板上，流光一寸寸滴落，看到自己淡淡的影子。当她又重新入睡，她梦见一个人在日光下辨认自己；在月光下辨认自己；黑的夜，她点燃满地灯火，辨认自己。

第三十三章　琉璃湖

这天下午，上完课，林青婷忽然很想去琉璃湖看看。她已经很久没去那亲爱的湖相见了。

正是初夏的黄昏，她来到湖边时，跃入她眼帘的景象正如具有至高至美境界的油画作品，但那作品是那样的广阔，无边无际，触手可及，可以身游其中。远处，湖面的上空，悬浮着几簇淡粉色的大云团，又有灰色轻蒙其上，使其显得有重量，如梦似幻。金色的斜阳瀑布般洒向大地，洒向湖岸的树梢；在风中翻飞的树叶有时翠绿，有时金黄，都是大蝴蝶的美姿。

更走近些，她看清草地上正零星地开放着鹅黄色的蒲公英，湖边有几大丛高高地开着粉色花的植物。

她脱了鞋子，踩着闪着金光的草地，走向澄水轻漾的大湖。睡莲刚开始静静地绽放。

天，是琉璃湖的天；水，是琉璃湖的水。她的心里很有些激动。被夕阳染成金色的透明的溪流，溪水叮叮咚咚落入湖中。她忽然走向那溪流，弯腰掬起一捧水，抚上灼热的面颊，清凉透入每一个毛孔，令她心旷神怡。金色的溪水，又自她的指间滑下，如滑下一片片光。那夕阳的光，将她镀成金色。她深深地呼吸，心绪难平。

人生有那样至美的境界吗，像琉璃湖一样？

当她再次站立湖边，望向那郁郁青山和无边碧水时，她终于决定要去考博士了。她要去探索那广阔的人生和人世的真理，去探求智者所给予的答案。

第三十四章　空气花园

1

韩雨烟已经决定不离婚了。

林青婷收到一条特别的短信：梅素白邀请她周六去猫耳山游玩。

而现在是周三！自从收到这条短信，林青婷的生活就涂满了奇幻的色彩和丰富的情绪、想象。她完全像是行走在一条超现实主义的画廊，而褪去了日常化的生活感觉。有时是巨大的欢喜，从天而降，如倾盆大雨，把她灌溉；有时是危险的忧惧，充塞其心，整个人沉入漆黑的洞穴般的幽谷。鱼好像在空气中浮游，鸟沉入海底；树木的根往天空生长，猪展翅飞翔。有时，她觉得时间如蜗牛，爬行得太慢；有时，她觉得时间赛过飞龙，无法捆缚。各式的梦也开始郁郁葱葱地生长在她的睡眠里。

2

有一个夜晚，她梦见，她和梅素白在一间茶室喝茶。那茶室很大，乌棕色的长方形茶案，一排又一排，一列又一列。喝茶的人都面对面，盘坐在蒲团上，但只有零星几个。她和梅素白也是那样面对面地坐着。室内绿意盎然，植被青葱，更有许多桃树点缀其间，花朵明媚如粉色的云。两个人面对面坐着，灯光温暖柔和。一位典雅的古装女子，在前方的一个角落里，琮琮切切地弹着古筝。细听，是那曲《高山流水》。她和梅素白好像在谈着什么，很喜悦，很温暖。是在谈那首曲子吗？记不清了。很喜悦，很温暖。突然，就刮来一阵大风，外面的光全被刮走了；室内的灯也灭了。是很大很大的风，呼呼作响，树枝都被吹得摇摆、纷飞。

突然，就成了她和范嘉骏站在一个荒坡上，风还是那样的大，山坡是那样的荒凉。

范嘉骏逆着大风，对她动情地说道："青婷，不管外面的世界有多大，不管我走得有多远，最终，我都会回到你这里。"他又伸出手，动情地说道，"死生契阔，与子成说。执子之手，与子偕老。"

林青婷心中有一股暖流涌动，双目低垂，脸颊微红，有些害羞地将手伸出。突然，一声霹雳，树枝形的闪电正在头顶天空！林青婷吓得连忙缩回了她的手，也就醒了。是窗外的雷声把她惊醒的。夏雨正潇潇。

又有一个夜晚，她梦见自己在一个美丽的花园里。花园是那样的大，那样的赏心悦目。花树朦胧如梦，池塘水气蒸腾。小鸟啁啾碎语，爬虫笑容可掬。夜晚的天空缀满星月，白天的苍穹浮云翻涌。草地是那样的无垠，花朵是那样的繁盛。空气是清新怡人的，自然界的乐音是清雅动听的。花园是那样的可亲可爱，如她的家。

突然，地上有一支笔，闪闪发光的笔。像有一种魔力，吸引她把它捡了起来，对着这花园涂画。真奇妙，一切都变成了虚无。一切都隐形。花、树、塔、鸟、水、鱼，都不见了。一切都不见了！她在无边的透明的空气里，又像在无际的白色的日光里，如在浓密的白色的雾里，又如在白色的墙壁……

她感到悲观之雾将她笼罩……

她又奋力找到另外一支笔涂画。一切又慢慢复原，花树、池塘、小鸟、爬虫、星月、浮云、楼阁……一切的一切都恢复了原貌。一切的一切都更加美好！

…………

3

虽然仍有拂着哀愁面纱的梦境浮现，林青婷到底是进步了许多。她不再惧怕那些梦境了，她可以一笑置之了。她变得勇敢、豁达。她觉得自己可以笑对人生、从容自在了。虽然或许只是"觉得"。

第三十五章　银杏树下

1

林青婷来到猫耳山风景区时，梅素白已在景区内的一棵大银杏树下等她。那银杏树已有几百年的芳龄，枝叶舒展蓬勃，片片扇形的绿叶，如小手掌，在风中翩翩起舞。梅素白在树下的长椅上坐着，见林青婷走来，起身相迎。

林青婷也在长椅上坐下。

梅素白从布袋子里取出一本画册来，笑吟吟地说道："我有一个礼物要送给你。"

林青婷惊喜又疑惑地接过了那本画册，翻开封面，见扉页上用毛笔写着"赠林青婷"四个字。她心里微波荡漾，继续往后翻。慢慢的，她才明白，原来，梅素白为她的童话和小说画了绘本插图！她几乎难以置信，不由得抬头向梅素白望去，而目光交接，那是怎样的话语和意味的传递！

林青婷又重新慢慢看起：

第一幅是《风蝴蝶遇女巫》中的情景，是风蝴蝶幻化诞生的时刻。

巨大的百合花，散发着柔亮的光，像是刚刚打开花苞；一切都像在雾里；在里面睡眠的蝴蝶，刚睁开惺忪的睡眼，正打着哈欠；而她已经变成了小女孩的模样！——圆圆的粉红的小脸，大大的黑色的眼睛，齐齐的下垂的黑发，头顶有一对触角，背上有一对玫瑰色的翅膀。好像正有清风拂来、白雾撩动。远处是白雾中绿蒙蒙的树木和藤萝。

林青婷的心，已是波涛澎湃起伏！

第二幅也是《风蝴蝶遇女巫》中的情景。

内心充满伤痕、饱受折磨的风蝴蝶，来到合欢树下，轻叩门扉，请求医治；她的眼神是忧郁而哀伤的。

第三幅是《青蛙的催梦术》中的情景。

傍晚时分，从森林里来到田野的青蛙和蟋蟀，它们的表情是多么兴奋和激动。点点萤火是为它们照亮的灯笼。它们看到一座房子，从窗户里透出灯光。它们看到一个小女孩写字的身影。

第四幅是《遇见》中的情景。

俯卧在草丛中的灰兔子，痴痴地看着一个漂亮的小男孩在追赶蝴蝶；绿草如烟，灰兔子蓬蓬蒙蒙，眼神清澈、迟疑。

第五幅是《兔子和天堂鸟》中的情景。

害羞而腼腆的兔子，做着手势，和美丽的天堂鸟对话。那天堂鸟，美丽到色彩缤纷。那兔子伸展手臂的模样，稚气可爱。

第六幅是《紫色的田野》中的情景。

春桐、秋凤，局促不安地站在瓜棚下，望着外面的瓢泼大雨。瓜棚里，还有秋凤的羊、春桐的鸡笼。那羊和鸡也望着外面的雨，呆气十足，又似若有所思。雨中的瓜田，碧绿苍苍。——那是春桐和秋凤的初见。

林青婷的心，怎能平静！她的眼里，几乎要闪出泪光！在这万分的惊喜与感动之外，她又觉得，自己担负不起这礼物的贵重。——这该是花费了多少工夫，又是多么宝贵的心意！

她低头说道："我写得其实很差，没有一个人愿意看，也不值得您花这样的工夫。"

她又说道："我投过稿，全都失败了。"

她忍不住抬头去看梅素白。梅素白只是微笑不语。

她又说道："论文，我也不会写，投稿也失败了。我都不知道我的路在哪里。我又是这样的普通。"

梅素白却大笑起来，半晌后，说道："但是，你在我的心中是宝贵的。"

林青婷的眼睛里是闪动着怎样喜悦和感动的泪光。她不能再说出一句话来。

那景区商店的歌曲正播放到这样一首：《当你老了》(赵照)。他们在银杏树下，静静聆听：

当你老了

头发白了

睡意昏沉

当你老了

走不动了

炉火旁打盹

回忆青春

多少人曾爱你青春欢畅的时辰

爱慕你的美丽

假意或真心

只有一个人还爱你虔诚的灵魂

爱你苍老的脸上的皱纹

当你老了

眼眉低垂

灯火昏黄不定

风吹过来

你的消息

这就是我心里的歌

…………

2

突然，梅素白说道："我听说景区又在对面山上开辟了一处新的风景：蔷薇花墙。我们去看看吧。"

林青婷欢喜地答应了。

两个人一路同行，在这春末夏初的景致里。两个人一路同行，和喜欢的人在一起，是怎样的天地和风光！这恐怕是人生的尽美之境了。身内、身外的尽美之境！融化于尽美之境！

到了那一处山顶，是开阔的所在，无边的、高高低低的蔷薇花映入眼帘，铺展开去，簇拥在眼目所及之处。近的、远的，漫山遍野，大片的粉红色花朵中点缀着粉白和玫红，深深浅浅、层层叠叠，花朵、花瓣自然美好的芳姿令人激动难平，更可堪在风中轻轻摇动，蝴蝶轻栖其上！林青婷如在花之国的梦里。

那蔷薇花墙的胜景更是令人失声发出惊叹！一人多高的木篱笆一圈圈一圈圈弯曲蔓延，呈蜗牛壳那样的螺旋状展开。蔷薇攀缘其上，密密的绿色枝叶铺展成墙，上面开满繁盛的粉红、粉白、玫红色花朵。林青婷和梅素白走在其间的青砖路上，前后左右都是蔷薇花墙，蜗牛壳那样的螺旋一圈圈一圈圈引他们进入迷宫般的美幻之境……

林青婷的眼前更是出现了幻境：这漫山遍野的蔷薇花，怒放的蔷薇花，呈翻滚之态向远处延伸，直到海边……

林青婷和梅素白在蔷薇花墙里相视而笑。

景区正播放钢琴曲《任逍遥》，那动人的旋律在山峰、空谷、绿林、草地、溪水间流淌……

人类正在建设这样的生活吗？

后　记

　　这本小说创作于 2016 年至 2018 年，后来又有修改。

　　人，年少时，都爱做文学梦吧。我的文学梦却做得执着而持久，从华中师范大学学教育技术的理科生，到考本校文学专业的研究生；在湖北文理学院工作两年后，又考上了中国社科院中国现代文学专业的博士研究生，而至毕业后又在云南曲靖师院任教，在曲靖一待就是十年。我的文学梦做得执着而炽烈，终至于当如泅于学术之海的鱼时，却爬上岸来，写出这样一部文学作品。2019 年，我回到家乡，在河南洛阳师范学院开始新的生活。

　　我起居于天地山水之间，从事教育的职业，感到欣喜和温暖，因为我从未离开过她——文学。无论是教大学语文、中国现代文学、台港文学等课程，还是从事学术研究及指导学生毕业论文，我都与她相逢、面对，微笑、欢喜。她是我的师与友。我们携手漫步于春野、花林，高山、碧水，看朝霞蒸蔚、暮云轻落。寸心，吾师吾友知。和文学在一起，我有何忧哉！和文学在一起，是和许多先贤圣哲在一起。

人生路上，也总会遇到困难和挫折，那困难、挫折有时如暴雨和冰雹。孟子曰："居天下之广居，立天下之正位，行天下之大道。得志，与民由之；不得志，独行其道。富贵不能淫，贫贱不能移，威武不能屈，此之谓大丈夫。"此话可自勉也。勤勉努力，慢慢成长，这是一生的航向。

　　在洛阳，从我居处的窗户向南望，可见万安山起伏的峰峦。当我写作时，心中常有这样的声音："谨以此书献给万安山。"当然，也要献给热爱文学的人们。若此书能带给读者心灵的启迪、美的熏陶，助益于社会的进步和美好，我则知足矣。这也算是我以自己的专业服务社会的一种方式吧。

　　感谢为此书提供出版契机的陈武老师和刘永松老师。感谢我文学之路上的每一位老师。感谢洛阳师范学院文学院的支持和帮助。感谢父母、亲友、爱人李克亮和女儿李庭芳的鼓励和支持。

梁竞男

2022 年 8 月